서울엄마

자신의 아픔을 가족애로 승화시킨 자전적 소설

서울엄마

김승규 장편소설

창작시대사

신이 선택해준 첫 번째 여자

이 세상에서 처음으로 보고 처음으로 불러본 여자

생의 마지막에 부르게 될 이름, 엄마

사랑과 미움을 가르쳐 준 여자

나의 모든 것을 알고 있는 여자

삶이 힘들면 찾게 되는 여자

잘 알 것 같으면서도 전혀 알 수 없는 이름, 엄마

당신에게 이 소설을 헌정합니다.

상처받은 영혼을 위한 랩소디

이 소설은 상처받은 나의 유년 시절에 대한 셀프 위로다.

유난히 노란색의 빵을 보면 현기증이 나고 그런 날은 꼭 1967년 1학년으로 돌아가서 우는 악몽을 꾼다. 전쟁이 끝나고 국제 원조로 받은 옥수수 가루와 분유를 혼합하여 쪄낸 노란색의 옥수수빵을 일주일에 두어 번씩 한 사람에게 하나씩 나누어주었다. 그 빵은 7살에서 10살(모두 같은 1학년) 아이들에게 구세주 같은 존재였다.

사건은 나의 반에서 터졌다. 풍금 연주도 못 하는 우리 남자 담임이 미술 준비를 이유로 일곱 명의 아이들에게 반 아이들이 받을 빵을 모두 몰아주었다.

대략 아홉 개의 빵을 몰아받은 그 아이들은 아침으로 쌀밥을 먹는 잘사는 집이었고 빵을 빼앗긴 아이들은 대부분 화전민 아이들로 아침을 보리밥이나 옥수수밥, 또는 나처럼 굶고 학교를 왔다.

보통 4~6Km를 걸어 집으로 돌아가는 나에겐 유일한 양식인데… 그때는 이를 악물고 참았었지만, 악몽 속에서는 언제나 울고 만다.

어린 날의 비극은 그걸로 끝이 아니었다. 나는 6학년 때까지 가난하다는 이유 하나만으로 끊임없는 상처를 받는 유년기를 보내야만 했다.

반세기나 지났으면 좋은 세상이 되어 더는 처음 겪는 작은 사회인 학교에서만큼은 상처받는 영혼들이 없었으면 좋으련만 세상은 그저 빛 좋은 개살구에 지나지 않았다.

상처와 가난이 끊이지 않는 어린 시절이었지만, 그래도 사람 사는 세상 같았던 그 시절을 한 편의 소설로 남길 수 있어 상처받았던 영혼에 작게나마 위로가 되는 것 같다.

그 시절을 조명한 영화, 드라마보다 더 사실적으로 그렸다고 자부한다. 상상도 경험도 아닌, 겪은 자만이 그려낼 수 있는 특권이리라.

화려한 유화도, 파스텔도 아닌 꺼진 모닥불에서 집어 든 목탄 하나로 묵묵히 그려나갈 것이다.

김승규

/1/

밖에서 들리는 낯선 사람들의 소리에 나는 대문 쪽으로 나 있는 낮은 봉창문 쪽으로 마비된 다리를 끌며 기어갔다. 나의 앉은 키 정도에 있는 작은 봉창문에는 문살 두 칸 두 마디의 창호지를 오려내고 붙여놓은 아주 작은 유리창이 붙어있었다. 내가 그 유리창에 눈을 밀착했을 때 너는 대문 옆 행랑채 툇마루에 앉아 있었다.

몇 살이나 되었을까?

내가 태어나서 본 남자 중에 제일 잘생긴 얼굴이었다.

누굴까? 우리 집에는 왜 왔을까?

너의 눈길이 내 방 봉창문 쪽으로 향했을 때 난 화들짝 놀라 유리창에서 눈을 떼고 말았다. 다시 널 보려고 했지만 내 가슴이 마구 뛰어 다시는 창에 눈을 붙일 수 없었다. 그렇게 작은 유리창을 통해 들어온 너의 모습은 내 가슴에 커다랗게 새겨졌다.

밤에 잠을 이룰 수가 없었다. 누구 때문에, 남자애 때문에 잠을 이룰 수가 없다니…

그 밤은 나 혼자 미소 짓는 행복한 밤이었다.

9

/2/

구멍가게 아주머니가 알려준 서 주사 댁은 이 마을에서 가장 커 보이는 유일한 기와집이었다. 아버지는 열려있는 대문에 다가가 조심스럽게 말을 건넸다.

"어르신 계십니까?"

아버지의 물음에 대문 안에서는 사람보다 먼저 커다란 하얀 개 한 마리가 컹컹 짖으며 뛰어나왔다.

"백구야, 백구야!"

아버지와 가족들은 개를 보고 모두 놀랐으나, 나는 앞으로 나가며 친밀하게 개의 이름을 불렀다. 개가 짖기를 멈추고 꼬리를 흔들며 나에게 왔다. 흰 개의 머리를 쓰다듬고 있을 때 스무 살 정도의 남자가 나왔다.

"백구… 무, 무슨 일입니까?"

남자는 짖는 개를 말리러 나왔다가 나에게 애교 떠는 자기 집 개를 보고 무척 놀랐는지 잠깐 어리둥절하다가 우리에게 찾아온 용무를 물었다.

"우리는 이 마을로 살러 왔는데, 가게 아주머니께서 먼저 이 댁 서 주사 어르신을 뵈어야 한다기에…"

아버지의 말에 남자는 우리 가족을 한번 둘러보고 집 안으로 사라졌다.

"상훈아, 너는 이 개 이름을 어떻게 알았니? 신기하구나."

"뻔하지 뭐 흰 개면 백구, 누런 개면 누렁이…"

분이 누나의 물음에 나는 어깨를 으쓱하며 대답해주었다. 석훈이 형은 무표정이었지만 우리를 여기까지 이끌고 온 엄마와 아버지도 피식 웃었고, 우리 가족 모두 따라 웃었다. 그때 그 남자가 다시 나와 들어오라는 손짓을 해주었고 우리는 모두 안으로 우르르 들어갔다.

기와집의 안은 생각보다 넓었다. 대문을 끼고 있는 행랑채를 지나 안뜰보다 높게 위치한 안채는 연희동 김 박사님 댁처럼 8칸짜리 한옥이었지만 그 댁처럼 화려한 지붕 맛은 없었다.

안채 마루에는 3월 말 햇살을 쐬며 오십쯤 되어 보이는 남자와 우리 엄마 나이쯤 되어 보이는 여자가 무엇인가를 마시며 앉아있었다.

안뜰을 지나 안채로 오르려던 우리 가족들에게 집주인인 듯한 그 남자가 일어서며 손을 들어 우리를 막았다.

"여기들 계세요, 안채로 함부로 올라가면 안 됩니다."

처음에 우리를 막아서던 젊은 남자가 재차 팔을 벌려 막으며 입을 열었다. 우리는 그대로 행랑채 뜰에 머물렀고 나는 행랑채 작은 마루에 걸터앉았다.

"무슨 일로 왔는감?"

안채 마루에서 일어선 남자는 우리를 자기 하인 대하듯 입을 열었다.

"마을 이름만 알고 무작정 살러 왔는데, 어르신께서 좀 도와 주셨으면 합니다."

아버지는 무겁게 입을 여셨다.

"식솔들이 솔찬히 많구먼"

서 주사란 사람은 우리 식구 수를 탓하며 고개를 끄덕였다.

"우리 식구들 비바람 피하고 화전밭 일구면서 살 곳 어디 없겠습니까?"

"국민학교 다니는 아가 있는감?"

아버지의 가장 중요한 질문에 서 주사는 우리 집 호구조사를 시작하였다.

"야가 우리 집 큰녀석입니다. 국민학교 이번에 4학년 올라갔습니다."

"4학년, 그럼 쟤는?"

아버지가 형을 가리키며 대답했는데 서 주사는 나를 가리키며 재차 물어와 난 시선을 서 주사가 있는 안채 오른쪽으로 돌렸다.

"학교 안 다닙니다. 올해 일곱 살 됩니다."

"일곱 살, 음, 그럼 쟤는?"

서 주사는 일곱 살을 되뇌며 이번에는 우리 집의 외동딸인 분이 누나를 가리켰다.

"아홉 살인디 학교는 안 넣었습니다. 지지배가 무슨 학교는 학굡니까?"

"음, 딱하구먼… 여기를 나가 행길로 한 오 리쯤 올라가다가 여우골을 찾아가게. 거기 호랑바위 앞에 빈집 하나가 있는데 그 집이 이제 자네 집일세."

"감사합니다. 어르신!"

서 주사의 말에 아버지와 우리 가족은 기뻐서 어쩔 줄을 몰랐다.

"거기 살아도 누가 뭐라고 할 사람 없으니까. 그건 그렇고 요기는 하셨는가?"

"새벽에 기차역에서 요기하고 아직까지…"

서 주사는 점심때가 많이 지난 우리가 배고픈 걸 아는지 안사람을 시켜 밥상을 내주었다. 우리들은 꽁보리밥이지만 정말 달고 맛있게 밥그릇을 게눈 감추듯이 비었다.

난 그때 서 주사란 사람이 좋은 사람이라고 느꼈다.

/3/

서 주사 댁에서 배고픔과 살 곳을 해결한 우리 가족의 발걸음
은 한결 가벼웠다. 분이 누나는 미소를 머금고 길옆에 이제 막
싹을 틔우는 냉이며 씀바귀를 부러진 나뭇가지로 캐며 올라갔고
석훈 형은 점점 멀어지는 학교길이 걱정되는지 연신 뒤를 돌아
보며 근심에 쌓였다. 엄마 등에 두 살배기 지훈이와 네 살 된 정
훈이는 아버지 등에서 곯아떨어졌다.

서 주사가 말한 여우골까지 가면서 마을은 급격히 작아지고
집들은 오막살이집들이 즐비하며 산비탈에 자리하고 그 작은 집
들의 뒤로는 경사진 화전들이 차지하고 있었다. 평지 밭도 드물
고 논은 거의 없었고, 있더라고 작은 다락논들이 급격한 경사를
이루었다. 서 주사 댁의 마을 넓은 논들과 거의 평지에 가까운
드넓은 보리밭은 여기와는 극과 극을 이루었다.

그 점은 서울과 별다른 점이 없었다. 부자인 김 박사 댁은 연
희동의 맨 아래에 있고 고개로 올라갈수록 가난한 사람들이 살
았고, 그곳에서도 언덕 맨 위 그것도 학고방이라 불리는 방 한
칸이 우리의 보금자리였다.

그런 생활에서 벗어나 우리 집을 갖게 된 게 좋은지, 엄마는

얼굴 가득히 미소를 머금고 길을 가다 만나는 아낙들과 무슨 얘기인지 즐겁게 나누었다.

웃는 엄마의 얼굴은 참 예쁘다. 사람들은 나와 분이 누나가 엄마를 많이 닮았다고 하였다.

행길을 따라 얼마를 갔을까. 오솔길과 갈림길이 생겼다. 오솔길 쪽으로 초가집 서너 채가 있었다. 아버지가 첫 번째 집에서 길을 물었다.

"여우골이 어느 쪽입니까?"

"이쪽이 여우골이요."

봉담배를 말아 입에 물며 사내가 퉁명스럽게 턱으로 오솔길 쪽을 가리키며 대답하였다.

"그렇습니까? 호랑바위 앞에 빈집이 있다고 하던데, 한참 올라가야 합니까?"

"맨 윗집이요. 헌데 서 주사께 허락은 받았소?"

사내는 우리를 둘러보며 되물었다.

"예. 서 주사 어르신께서 알려주셨습니다."

"그래요? 어르신은 무슨‥"

사내는 말끝을 흐리며 고개를 돌려버렸다.

아버지는 사내에게 감사의 목례를 하고 오솔길을 따라 산을 오르기 시작하였다. 엄마도 그 뒤를 따랐지만 표정은 그리 밝지 않았고, 자꾸 멀리 아래쪽으로 시선을 주는 형의 얼굴도 어두워 보였다. 다만 긍정적으로 사는 분이 누나는 여기가 맘에 드는지 얼굴에 기쁨뿐이었다.

여우골에는 여섯 집이 있는데, 세 집은 여우골 입구에 있고, 두 집은 중간쯤에 있으며, 화전들이 끝날 쯤에 우리가 살 오막 살이집 한 채가 반겨주었다. 계곡 위쪽에서 집 옆으로 졸졸 흐 르는 도랑물도 있었는데, 정말 집 뒤에는 호랑이 모양의 커다란 바위가 버티고 있었다.

"여기다. 여기가 우리가 살 집이다."

"아아, 좋다!"

빈집이자 마지막 집임을 확인한 아버지의 선언에 환호성을 지른 것은 누나뿐이었다.

"이런 산 속에서 어떻게 살아요?"

"학교가 너무 멀어요. 이십오 리나 되겠어요."

"그럼 어떻게 하느냐? 열심히 일해서 돈 벌어 저 아랫마을로 내려가자."

엄마와 형의 불만에 아버지는 희망의 말로 대답할 수밖에 다 른 도리가 없었다.

우리들은 가지고 온 짐들을 내려놓고 오막살이집 청소에 들 어갔다. 오막살이집은 긴 통나무에 홈을 파서 서로 맞물려 쌓아

올린 도토장 집이었고, 방 두 칸에 부엌이 일자로 된 그야말로 오막살이였다. 집에서 좀 떨어진 곳에 뒷간이 있고 부엌을 나오면 소를 기르던 외양간이 있었다. 그리고 아랫방 문을 열고 봉당을 나서면 곡식을 탈곡하는 작은 마당이 그 집의 전부였다.

대충 청소를 끝내고 억새로 만든 자리가 깔린 방에 짐을 풀었을 때 뜻밖에도 그곳에 서 주사와 그 집 젊은 남자가 찾아왔다. 젊은 남자는 지게를 지고 왔는데, 지게에는 무쇠솥이며 괭이, 낫, 도끼, 톱 등 전부 산골생활에 필요한 것들이 있었다.

"아니 어르신, 여기는 무슨 일이십니까?"

"오, 대충 치웠구먼. 일만아, 그것 요기 내려놓아라."

"네 어르신."

나는 그제야 그 사람이 서 주사 댁의 일꾼이라는 것을 알 수 있었다. 일만이라고 불리는 남자는 보기에도 무거워 보이는 지게를 내려놓고 땀을 닦았다.

"어르신 이게 다 뭡니까?"

"작년 가을까지 여기서 농사짓고 떠난 사람 것인데, 이제 자네가 쓰게. 지게까지 다."

서 주사의 말에 아버지는 기뻐서 어쩔 줄 몰라 했다. 그것들은 농사에 꼭 필요하고 돈을 들여야만 장만할 수 있는 쟁기들이었기 때문이다. 고맙다고 연신 고개를 숙이는 아버지를 서 주사가 데리고 화전으로 나갔다.

나는 연희동에서 가져온 색연필 토막으로 외양간 기둥에 오늘 날짜를 썼다. 1965년 3월 27일. 몽당색연필로 우리 집이라고 무심코 써 본 이날이 나와 우리 가족의 운명을 좌우할 날짜라는 것을 꿈엔들 알았을까.

한 시간이 훨씬 지나 서 주사와 일꾼은 돌아갔는지, 아버지 혼자 돌아왔는데 조금 어두운 얼굴이었다.

서 주사가 가지고 온 무쇠솥들은 원래 이 집에서 쓰던 것이다. 제자리에 맞추기만 하면 되었다. 밥솥과 물솥 그리고 소죽을 끓이는 가마솥이 부엌에 나란히 걸렸다. 그리고 주위에 널린 나무를 주워서 아궁이에 불을 지피고 밥을 해 저녁밥을 먹었다. 그것이 우리 가족이 함께 먹은 마지막 만찬이었다.

오늘처럼 멀리 걸어본 적이 없었다.

저녁을 먹은 나는 감기는 눈을 주체할 수가 없었는데, 그때 아버지가 나에게 사형선고나 다름없는 중형을 내리셨다.

"모두들 잘 들어라. 특히 상훈이하고 분이… 이 여우골 일대가 전부 서 주사네 땅이라고 하는구나. 그러니까 여기 있는 밭이나 이 집도 서 주사네 것이겠지. 이 집에 살며 화전이라도 부쳐 먹으려면 우리 상훈이가 자기 딸을 데리고 학교를 다녀야 한다는 조건을 내세웠다."

"혹시 그 딸애가 상훈이보다 세 살 많은 소아마비 여자애를 말하는 거예요?"

"당신은 그걸 어떻게 알았어?"

불쑥 끼어든 엄마의 말에 세 살 많은 소아마비 계집애란 말에 내 가슴은 답답해오기 시작했다. 숨을 몰아쉬고 가슴을 쥐고 괴로워하자, 분이 누나가 얼른 물을 가져다 먹였다.

"당신도 참, 상훈이가 말만 듣고 힘들어하는 거 봐요."

엄마의 핀잔에 아버지는 언성을 높이며 말을 이었다.

"그럼 여기서 쫓겨나가 길거리에서 배곯아 죽을 거요?"

"그렇다고 어린 상훈이에게 어떻게 열 살짜리 기집애를 데리고 다니게 해요?"

"전 싫습니다."

엄마의 말에 혹시 자기에게 그 일이 주어질까봐 일주일에 몇 마디 말밖에 안 하는 석훈이 형이 입을 열고 선언을 하였다.

"아버지가 우리 장남에게 그런 일로 시간 낭비하게 하겠느냐. 서 주사 얘기가 딸이 다리가 불편하여 아홉 살에 1학년을 넣고 일꾼을 시켜 업고 다니게 했는데, 여의치 않아 두 달 만에 그만두고 올해 다시 입학을 했다는구나. 올해는 딸이 타고 다닐 인력거를 만들었는데, 일꾼이 시간이 없고 이왕이라면 같은 반, 짝이 그 일을 해주었으면 하는구나. 상훈이 네가 일곱 살이지만 서 주사가 내일 빽을 써서라도 너를 1학년에 입학시키고 자기 딸과 같은 반 짝을 시켜주겠다고 했다."

"그럼 하루 종일 병신 딸 수발들라는 거네요."

듣다 못한 엄마가 한마디 하자 아버지는 얘기를 좋은 쪽으로 이어갔다.

"서 주사가 여기에 꼴이 지천이라고 배메기 소 두 마리나 사준다고 했어. 소를 잘 기르면 화전농사보다 낫다고."

"그게 정말이요?"

소 얘기에 엄마는 정색을 하였다.

"그럼 내가 이제 당신 구리무 떨어지지 않게 사줄 거야."

엄마는 얼굴에 바르는 크림 화장품에 아버지편이 되었다. 나를 측은하게 보는 가족은 분이 누나뿐이었다.

"상훈아, 힘들어도 어떻게 하겠니? 식구들을 위해서 애를 좀 써야겠다."

나보다 두 살 많은 분이 누나가 내 머리를 만지며 엄마 같은 위로를 하였다.

"그리고 분이는 내일부터 서 주사 댁 식모로 가거라. 어려운 살림에 입 하나 줄이는 게 어디냐?"

"예, 아버지."

식모살이를 하란 아버지 말에 누나는 예견이나 한 듯 담담히 받아들였다.

잠자리에 들었어도 몸이 피곤하였지만 잠을 이룰 수가 없었다. 형은 기름 등잔불을 밝히고 오래도록 공부를 하였고, 아랫방의 엄마 아버지 얘기 소리도 내 잠을 방해하고 있었다.

"서 주사 댁 딸 병신인 걸 어떻게 알았어?"

"오면서 동네 여자들에게 들었어요. 서 주사가 우리 같은 사람 나타나길 기다렸나 봐요."

"잘됐어. 우리도 잘살아 보자구."

/4/

다음날, 아직 어둠이 깔려있는 새벽 오솔길을 아버지와 형 누나와 나는 나서야 했다.

형은 전학생으로 당연히 학교에 가야 하지만 나는 아직 준비가 안 되었는데 그것도 나보다 세 살 많은 여자애를 수레에 태우고 학교를 다녀야 한다니… 작은 옷 보따리 하나를 들고 길을 나서는 누나의 심정은 또 어떨까? 더구나 누나는 서 주사 댁에서 살아야 하지 않는가. 그래도 누난 부잣집에서 쌀밥만 먹겠지… 늘 웃는 얼굴로 재잘거리던 분이 누나였지만 오늘은 아침밥을 먹을 때도, 길을 나서 여기 구멍가게 집에 올 때까지 침묵하고 있었다.

형은 식모살이 가는 누이동생에게 말 한마디 없이 쌩하니 갈림길에서 학교로 향했다.

"오…빠!"

그렇게 냉정한 형을 보면서 누나는 한 마디 하려다가 입을 다물어버렸다.

아버지와 나, 누나는 발길을 돌려 서 주사 댁으로 향했다. 구멍가게 갈림길에서 서 주사 댁까지는 200미터가 조금 넘는 거리였는데, 다시는 돌아올 수 없는 북망산 길 같았다. 나는 나도 모르게 아버지의 옷자락을 붙잡고 버티고 있었다.

"이놈의 자식이!"

화가 난 아버지가 큰 손바닥으로 내 뺨을 후려쳤다. 그랬다. 아버지는 화가 나면 누가 말릴 때까지 항상 나에게 폭행을 하였다. 그것을 잘 알고 있는 분이 누나가 결사적으로 아버지의 팔을 붙잡고 늘어졌다.

"아버지 제발 그만하세요. 여기 마을 한가운데잖아요."

아버지의 폭행은 매 한 대로 끝났지만 나는 옷자락을 잡힌 채 서 주사 댁까지 가야 했다.

보였다. 나를 기다리고 있는 것이 보였다. 벌써 소문이 났는지 아이들이 마당 가득 모여서 구경거리를 기다리고 있었다. 그 구경꾼들을 보니 오기와 힘이 솟았다.

"어떡하니? 상훈아!"

행여나 동생이 웃음거리라도 될까 봐 분이 누나는 내 손을 잡고 걱정을 하였다. 아버지는 잠깐 걸음을 멈추고 내가 끌 인력거를 보더니 이내 열려진 대문 안으로 사라졌다.

나는 인력거를 세심하게 살펴보았다. 인력거는 내가 연희동에서 많이 보아왔던 손수레와 거의 비슷하였다. 다른 것이 있다면 두 바퀴가 브레이크가 내장된 짐자전거용이라는 것이었다. 브레이크 연결고리가 지렛대 원리를 이용해 앞 손잡이까지 연결되어 있었다. 몸체가 앞뒤로 기울어지지 않게 타이어 보다 약간 낮은 받침대가 있었는데, 그것은 비상용 브레이크를 겸하고 있는 것처럼 마모된 흔적이 보였다. 또 다른 것이 있다면 진짜 인력거처럼 접었다 폈다 할 수 있는 지붕이 있었고 보기에도 편해 보이는 의자가 있다는 것이다.

"몇 살이래?"

"어려 보이는데."

"쟤가 어떻게 옥대를 태우고 다니냐?"

아이들이 나를 보고 한 마디씩 하고 웃어댔다.

'이름이 서옥대인가 보다. 어떻게 생겼을까?'

나는 대문 안으로 들어섰다. 양복에 중절모를 쓴 서 주사와 물감들인 낡은 군복을 입은 아버지가 대조적인 모습으로 얘기를 하고 있었고, 안채 마루 끝에는 나를 기다리고 있는 계집아이가 있었다. 그저 못생기지도 예쁘지도 않고 귀엽게 생긴 얼굴이랄까, 얼굴 볼 살이 유난히 통통한 게 눈에 확 들어왔다.

"뭐야, 이 녀석아! 어서 아씨를 모셔야지."

안채로 함부로 올라가서는 안 된다는 말이 떠올라, 엉거주춤하는 나에게 서 주사가 소리쳤다. 나는 빠른 걸음으로 안채로 올라 그 애 앞에 섰다. 김 박사님 사모님이 자주 입으시는 공단 옷감으로 만든 고급 옷에 에나멜 구두까지 신고 있는 그 애는 내 얼굴을 계속 빤히 쳐다보고 있었다.

"난 장상훈이라고 해. 서옥대, 앞으로 잘 지내자."

"씨…"

그 애를 인력거에 태우려고 안으려 했을 때, 그 애의 외마디 소리와 함께 손이 내 얼굴을 지나갔는데 콧잔등이 쐐하였다.

"이놈아! 어떻게 만나자마자 아씨 별명을 부르냐? 꼭 옥란 아씨라고 불러라!"

나는 속으로 '아차 옥대가 옥돼지구나' 싶었으나 이미 벌어진 일이었다.

"옥란 아씨 죄송합니다. 밖에 있는 아이들이 그렇게 부르기에 그만‥"

그 애가 내 콧잔등에 상처를 남긴 탓일까? 서 주사의 호통 때문일까? 나는 어느새 상전을 받들고 있었다.

그 애를 안고 안채로 내려와 대문을 나서는데, 코끝에서 무엇인가 그 애의 허리 리본장식에 떨어졌다. 하얀 리본에 떨어진 것은 콧잔등의 상처에서 솟아나온 핏방울이었다. 옷을 버렸다고, 또 얼굴을 쥐어뜯어놓거나 머리가 뽑히겠구나! 생각했는데 그 애는 내 얼굴만 응시하고 있었다.

우리의 만남은 피를 본 만남이었다.

/5/

서옥란을 태운 인력거를 끌고 평지를 가는 것은 그다지 힘든 일이 아니었다. 그러나 언덕이나 특히 고갯길을 오르는 일은 일곱 살짜리인 나에게 무척이나 힘거운 일이었다. 특히 3월 말의 산골 개울물은 차디차다. 어제 기억으로는 이곳 마을까지 세 개의 개울을 건넌 것 같았다.

서 주사 댁을 떠난 지 한참 만에 첫 번째 개울이 나타났다. 남들이야 총총히 놓인 돌다리를 건너면 되겠지만 나는 인력거를 끌고 직접 물에 발을 적셔야 했다.

개울가에 다다랐다. 인력거를 세우고 검정고무신을 벗고 구멍 난 양말까지 벗어들었다. 고무신과 양말을 옥란의 발밑 인력거 안에 놓으려다 그만두고 양쪽 주머니에 넣고 손잡이를 잡았다.

맨발로 개울물 속을 무엇을 끌고 가는 일, 발은 시리고 미끄러지고, 발바닥은 무엇에 찔리는지 아팠지만 참아내며 돌에 걸려 멈추기를 몇 번, 겨우 개울 하나를 통과하였다.

숨은 차고 얼굴에서는 땀이 흘렀다. 양말과 고무신을 신고 다시 출발해 경사진 언덕을 오르고 공동묘지 가운데로 난 고갯길을 이리저리 돌며 내려가 다시 개울을 건너고 또 한참을 가 개울을 건너고 큰 고개를 만났다. 직접 오르려니 힘도 부치고 발이 미끄러져 무릎방아를 찧었다. 당장이라도 옥란이 '바보야! 그것도 못 올라가!'라고 소리칠 것만 같았다. 뒤돌아보니 그 애는 아무 표정 없이 내 얼굴만 응시했다. 난 얼른 눈길을 피해 인력거를 이리저리 방향을 바꿔가며 고개를 올라갔다. 연희동 고개를 무거운 손수레를 끌며 이리저리 올라가는 사람들을 눈여겨 보았는데, 내가 그걸 즉흥적으로 써먹을 줄은 꿈에도 몰랐다.

고개를 다 올라 내리막길이 끝날 쯤 상동면 소재지가 한눈에 들어왔다. 잡화가게, 이발소, 양조장, 만화방, 자전거포를 지나 상동국민학교에 드디어 도착하였다.

학교 정문을 들어서는데 학생들도 놀라고 선생들도 무척이나 놀란 모양이었다.

우리 가족이 부쳐 먹을 비탈진 화전 때문에, 오막살이집 때문에, 병작 소 때문에 떠밀려오기로 인력거를 잡았지만 여기까지 이렇게 오고 보니 나 자신도 해내었다는 자부심이 생겨났다.

여기는 시골이라 한 학년에 두 반뿐이었다. 옥란이는 1학년 1반이었다. 당연히 나도 1반이 되었고 옥란의 짝이 되었다. 또한 나는 옥란이 때문에, 1학년 초에 배우는 무용이며 월요일, 토요일 아침조회에 참석하지 않아도 되었다.

내가 학교에서 옥란의 옆에 있어야 되는 이유는 그 애의 용변 때문이었다. 옥란은 교실에서 가장 가까운 곳에 전용 화장실을 가지고 있었다. 목재 좌변기가 놓여있는 화장실은 발이 빠질 염려 없고 불결함도 덜하였다. 내가 옥란을 화장실에 어떻게 데려가고, 어떻게 변기에 앉혀주고, 혹시 모를 실수를 대배해 가지고 다니는 가방까지 챙기는 일, 이 모든 것은 1반 남자 담임이 아닌 2반 여자 담임이 나에게 알려주었다. 아마도 내가 옥란을 도와주기 이전에 2반 선생님께서 하셨던 일인 것 같았다.

그 애는 오전수업 중에 화장실을 두 번 이용하였다. 나는 그때마다 아이들의 시선을 받아가며 옥란을 업고 가방을 들고 변소로 달려야 했다.

끝나는 시간에 그렇게 시끌시끌하던 아이들이 조용해졌다. 작고 노란 빵을 주는 시간이었기 때문이다. 받아서 한입 물어보니 고소한 맛은 있었으나 부푼 빵하고는 거리가 멀었다. 옥란에게 물어보려다 옆 아이에게 물었더니 그 애는 신이 나서 나에게 빵에 대한 연설을 하였다.

"옥수수가루에다 분유를 섞어서 만든 거래. 월요일하고 목요일에만 줘."

나는 그 빵을 반은 먹고 반은 주머니에 넣었다.

/6/

"가게 앞에 세워줘!"

하굣길에 면사무소를 지나 가게거리로 접어들 때 뒤에서 들리는 옥란의 소리였다. 돌아보는 나와 눈이 마주치자, 옥란은 사탕과 과자가 있는 한 가게를 손으로 가리켰다. 난 인력거를 가게 가까이 붙여 세워주었다. 가게 주인은 옥란의 단골인 듯 긴 막대를 잡더니 과자를 이것저것 가리켰다.

나는 그 애가 먹을 걸 고르는 동안 거리를 둘러보았다. 아침에 보지 못했던 약국도 있었는데, 아직 여기까지 전기는 들어오지 않았다.

여기저기 눈길을 돌리다가 다시 옥란을 보았을 때, 그 애는 먹을 걸 다 사고 내가 출발하길 기다리고 있었다.

집으로 돌아가는 길은 올 때보다 몇 배나 더 힘이 들었다.

물이 흘러내리는 계곡을 어렵게 거슬러 오르는 물고기의 숙명이란 글귀를 책에서 읽은 적이 있었다. 힘들면 힘들수록 내 숙명을 원망하였다.

눈에 땀이 들어가 눈을 제대로 뜰 수 가 없었다. 옷소매로 얼굴 여기저기를 훔치다 보니 콧잔등이 또 쓰리다. 아마도 아침에 옥란이 만든 상처 딱지가 땀에 쓸려 떨어진 모양이다.

첫 번째 개울을 건너고 인력거를 길옆에 세웠다.

"과자 먹을래?"

맨발 그대로 개울로 내려가려는 나에게 옥란이 자그마한 소리로 말했다.

아침에 내 얼굴에 상처를 낼 때와는 다르게 그 애의 목소리는 작고 기어들어가는 자신 없는 음성이었다.

나는 아무 말도 없이 개울 모래톱에 앉아 세수를 하였다. 시원하다. 세수를 마치고 일어나려는데 발밑 모래 밖으로 작은 쇠고리 하나가 눈에 들어왔다. 쇠고리를 잡고 당겨보니 무엇인가에 연결된 것 같았다. 나뭇가지로 모래를 파헤치니 탐험대가 사용한 것 같은 커다란 배낭이 나왔다. 갑바(야전용 군 천막지)로 만든 배낭은 낡기는 했으나 구멍 난 곳은 없었다.

개울물에 흙모래를 깨끗이 세탁하니 생각보다 훨씬 좋은 물건이었다. 어깨 멜빵 쇠고리가 녹슨 것을 빼고는 당장 책가방으로 써도 상관없었다.

"그게 뭐니?"

모래 속에서 파낸 배낭을 인력거 손잡이에 걸 때 옥란이 또 말을 붙여왔다. 그 애의 얼굴 표정을 보니 이번에도 내가 받아주지 않으면 울어버릴 것 같았다.

"배낭 같아. 책가방 할 거야."

책가방을 얻어 얼굴이 밝아진 나를 보고 옥란이 배시시 웃었다. 나름대로 귀여운 얼굴이지만 웃는 모습이 더 예쁘다.

"책 많이 들어가겠다."

"으응. 넌 웃는 모습이 참 예쁘다."

예쁘다는 나의 말에 옥란은 얼굴이 빨개지며 좋아하였다. 그 애가 다시 권하는 과자를 더 이상 외면할 수가 없었다. 우리 둘은 과자를 맛있게 나누어 먹었다.

"콧등 많이 아프지? 정말 미안해."

"괜찮아."

그 애가 아침의 일을 사과하였다. 내가 마음을 열자 옥란의 목소리가 제대로 나오기 시작하였다. 집에까지 오는 동안 나는 네 번을 쉬었고 그때마다 옥란이 말을 붙여왔고 우리는 오랜 친구처럼 재잘거렸다.

나는 마을이 보이는 마지막 개울을 건너고 옥란에게 윤초시의 손녀딸과 시골소년의 순수한 사랑얘기, 소나기를 들려주었다. 그 애의 공단리본에 묻은 내 피 때문에 문득 떠오른 얘깃거리였다. 옥란은 너무 슬프다고 눈물을 글썽였다.

서 주사 댁 마당에 도착하니 먼저 백구가 우리들을 반겼다. 옥란을 안아 안채 마루에 옮겨놓고 나왔다. 그 사이에 어디서 나타났는지 서 주사가 내가 가져온 배낭을 집어 들고 살피고 있었다.

"그거 제겁니다. 이리 주세요."

"너 이거 어디서 난 거니?"

서 주사는 배낭을 이리저리 살피며 물었다.

"개울 모래 속에서 찾아낸 거예요."

"전쟁 때 호주군이 쓰던 배낭 같은데 아직 성성하구나."

"저, 집에 가야 돼요. 주세요."

"집에 가라. 이건 내가 가져야겠다."

'뭐라구? 내 책가방 할 배낭을 왜?'

나는 배낭을 들고 집 안으로 들어가는 서 주사를 따라 들어갔다. 배낭을 잡으려는 내 손을 피해 서 주사는 배낭을 높이 들어올렸다. 옥란이 아직 방으로 들어가지 않고 안타깝게 지켜보았다.

"어르신, 내 가방 주세요."

"임마! 너희 소 안 키울 거야? 집에서 쫓겨나고 싶어?"

서 주사는 또 집과 소를 핑계로 협박을 하였다. 나는 힘없이 팔을 내리고 말았다. 옥란이 울음을 터뜨리며 기어서 방으로 들어갔다. 나도 눈물을 삼키며 대문을 나서고 말았다.

첫 만남이 불편했던 옥란과 나 사이를 이어주려던 배낭이 없어졌다. 내 책가방이 날아갔다.

아버지는 예상대로 내 책가방을 사오지 않았다. 공책 한 권, 연필 한 자루가 전부였고 엄마는 몇 군데 구멍 난 보자기를 책보하라고 내주었다. 형은 책가방이며 공책도 몇 권이나 되고, 필통에 연필도 몇 개이고, 책받침이며 크레용까지 있었다.

연필을 깎고 있는 형에게 아버지가 사다 주신 새 연필을 내밀며 말했다.

"형, 내 연필 좀 깎아줘!"

"네가 깎아. 공부하는 거 안 보이냐?"

형은 나를 돌아보지도 않고 퉁명스럽게 쏘아붙였다.

아버지는 잘 깎인 반토막짜리 연필 하나를 형의 필통에서 집어 나에게 주고 내 새 연필을 형의 필통에 넣어주었다.

"이러면 됐지? 형 공부하는데 방해하지 마라."

"예."

나는 반토막짜리 연필을 어떻게 할까 하다가 주머니에 넣었다. 연필 넣은 주머니에서 빵이 만져졌다. 분이 누나에게 주려던 것인데 서 주사와 실랑이를 하는 바람에 아직 주머니에 있었다.

쌀쌀맞은 형에, 편애하는 아버지를 보니 다정하고 따뜻한 분이 누나 생각이 간절하였다.

/7/

오늘 아침도 변한 것이 없었다. 아버지와 형의 밥만 쌀이 반 정도였고, 내 밥은 온통 보리뿐이었다. 엄마에게 따지고 싶었다. 내가 옥란이를 데리고 다니기 때문에 우리가 여기 살고 소도 키울 수 있는 것인데, 왜 난 형 밥하고 다르냐고 울고불고 따지고 싶었다. 하지만 나는 말없이 깔깔한 보리밥을 입에 급하게 구겨 넣고 일어났다. 옥란이의 인력거를 끌려면 눈앞에 주어진 것이 보리밥이든 옥수수죽이든 먹어야 했다.

여우골 산길을 내려오는데 눈물이 마구 흘러내렸다. 자꾸만 형의 밥그릇이 눈앞에 아른거렸다.

서 주사 댁에 도착하여 책보를 인력거의 손잡이에 묶었다. 분이 누나는 부엌에서 불을 지피고 있었다.

"누나, 이거 먹어."

"이게 뭐야?"

나는 주머니 속에서 묻었던 지저분한 것들을 털어내고 누나에게 빵을 주었다.

"맛있다. 이거 어디서 났어?"

누나는 빵을 맛있게 먹으며 물었다.

"학교에서 준 거야. 월요일하고 목요일에 준대. 누나 또 갖다줄게."

분이 누나는 빵을 먹으며 찬장 구석에서 누런 양회종이에 싸인 누룽지를 내주었다.

"쌀 누룽지야. 배고플 때 먹어."

누나는 내 주머니에 깊숙이 쌀누룽지를 넣어주며 얼른 옥란에게 가보라고 손짓을 하였다.

내가 분이 누나를 만나러 부엌에 간 사이에 옥란은 마루에 나와 있었다. 나를 만나면 내 얼굴을 빤히 바라보던 옥란은 내 눈길을 피하고 있었고 잠을 못 잔 얼굴이었다.

나도 그 애의 얼굴을 보기 싫어 등에 업어 인력거에 태웠다.

학교에 와서 화장실을 데려 갈 때도 업고 데려다 주고, 교실에 있는 동안에도 옥란 쪽으로 얼굴을 돌리기 싫었다. '너희 아버지 정말 싫다. 너도 싫다'라고 대놓고 말해주고 싶었으나 그러면 아마도 그 애는 내가 업을 때 내 머리를 쥐어뜯어 놓을 것 같았다.

"나도 우리 아버지가 싫어. 우리 아버지가 싫다고 나까지 미워하지 마."

하굣길에 내 등에 업힌 옥란은 속삭이듯 말했다. 나는 아무 대답도 하고 싶지 않았다.

옥란은 어제처럼 과자를 사고 집에 가는 동안 쉬는 사이에 나에게 과자로 환심을 사려고 했다. 나는 그때 결심했다. 싫은 마음을 먹을 것 때문에 뒤집을 수는 없다는 것을. 옥란이 주는 모든 먹을 것을 받아먹으면 안 된다는 것을 느낄 수 있었다.

일곱 살 나이지만 완역 삼국지를 세 번이나 정독한 나였다. 세상을 읽는 눈이 벌써 보였다고 느껴질 때 온 몸에 전율이 지나갔다.

과자나 먹을 것으로는 내 마음을 움직일 수 없다는 걸 안 옥란은 다시는 내 앞에서 먹을 것을 사지 않았다.

나에게 고통만 주지만 그래도 정을 붙이고 살아야 하는 마을 두마재는 4월 중순이 되자 온산에 진달래꽃이 만발하였다. 특히 마을에서 첫째 개울을 건너 잔솔밭 사잇길부터 산을 돌아 공동묘지까지 가는 길옆은 꽃밭 그 자체였다. 분홍 진달래와 푸른 잔솔이 오묘한 조화를 이루며 아이들의 발걸음을 잡고 있었다. 나는 인력거를 세우고 길에서 한참 들어가 탐스런 꽃들만 모아 한 아름 꺾어다 옥란에게 주었다.

"고마워. 그런데 진달래 꺾으러 함부로 들어가지 마!"

"왜?"

"꽃밭에서 문둥이가 아이들을 기다리고 있다가 잡아서 간을 빼먹는데."

"그런 말이 어디 있어?"

"있대."

그렇게 꽃향기를 타고 우리 집에 새 가족이 찾아왔다. 서 주사가 우리와 약속했던 배메기 송아지 두 마리였다.

마을 사람들이 우리 집에 들어온 송아지를 보고 말들이 많았다. 우리 송아지는 우시장에서 사온 것이 아니라, 지금 서 주사댁 논밭을 가는 큰 암소 세 마리 중 두 마리 새끼라는 것이다. 문제는 송아지 가격인데, 우시장에서 구입하면 한 마리에 만 사천 원 할 송아지인데 이 새끼소의 가격을 만 팔천 원으로 정하여 우리 집에 병작 소로 넘겼다는 것이다.

나중에 송아지가 자라 큰 소가 되었을 때 팔면 송아지의 가격만 팔천 원 원금은 서 주사 몫이고 나머지를 똑같이 나누는 방식이니까 우리 집은 손해를 안고 송아지를 기르게 된 것이다.

대체로 마을에서 낳아 마을 사람들이 기르게 될 경우, 동네 사람들이 모여 공통된 의견을 모아서 가격을 정하는 게 보통인데, 이 마을의 촌장이 아니면서 촌장보다 더 권위적인 서 주사에게는 씨도 안 먹힐 얘기였다.

송아지 두 마리를 거두는 일의 반은 내 일이었다. 아침저녁으로 소죽을 끓이고 주는 일, 소똥을 외양간 밖으로 치우는 일 등 신작로에서 인력거를 만나도, 고개에서 힘들어하는 나를 만나도 인력거 뒤를 밀어줄 생각조차 안 하는 형에게 송아지 돌보는 일은 먼 나라 일이었다.

형은 집에 오면 공부밖에 하지 않았다. 그것을 엄마 아버지도 당연히 받아들였다.

/8/

그 만발했던 진달래꽃이 시나브로 자취를 감추고 철쭉꽃이 필 무렵, 나의 첫 번째 봄소풍 날이 돌아왔다. 옥란도 작년에 1학년을 두 달 다녔지만 봄소풍을 가기 전에 그만두었다고 하였다.

옥란도 나도 학교를 다니는 아이들이라면 소풍은 마음을 들 뜨게 하는 행사였다. 나는 더 신이 났다. 인력거가 도착하기를 기다리던 서 주사의 말을 들었기 때문이다.

"내일은 인력거를 안 끌어도 된다."

"예, 무슨 일 있습니까?"

"내일 소풍에 택시 타고 갈 거니까, 그리 알아라!"

나는 어리둥절하였지만 서 주사 댁을 돌아 점방까지 왔을 때 자세한 걸 알았다.

"상훈이, 내일 좋겠구나, 인력거도 안 끌고."

내가 점방 아주머니에게 인사하자 하신 말씀이었다.

"예, 신나요."

"옥란이는 내일 지 엄마가 택시 대절해서 데리고 간다지. 선생 님 주려고 맛있는 것도 많이 준비했다는데 너도 얻어먹겠구나."

나는 하늘을 날 것 같은 기분으로 여우골 골짜기를 올라갔다.

하지만 내 기분은 그리 오래가지 않았다. 내가 송아지에게 저 녁을 먹이고 어두워지려고 할 즈음, 서 주사 댁에 일 가셨던 아 버지가 돌아와 말씀하셨다.

"상훈이 내일 인력거 안 끌어도 되는 거 알지?"

"예, 아버지."

"넌 내일 서 주사 댁에 가서 감자 심어라."

"예? 아버지 저 내일 소풍 가야 된다구요."

"서 주사하고 얘기 다 되었다."

아버지 얼굴은 내가 한마디라도 더 한다면 또 때릴 분위기 였다.

밤새 잠을 못 이루고 뒤척였다. 보물찾기 잘하면 학용품도 생기는 소풍, 아이들 앞에서 팝송도 멋지게 불러보고 싶었는데….

다음날 소죽 군불을 지피는 내 옆 부엌에서 엄마가 형의 소풍 도시락 김밥을 만들고 있었다. 문 앞 토방에는 형의 새 운동화까지 가지런히 놓여 있었다. 내가 기억하기로는 이제껏 형은 운동화만 신었고 나는 검정고무신만 신었다.

김밥꽁다리조차 형의 것이었고 난 보리밥 한 덩이를 물에 말아먹고 서 주사 댁으로 갔다.

서 주사 댁의 일꾼 일만은 나와 분이 누나를 데리고 감자를 심을 밭으로 갔다. 약간 언덕진 감자밭은 어제 갈아놓았는지 물기 먹은 밭이랑이 끝없이 위로 이어지고 있었다. 밭 중간 중간에는 감자씨 가마니와 거름부대가 놓여 있었다.

"내가 고랑에 거름을 놓으면 분이는 거름 사이에 감자 씨를 놔. 그다음에 상훈이는 거름과 감자씨를 흙으로 덮으면 되는 거야."

일만이는 거름과 감자를 놓아 보이고 괭이로 덮는 것까지 감자 심는 법을 잘 가르쳐 주었다.

"아저씨, 작은 괭이 없어요?"

나는 일만이 주는 내 키만큼 큰 괭이자루를 보고 물었다.

"상훈아, 나 아저씨 아냐. 그냥 형이라고 불러. 그리고 자루 긴 게 습관 되면 더 편하니까 그냥 써."

분이 누나가 커다란 바구니에 감자씨를 담아 고랑에 일일이 허리를 구부리고 놓는 모습이 처음에는 안쓰러웠으나, 내가 맡은 일이 힘들어지자, 고통은 엄마 아버지에 대한 원망으로 이어졌다.

몇 시간을 일한 것 같았으나 해는 아직 제자리였다. 자동차소리가 들렸다. 잠깐 괭이질을 멈추고 마을 쪽을 보니 택시 한 대가 서 주사 댁으로 갔다가 이내 나와 마을 밖으로 벗어난다. 나는 옥란이 탄 택시가 보이지 않을 때까지 우두커니 서 있었다. 분이 누나와 일만 형도 부러운 듯 나처럼 그렇게 서 있었다.

택시가 보이지 않자, 우리들은 감자 심는 일에 다시 열중하였다. 그게 숙명인 것처럼. 힘들고 힘든 일이 계속 되었지만 점심시간이 가까이 오자 쌀밥을 먹을 수 있다는 희망에 신이 났다.

"오라버니, 저 가서 점심 가져올게요."

"그래, 조심히 가져와."

분이 누나는 점심을 가지러 서 주사 댁으로 가고 일만 형이 거름 놓기를 멈추고 감자씨를 놓았다. 형은 감자씨를 놓으면서 이랑 둑의 흙을 발로 차서 괭이처럼 거름과 감자 씨를 묻어갔다. 발놀림이 신기해 보였다. 일만 형은 자기의 재간을 신기하게 바라보는 나를 보고 씩 웃었다. 형이 내가 할 일까지 하는 바람에 누나가 밥을 가져올 쯤 거름 놓은 고랑은 다 심었다.

분이 누나의 가는 목이 점심 소쿠리를 힘겹게 이고 언덕을 올라왔다. 일만 형이 달려가서 밥 소쿠리를 받아왔다. 몇 달 만에 먹어보는 쌀밥이던가. 밥 소쿠리를 덮었던 보자기를 나는 급하게 벗겨냈다.

아니었다. 김이 모락모락 나는 하얀 쌀밥이 아니었다. 언제 지었는지 분간할 수 없는 거무칙칙한 쌀 한 톨 없는 꽁보리밥이었다.

"누나, 왜 쌀밥이 아냐?"

꽁보리밥을 가져온 누나는 아무 잘못이 없었지만 난 따지듯이 물었다. 나에게 수저를 집어주려던 누나는 멈칫하고 일만 형을 보았다. 형은 말없이 큰 그릇에 보리밥과 된장을 넣고 쓱쓱 비벼 먹기 시작했다. 누나는 물에 보리밥을 말아 먹었고 나도 물에 말아 먹었다. 먹을 반찬이라고는 된장뿐이었다. 한 이백 마지기의 논이 있다고 알려진 서 주사 댁이 아니던가!

일만 형은 밥을 먹자마자 다시 일을 시작했다. 오후 내내 이

어지는 괭이질에 손에 물집이 생겨났다. 아픔과 분노와 서러움이 눈물이 되어 흘러내렸다. 밭고랑에 뚝뚝 떨어지는 눈물, 아기에게 줄 젖이 불어터져 밭에 젖을 흘렸을 때의 왕룽 부인의 심정이 나 같았을까.

오후에 옥란이 타고 오는 택시 소리에도 소풍에서 돌아오는 아이들의 소리에도 고개를 돌리기 싫었다. 서산에 해가 떨어지기 직전에 감자 심는 일을 끝냈을 때 나는 서있을 힘조차 남아있지 않았다.

누나는 뭐가 그리 바쁜지 구르듯이 서 주사 댁으로 향했다.

"힘들었지? 고생 많았다."

일만 형이 그냥 땅바닥에 주저앉은 나에게 웃으며 말했다.

"형, 서 주사네 식구들은 쌀밥에 좋은 반찬 먹고 누나하고 형은 꽁보리밥에 장만 먹어요?"

"그래, 그렇다."

형은 대답을 하며 긴 한숨을 내쉬었다.

"서 주사네 쌀이 없나요?"

"아니 광에 가득 쌓였다. 여우골 올라가려면 어두워지겠다. 어서가라."

형은 내가 쓰던 연장이랑 밥 광주리 등 이것저것들을 지게에 착착 챙겼다. 나는 힘들게 일어나 밭 언덕을 터덜터덜 내려갔다.

오늘만은 정말 서 주사네 식구들을 보기 싫었지만, 밭을 내려와 여우골로 가려면 옥란이네 마당을 지나가야 했다.

집 안쪽으로 고개를 돌리지 않고 그냥 지나치려는데 서주사가 뭔가를 들고 대문을 나왔다. 난 걸음을 멈추고 인사를 하지 않을 수 없었다.

"수고했구나. 이거 가져가거라."

서 주사는 내게 손에 들었던 것을 주었다. 받아서 살펴보니 지푸라기로 대충 포장한 계란 3개였다.

"어르신, 이게 뭡니까?"

"오늘 너 일한 품삯이다. 네 아버지와 얘기 다된 거다."

"예, 고맙습니다."

어제는 소풍 갈 기대에 여우골을 단숨에 올라갔었는데 오늘은 계란찌개 먹을 기대에 여우골을 힘차게 올라간다.

나는 염원하였다. 제발 엄마가 현명한 선택을 할 것을. 내가 좋아하며 엄마에게 계란을 주었을 때 엄마도 기뻐하며 받았다. 하지만 저녁상에 계란찌개는 없었다. 내가 하루 종일 감자를 심고 받아온 계란 세 개는 다음날 아침 밥상에 올라왔다.

계란은 우리 가족 모두가 먹을 수 있는 찌개가 아닌 프라이로 변해 쌀이 반 정도 섞인 아버지의 밥그릇에 한 개 올라가 있었고, 역시 쌀이 반쯤 섞인 형의 밥그릇에 또 한 개가 있었지만 순 보리밥의 내 밥그릇에는 아무것도 없었다. 아마도 나머지 프라이 한 개는 형의 도시락 속에서 나를 비웃고 있을 것이다.

/9/

우리 가족의 가난을 약점 삼아 데려간 분이 누나에게 아침부터 저녁까지 부려먹었으면 쌀밥이라도 먹여야지, 자기들은 쌀밥에 좋은 반찬에…

서 주사에 대한 분노는 옥란에게 몇 배로 되돌아갔다.

옥란이 집에 있을 때 찾아오는 친구는 전혀 없었다. 그것은 옥란의 신체 때문이기도 하지만 권위적이고 이기적인 서 주사 부부 때문이었다.

학교에서도 자기 자리에만 있는 옥란에게 다정한 친구는 없었다. 그나마 학교에 있는 동안 곁에 있는 나에게 옥란은 이것저것 말을 붙여왔다.

그렇게 말을 붙여오는 옥란에게서 부잣집 딸의 거만함은 보이지 않고 측은함만 보여 번번이 마음을 열었던 나였다. 하지만 분이 누나를 푸대접한 이번 일은 아주 오래 갈 것 같다.

오직 큰아들만 위하고 딸은 자식으로도 여기지 않는 아버지에 대한 원망이 봇물처럼 터진 날이 찾아왔다. 숟가락 하나 덜겠다고 분이 누나를 서 주사 댁에 덥석 보낸 아버지였기에.

오늘 아침도 형과 차이가 나는 꽁보리밥 한 그릇을 먹고 책보를 어깨에 가로 맨 다음 한숨을 쉬며 난생 처음으로 아버지에게 돈을 달라고 하였다.

"아버지, 오늘 미술준비물 때문에 돈이 좀 필요한데요."

"없다. 어서 학교 가라."

수저를 놓은 아버지는 엄마가 주는 숭늉을 한 그릇 다 드시고 일어서며 말했다.

"주세요, 꼭 미술 준비해…"

"이놈의 새끼!"

내 주장은 아버지의 따귀 한 대에 묻혀버렸다. 형은 내가 맞든 말든 엄마가 챙겨준 도시락을 가방에 넣고 집을 나섰다.

"형이 돈 달라면 꼭 주시면서 저는 왜 안 주는 거예요?"

나는 맞을 각오를 하고 형과 나의 차별을 들췄다. 사실이다. 형은 일주일에 두세 번 정도 돈을 타가는 것을 눈여겨보았다.

우리가 부치는 화전이라야 별 이익이 없어 아버지는 남의 집 일을 많이 다니신다. 대개는 보리쌀로 삯을 받아오지만 돈을 받아오기도 하신다. 그 돈을 모아 살림에 필요한 것을 사기도 하지만 거의 형에게 주는 것 같았다.

"이놈의 새끼, 어떻게 그런 말을 버릇없이 함부로 하느냐?"

아버지는 손에 잡히는 적당한 몽둥이를 집어 들고 나를 패기 시작하였다.

나에게 국민학교 1학년은 아무 의미가 없었다. 형의 4학년 과정도 아무 배울 것이 없었다. 김 박사님은 내가 당장 중학교를 가도 될 정도라고 하셨다.

국민학교 1학년의 미술시간은 내게 그냥 그런 시간이라 지금까지 그림 한장을 그리지 않았다. 물론 아버지가 도화지와 크레용을 사주지도 않았다. 하지만 오늘의 미술준비는 달랐다. 어제 담임선생님의 미술준비 얘기가 끝나고 우리 분단 맨 앞자리의 남자아이가 내일 미술준비 안 해오면 빵을 안 준다고 하였다.

1학년 수업이 오전에 끝났지만 그 먼 등하굣길을 인력거를 끌고 오가는 나는 늘 배가 고프고 그만큼 학교에서 주는 빵 하나는 내게 중요하다.

미술준비는 색종이, 테이프, 가위와 풀인데 아버지는 뭐가 필요한지 묻지도 않고 나를 패기부터 한 것이다. 아버지는 내 머리만 빼고 몸 구석구석을 마구 때렸다. 어디를 어떻게 맞았는지를 모른다. 내가 이를 악물수록 아버지의 매 강도는 높아졌다. 정신없이 얼마나 맞고 집을 나섰는지 모른다. 문득 정신이 들었을 때 나는 서 주사 댁 마당에 발길이 닿고 있었다. 등교시간에 늦었는지 옥란은 마당의 인력거에 타고 있었고 분이 누나는 발을 구르며 나를 기다리고 있었다.

누나는 내 몰골을 보더니 한숨을 쉬며 입을 열었다.

"속상해서… 또 애를 잡았군. 오빠에게는 털끝 하나 손 안 대고 너에게는 허구한 날 매타작이니."

분이 누나는 내 옷을 걷고 몸을 살펴보았다. 내 몸에 검은 멍들이 구렁이처럼 엉겨 있었다. 내가 그 자리에 더 있으면 누나가 울어버릴 것 같아 난 얼른 인력거의 손잡이 안으로 들어가 그곳을 떠났다.

아픈 다리로 인력거를 끌고 학교에 도착했을 때 다행히 선생님이 아직 교실에 들어오지 않았다.

미술시간은 마지막 시간이었다. 우리 담임은 먼저 미술준비를 해 왔는지 물었다. 책상에 준비한 색종이, 테이프, 가위, 풀을 올려놓고 손을 들라고 했다. 우리 반 65명 중 미술준비를 해온 아이는 7명뿐 이었다. 내가 쉬는 시간에 학교 뒤 문방구에서 도구를 사다 준 옥란과 우리 동네 점방 집 딸 강숙희도 준비를 해왔고, 나머지 다섯 아이는 학교에서 가까운 부잣집 애들이었다. 선생님은 일일이 준비해온 아이들의 자리로 다니며 확인하고 이름을 적었다.

색종이테이프로 만들 것은, 일정한 길이로 잘라 풀로 이어붙이는 색종이 사슬이었고 선생님이 만드는 법을 교탁에서 보여주었다. 또 일곱 명의 자리로 다니며 지도를 해주어 그 애들은 손쉽게 고리를 만들어갔다. 일곱 아이들은 알록달록한 종이 고리를 완성하고 선생님의 말씀대로 이름을 써 교탁에 하나 둘 쌓아놓았다. 옥란의 종이 고리는 선생님이 직접 가져갔다.

옥란의 종이 고리가 교탁에 올려 졌을 때 아이들의 함성소리가 들렸다. 때마침 교실 문이 열리며 6학년 형 둘이서 빵바구니를 들고 들어서고 있었다.

우유가루가 섞인 고소한 빵 특유의 냄새가 교실 안에 퍼졌다. 다른 때 같으면 6학년 형들이 가운데 분단 맨 앞 책상 앞에 빵바구니를 놓고 분단별로 일일이 나누어주었다. 하지만 오늘은 빵바구니가 가운데 분단 앞자리에 놓이자, 선생님은 형들을 가라고 하였고 형들이 나가고 문이 닫히자 호명을 하였다. 호명한 아이들은 바로 미술준비를 하고 종이 고리를 만든 일곱 명이었다.

옥란이를 제외한 여섯 명의 아이들은 대답을 하며 일어났고 선생님의 손짓에 빵바구니가 있는 곳으로 모였다. 선생님은 반 아이들이 하나씩 받아야 할 빵을 여섯 아이들에게 아홉 개씩 나누어주었고, 아이들은 옷섶을 펼쳐 많은 빵을 받아들고 제자리

로 돌아갔다. 선생님은 나머지 빵을 들고 내 옆자리의 옥란에게
로 와 비상용 가방에 빵을 다 넣어주었다.

미술 준비를 한 아이들에게만 빵이 주어질 때 나머지 다른 아
이들의 시선은 선생님의 손길 끝 빵을 따라 움직였고, 빵이 하
나도 안 남았을 때 여기저기서 아이들의 울음소리가 들렸다.

어수선한 가운데 종례가 끝났다. 소리 내어 울지는 않았지만,
눈물을 보이지는 않았지만 나도 속으로 울었다. 연희동 복덕방
할아버지들의 푸념 섞인 말이 떠올랐다.

'아홉 개 가진 부자가 한 개 가진 가난뱅이 것을 빼앗아 열 개
를 채운다.'

그때는 할아버지들의 말씀이 이해가 잘 안 되었지만 오늘 그
말의 뜻을 선생님이 손수 보여주었다. 오늘 빵이 나오지 않는
날이라고 마음먹고 있었으면 그만인 것을. 그래! 오늘은 빵이 안
나온 거야.

나는 어느새 마음을 다스리며 옥란의 인력거를 끌고 장승고
개를 넘고 있었다. 장승고개는 상동면 소재지의 마을이 끝나면
서 시작되는 언덕 고갯길이다.

그 고개 마루에는 큰 밤벌(밤나무단지)이 있다. 그곳은 이 고
개를 넘는 아이들의 놀이터였다. 인력거를 끄는 내가 고갯마루
그 밤벌에서 꼭 쉬는 것은 당연한 일이었다. 그러나 오늘은 쉬

고 싶지 않았다. 인력거를 세우면 옥란이 빵을 먹자고 할 텐데, 그 애의 먹을 것은 다 싫지만 오늘은 특히 아이들의 눈물이 밴 그 빵을 먹기 싫었다.

고개를 다 올라 평지에 들어섰다. 이제 조금만 더 가면 매일 쉬어가는 밤벌 공터가 나온다. 숨이 차고 힘이 들었지만 오늘은 그냥 지나치려고 마음먹었는데 왈패 삼숙이 나를 불러세웠다.

"야! 꼬마신랑, 이리와 봐!"

꼬마신랑은 항상 자신보다 큰 옥란을 업고 다닌다고 아이들이 내게 붙여준 별명이었다.

왈패 삼숙이란 별명이 붙은 애들은 우리 반이며 같은 마을, 두마재에 사는 여자아이들이었다. 대장노릇을 하는 두마재 점방집 넷째 딸 강숙희 그리고 이웃에 사는 김숙자, 정숙미 이렇게 이름 가운데 숙자가 들어가 그 애들을 삼숙이라 불렀다.

왈패 삼숙이란 별호에 어울리게 세 명이 한패가 되어 말썽을 피웠다. 왈패 삼숙에게 몰매를 맞은 아이들은 대개 남자아이들이고 2학년이나 3학년 남자애들도 있었다. 하루가 멀다 하고 타 반 선생님들이 우리 반 선생님에게 항의하러 교실로 찾아왔다. 그런 왈패 삼숙이 오늘 나를 노리고 기다리고 있었던 것이다.

나는 인력거를 세우고 삼숙에게 갔다. 삼숙은 일어선 채 한 손은 허리춤에 세우고 한 손은 빵을 먹고 있었다.

"왜, 왜 그래?"

"너, 빵 줄까?"

숙희와 나의 첫 대화였다.

"나, 옥란이가 빵 줘서 많이 먹었어."

내가 왜 그런 대답을 했는지 잘 모르겠다. 그냥 튀어나온 말이었다.

"거짓말 마! 너 옥란이가 주는 건 안 먹는 거 알아. 이거 먹어!"

어떻게 알았지? 숙희가 나에게 관심이 있었나?

숙희가 내민 빵은 그냥 입으로 먹던 이 자국이 선명한 불결한 것이었지만 나는 그 빵을 잡으려고 손을 내밀었다.

"주워 먹어!"

숙희가 내가 잡으려던 빵을 땅바닥에 던지며 말했다.

내가 땅바닥에 버려진 빵을 그냥 두고 그 자리를 떠나도 삼숙은 내게 싸움을 걸어올 것이고 빵을 주워 먹어도 놀림감이 될 것이었다. 나는 빵을 주워들었다.

"얼라리 꼴라리, 꼬마신랑은 땅거지래요."

예상대로 왈패 삼숙이 웃으며 놀려댔다.

주웠던 빵을 숙희 얼굴에 던져버렸다. 빵은 숙희의 이마에 정통으로 맞고 몇 개의 조각으로 부서져버렸다. 왈패 삼숙이 달려들고 나는 삼숙의 밑에 깔려 코피가 터지고, 물리고, 꼬집혔다.

내가 큰소리로 울 때까지.

정말 오늘 왜 이럴까? 계집애들에게 맞아 아파서 운 게 아니라 왠지 서러워서 울었다.

"야! 그러지마. 그만 하란 말야!"

옥란이 고래고래 소리를 치고 내가 큰소리로 울자, 삼숙은 내게서 떨어져 가버렸다.

"이리 와! 얼굴 닦아줄게."

일어나며 몸을 털고 인력거로 왔을 때, 옥란이 손수건을 수통 물에 적시며 말했다.

"싫어."

"얼른 이리 와! 빨리 안 올래?"

옥란이 언성을 높이며 눈을 흘겼다.

여기는 고갯마루라 어디에도 세수 할 물이 없다. 장마철이라면 모를까. 더구나 올해는 봄부터 계속 가뭄이었다. 내 얼굴은 안 봐도 코피와 흙에 엉망일 텐데… 이럴 때 보면 옥란은 세 살 많은 누나의 모습이었다.

내 얼굴을 정성스럽게 닦아주는 옥란의 얼굴은 뽀로통하였다.

"너도 내 얼굴 한대 쥐어박고 싶지?"

"그래, 알면 됐어. 다 됐어. 빵 먹자!"

"싫어, 빵은 정말 싫어!"

내가 싫다고 말했는데도 옥란은 가방에서 빵 하나를 꺼냈다.

"어서 받아먹어. 이 빵 하나는 오늘 네가 받을 것이었잖아."

옥란의 말이 맞다. 내가 받을 빵을 옥란이 몰아 받았다고 생각해버리면 그만이지 뭐. 나는 옥란이 주는 빵을 받아먹으며, 인력거를 끌고 집으로 향하기 시작했다.

고개를 내려가 몇 백 미터의 평지를 가면 갈림길이 나온다. 오른쪽으로 가면 우리 마을 두마재로 가고, 왼쪽으로 가면 우리 마을 보다 더 큰 마을이 나온다고 하였다.

길이 갈리는 그 갈림길에서 왈패 삼숙이가 왼쪽 마을에 사는 2, 3학년 남자아이 네 명에게 당하고 있었다. 그 옆에는 왼쪽 마을에 사는 우리 반 남자아이 하나가 있었는데 그 아이도 오늘 빵을 받지 못하였다.

내가 인력거를 우리 마을 쪽으로 돌렸을 때, 상급 남자아이 둘이 달려와 내 앞을 막았다. 우리 반 남자아이가 오늘 빵을 무더기로 받은 삼숙과 옥란에 대해 마을 상급생에게 얘기한 것이었다.

"야! 어딜 가. 빵 다 내놓고 가란 말이야."

나는 인력거를 세우고 앞을 막은 상급생들을 노려보았다. 저쪽에서는 숙희가 빵을 든 가방을 빼앗기지 않으려고 발악을 하고 있었다.

"이게 어디서 째려봐!"

나는 인력거손잡이 밖으로 나와 앞에 있는 상급생 둘을 업어 치기로 던져버렸다.

칼 신부님에게 유도와 무예타이를 배운 때가 작년 6살이었는데, 그때 힘에 부치던 상급생들이 오늘은 쉽게 넘어갔다. 아마도 내가 한 살 더 먹고 인력거를 끌기 때문에 팔 힘과 다리 힘이 강해진 것 같았다.

일어서는 두 상급생을 한 번씩 들어서 집어던졌다. 그리고 숙희에게로 달려가 나머지 두 상급생을 업어치기로 두 번씩 땅바닥에 내동댕이쳤다. 옆 마을의 우리 반 아이가 내가 무서운지 공포에 질려 서 있었다. 상급생들은 일어나 자기 마을로 도망쳐버렸다. 같이 도망치려는 우리 반 아이는 내가 잡아 옥란에게로 데려왔다.

옥란이 내 뜻을 알아차렸는지 가방에서 빵 하나를 꺼내 우리 반 아이에게 주었다. 그 애는 얼른 빵을 받아들고 자기네 동네로 도망쳐갔다. 왈패 삼숙도 나를 보며 슬금슬금 먼저 도망쳐갔다.

"너 그렇게 싸움 잘하면서 왜 삼숙에게 맞았니?"

"삼숙을 때리면 우리 아버지에게 맞을 거야. 우리 아버지 매는 참기 힘들거든."

"너도 아버지가 싫으니?"

"모르겠어. 내가 지금 무슨 말을 하겠니? 다만 내가 지금의 우리 아버지 연세가 되었을 때 알 수 있겠지."

"넌 어리면서도 교장선생님보다 더 근사한 말을 하는구나."

나는 인력거를 끌며 두마재로 향하기 시작했다.

/10/

한창 모내기를 할 6월초인데 상동에도 두마재에도 모내기를 못한 논이 절반이 넘어서고 있었다. 봄부터 비다운 비가 오지 않아 가뭄이 극에 달하고 있었기 때문이다. 모내기를 못한 사람도 모내기를 한 사람도 물 부족으로 하루가 멀다 하고 물꼬싸움을 하였다.

"또 우리 아버지 물꼬싸움 하나보다."

학교에서 돌아오는 길에 숙희네 점방을 돌았을 때 서 주사 댁과 중간지점에 사람들이 많이 모여 있는 걸 보고 옥란이 말했다. 두마재에서 물꼬싸움을 했다하면 서 주사였다. 두마재 논의 7할이 서 주사 것이었고, 성정 또한 불같아 옥란이 지레짐작으로 말한 것이었다.

사람들은 무엇인가를 중심으로 빙 둘러 서있었는데 우리가 가까이 가자 사람들이 웅성거리며 길을 터주었다. 구경거리라면 애들은 어른들 사이를 비집고 들어가 봐야 하는데 길을 터주다니… 나는 별로 구경하고 싶지 않아 그냥 지나치려다 인력거를 세우고 그 자리에 굳어버렸다.

누나였다. 분이 누나였다. 누나가 길옆에 누워있었는데 가까이 가보지 않더라도 누나의 상태가 심각한 걸 짐작할 수 있었다.

"누, 누나··"

"상훈아, 정신 차리고 얼른 가봐."

옥란이 크게 소리치는 바람에 나는 인력거에서 뛰쳐나와 누나에게 달려갔다. 누나 옆에는 서 주사와 일만 형이 안절부절못하고 있었다.

"누나, 누나!"

"상, 상훈아, 누나 아, 파··"

도대체 무슨 일이 일어났는지 얼마나 다쳤는지 모르지만 죽음을 한 번도 본 적이 없지만 누나의 상태는 죽음의 선을 넘어선 것 같았다. 풍선처럼 부푼 배를 부여잡고 아파하는 누나의 몸을 일으켜 안았다.

"누나, 병원 가야 해. 병원!"

"이놈이, 가긴 어딜 가."

분이 누나를 안고 일어나려는 나의 어깨를 서 주사가 손으로 내리 눌렀다.

"왜 이래요? 병원 가야 한다고요!"

나는 눈에 불을 켜고 서 주사에게 대들었다.

"아무데도 못 가!"

서 주사는 결사적으로 나를 말렸다. 도대체 누나가 어떻게 다쳤기에 서 주사가 이런단 말인가.

그때 아버지와 엄마가 달려왔다.

"분이야, 분이야!"

분이 누나를 부르며 달려오는 아버지와 엄마를 보다가 누나에게 눈을 돌렸을 때 모든 것으로부터 누나가 떠나가고 있었다. 아버지와 엄마가 누나를 안고 흔들어 보았지만 아무 미동도 없었다.

"애고, 분이가 죽었구만!"

"불쌍해서 어쩌나‥"

"어린 것이 뭔 죄가 있어. 쯧 쯧‥"

지켜보던 마을 사람들이 한마디씩 하는 소리는 엄마 아버지의 통곡소리에 묻혀버렸다.

분이 누나가 죽은 것을 확인한 서 주사는 마을 청년들을 인솔하여 신속히 누나를 매장하려고 하였다. 지게를 준비하고 가마니 한 장을 펼쳐 누나를 염하려고 하자 점방집 숙희 엄마가 딸을 시집보낼 때 쓰려던 비단보를 가져와 누나를 곱게 감쌌다. 거지나 다름없던 분이 누나가 마지막으로 비단옷을 입었다.

여우골 입구 밤벌 끝에 마을 청년들이 멈추고 분이 누나를 묻을 준비를 하였다.

"대충 묻지 말고, 여섯 자 깊이를 파서 묻고 평장을 하되, 혼령이 나와 돌아다니면서 해코지 못하도록 큰 돌로 막아놓게. 꼭 그렇게 해야 돼."

거기까지 따라온 서 주사의 말에 청년들은 재빠르게 일을 처리해 나갔다.

아버지와 엄마, 내가 누나를 부르며 한참 통곡을 하고 나니 청년들은 커다란 바위를 봉분 대신으로 놓고 있었다. 누가 이곳이 아홉 살 누나가 잠든 곳이라 하겠는가? 아무 표식 하나 없는 그냥 땅 위에 바위 하나 놓여 있을 뿐인데.

"집에 가서 기다리게나. 내 찾아가지. 어서들 가자고, 목들 좀 축여야지."

서 주사와 청년들은 마을로 돌아갔다.

후에 일만 형이 나에게 사건의 전말을 다 말해주었다. 집안일을 끝낸 분이 누나에게 서 주사가 소에게 풀을 먹이라고 고삐를 쥐어주어 들에 내보냈는데, 분이 누나가 자꾸 소고삐를 놓쳐 소가 논밭 작물을 망치자, 일만 형에게 누나 손목에 소고삐를 묶어버리라고 말했다. 그런데 아홉 살 여자아이가 어떻게 큰 소의 힘을 당하겠는가! 풀에 욕심이 난 소의 힘에 끌려가다 바위에 넘어져 그 사단이 난 것이었다.

간호사 일을 했었다는 숙희 엄마가 분이에게 장 파열이 생겼다고 빨리 병원에 데려가야 된다고 했는데 서 주사가 몇 시간을 방치하여 누나를 죽게 만든 것이었고, 그 일을 막걸리 몇 잔과 소작 땅으로 동네사람들 입막음하고 아버지 엄마에게는 보리쌀 두어 말과 쌀 한 말로 없었던 일이 되어버렸다. 설령 아버지가 누나의 죽음을 기관에 신고했더라도 그들은 어지러운 시국 걱정만 할 뿐 그깟 화전민의 여식 하나 죽었다고 관심이나 보이겠나….

누나와 이별하고 여우골 집에 왔을 때 일만이 형은 지고 온 쌀을 내렸고 마을 이장이 한마디 거들었다.

"좋은 게 좋은 거네."

서 주사도 한마디 하고 앞서 여우골을 내려가고 일만 형과 이장도 그 뒤를 따랐다. 아버지와 엄마, 나는 아무 데나 주저앉아 말없이 어디인가를 응시하고 있었다.

분이 누나는 우리 가족에게 무엇이었나? 아주 오랜 세월이 지나서 알게 된 사실이지만 분이 누나는 우리 가족의 호적에도 오르지 않고 아홉 생을 그저 무적자로 살다 간 것이었다. 우리 가족부에는 아버지와 엄마가 부모로 자식으로는 석훈 그리고 나,

동생 정훈, 지훈 뿐 이었다. 눈을 씻고 어디를 봐도 '장분'이라는 이름은 없었다. 쓸모없는 계집애라고 아버지가 선택한 결과였다.

형이 학교에서 돌아왔다. 두마재에서 분이 누나에 대해 들었을 텐데 전혀 모르는 사람처럼 말없이 방으로 들어가 버렸다.

"음매, 음매에…"

화가 너무 나서 형을 따라 방으로 들어가려는데 송아지 두 놈이 배고프다고 운다. 저 녀석들은 누나가 죽은 것도 모르나 보다! 나는 송아지들을 위하여 쇠죽을 쑤어 저녁을 마련해주었지만 엄마는 그날 저녁 그 누구를 위해서도 밥을 하지 않았다.

나는 아침에 보리밥 한 그릇밖에 먹지 않고 두 끼니를 걸렀는데도 배가 고픈 줄을 몰랐다. 잠자리에 들어서도 누나 생각에 연신 훌쩍거리고 있었다. 그러나 형은 희미한 등잔불 아래서 공부에 열중하였다. 어떻게 저럴 수 있는 거지? 여동생이 죽었는데 눈 하나 까딱하지 않다니.

형의 미운털은 다음날 아침 밥상에까지 이어졌다. 엄마는 나의 밥은 여전히 꽁보리밥으로, 형과 아버지의 밥은 쌀이 어느 때보다도 많이 섞인 거의 이밥 수준으로 올려놓았다. 형은 수저에 착착 감기는 이밥을 맛깔나게 먹었다. 그 쌀이 누이동생의 목숨 대신이라는 것을 알기나 할까. 태연한 얼굴로 이밥을 먹는 그 입을 뭉개버리고 싶었다.

깔깔한 보리알이 목으로 안 넘어가려고 입 속에서 이리저리 구르는 걸 억지로 삼키고 집을 나서는 형의 뒤를 따랐다. 오솔 길 가에 핀 들꽃을 보이는 대로 꺾어 차곡차곡 모아갔다. 밤벌 이 보일 즈음에 꺾은 꽃들이 한 아름 꽃다발이 되었다.

"형, 저쪽에 누나 무덤 있다. 아침인사 가보자."

"이거 놔!"

밤벌 입구에서 형의 팔소매를 잡으며 내가 입을 열자, 형은 뒤도 안 돌아보고 화를 내며 밤벌 길을 뛰어 내려갔다.

"야, 이 나쁜 놈아!"

나는 멀어지는 형의 뒤통수에 욕 한마디를 해주고 분이 누나 의 무덤에 갔다.

여기에 누나가 있다고? 이 돌 밑에, 이 땅 속에… 실감이 나 지 않았다. 어제 일이 꿈이었으면, 꿈일 거야. 서 주사 집에 가 면 부엌에서 누나가 쌀 누룽지를 가지고 웃으면서 나올 거야.

들꽃으로 만든 꽃다발을 누나에게 놓아주고 서 주사 댁으로 갔다. 그리스신화처럼 지옥에 가는 길이 있다면 가서 누나를 구 해올 수 있으련만. 나는 그 지옥인 서 주사 댁에 도착할 수 없었 다. 서 주사 댁 대문을 들어서서 부엌을 보고 있으면 누나가 나 올 텐데, 누나가 나올 텐데…

길에서 누군가 불을 피우고 있었다. 일만이 형이 무언가 태우고 있었다. 그것은 물어보지 않아도 분이 누나의 유품이었다. 유품이라야 누더기 옷에 쓸모없는 잡동사니뿐이었다.

불이 잘 타도록 나뭇가지로 모닥불을 뒤척이는 일만이 형의 뒤로 인력거에 앉아 훌쩍거리는 옥란의 모습이 보였다.

"다 태우고 이거 하나 남았다."

일만 형이 낡은 사진 한 장을 나에게 주었다. 사진 속에는 누나, 형, 나 이렇게 세 명이 나란히 있었다. 연희동 김 박사님 집 정원을 배경으로 사모님이 찍어준 사진이었는데, 얼마나 만졌는지 몇 년 된 사진처럼 낡아 있었다. 그 사진은 누나에게 처음이자 마지막 사진이었다.

사진을 주머니에 넣는데 일만이 형이 조용히 속삭였다.

"옥란이가 분이 때문에 많이 울었다. 둘은 친자매처럼 한 이불을 덮고 잘 지냈거든."

"그래서 저보고 어쩌라구요."

나는 일만 형의 말뜻을 알았지만 짜증스럽게 되물었다.

"내 말은 말야…"

"옥란이를 미워하면 안 되는 거 아는데, 서 주사의 딸인 걸 어떡해요?"

나는 일만이 형을 지나쳐 옥란이 타고 있는 인력거를 끌고 학교로 향했다.

[11]

학교에서 먹고 남은 빵 반 개를 누나를 누르고 있는 바위 위에 놓아주고 바위 밑에는 누나가 소중히 간직했던 사진을 묻어 주었다. 이다음에 때가 되면 내가 좀 더 어른이 되었을 때, 그때는 누나를 누르고 있는 바위를 치워버리고 묘다운 묘를 꾸며 주리라.

학교에서 빵이 나오면 빵을 남겨 누나에게 갖다 주고 아침에는 새로 핀 꽃을 꺾어주고 누나에 대한 나의 정은 계속되었는데 그 일은 일주일을 넘기지 못했다.

분이 누나가 죽은 지 꼭 일주일밖에 되지 않았건만 엄마, 아버지, 형의 얼굴에서는 가족을 떠나보낸 슬픔 같은 건 찾아볼 수 없었다. 누나가 서 주사 댁에 있다고 생각하면 변한 것이 없는.

그런 누나가 떠난 일주일 후 저녁 소죽을 끓여서 두 놈에게 여물을 떠주고 있었다. 통나무 속을 파내서 만든 소 여물통 양쪽에 여물을 나누어주었지만 두 송아지가 서로 많이 먹겠다고 머리를 박고 싸우면서 먹고 먹고 또 싸운다.

"아따 그 송아지들 여물 한번 맛나게 먹네."

낯선 여자의 목소리에 고개를 돌렸을 때 지금 막 여우골을 올라와 숨을 몰아쉬는 행상 여인이 보였다. 우리 엄마보다 나이가 더 들어 보이는 여자는 광주리를 머리에 이고 있었는데 생선냄새가 풍겼다.

"우리 집은 생선 안 사요."

엄마가 부엌에서 나오며 쏘아붙였다.

생선장수 아줌마는 엄마의 말에도 발길을 돌리지 않고 생선 광주리를 토방에 내려놓았다. 그리고 머리위에 똬리를 내려 깔판 삼아 깔고 아예 주저앉아버렸다.

"물 좋은 간고등어가 몇 손 안 남았어요. 돈이 없으면 곡식으로 줘도 돼요. 자, 구경 한번 해봐요."

생선장수는 일장연설을 늘어놓으며 광주리를 덮은 보자기를 걷어냈다. 광주리 속에는 고등어들이 나란히 누워 있었다. 나는 잠깐 동안 생선을 보다가 고개를 돌려버렸다. 어차피 고등어를 사봐야 내 입에 들어오는 건 없을 테니까.

"어여 저녁 안 차려?"

날이 저물어오는데도 엄마는 생선장수 때문에 저녁을 차리지 못하자 아버지가 한마디 하셨다.

"아이쿠, 미안해요. 나 때문에 저녁을 못 드시나 보네. 날이 저물어 어디 갈 수 없으니 하룻밤만 재워줘요."

"잘 데 없어요."

날이 저물어 하룻밤 재워달라는 생선장수의 말을 엄마는 딱 잘라 버렸다.

"애들 옆에 끼어서 하룻밤 신세 좀 지게 해줘요. 고등어 한 손 공짜로 드릴게요."

생선장수 여자는 웃으며 고등어 한 손을 집어 엄마 앞에 내밀었다. 그 여자는 엄마보다 나이가 더 들었지만 유난히 애교가 많은 것 같았다. 이제 보니 웃을 때 왼쪽 입술과 턱 사이에 콩알만한 물 사마귀가 있는 것이 보였다. 엄마가 선뜻 생선을 잡지 못하자 아버지가 받아서 엄마에게 주었다.

집 안에서 생선 굽는 냄새가 진동하자 내 뱃속이 니글거렸다. 김 박사님 말로는 뱃속에 있는 회충이 인간보다 더 냄새를 감지하고 요동치는 거라고 하셨다. 작년 가을인가 박사님이 주신 회충약을 먹고 회충을 많이 구제했는데 또 생긴가 보다.

평소보다 늦은 저녁상을 받은 우리 가족은 희비가 엇갈렸다. 생선장수의 저녁을 생각지 못했던 엄마는 내 보리밥과 엄마의 보리밥을 반씩 덜어내 그 여자의 저녁으로 내놓았다.

고등어 한 손은 두 마리인데, 엄마는 저녁에 한 마리밖에 굽지 않았다. 그 고등어 한 마리의 반쪽은 아버지 밥 위에, 또 반쪽은 형의 밥 위에 놓았고 머리를 엄마가 들고 있었다.

"상훈이, 너 머리 안 먹지?"

"네, 엄마 드세요."

엄마는 늘 이런 식이었다. 내가 머리를 안 먹는 걸 알고 한마디 물어보면 그만이었다. 엄마는 머리에 붙은 목살을 발라내 네 살 박이 정훈의 밥그릇에 올려주고 나머지 머리를 맛나게 드셨다.

희미한 등잔불 아래서도 형이 발라먹는 희고 노릇노릇한 고등어 속살이 나를 미치게 하는 저녁이었다.

"아따, 큰아들과 작은아들 너무 차별하는 거 아니요?"

생선장수 아줌마가 나를 보고 한마디 거들었다. 그러나 엄마나 아버지는 한마디 대꾸도 하지 않았다.

"잘생긴 도령, 이 아줌마 따라갈까? 맛나는 거 많이 줄게!"

형과 내가 잠자는 윗방 맨 윗목에 잠자리를 잡은 생선장수 아줌마가 내게 말을 걸어왔다.

"형 공부하는데 조용히 해주세요."

나는 형을 대신해 한마디 쏘아붙이고 돌아누워 버렸다.

보리밥에 맛난 생선만 먹어도 좋을 텐데. 형은 이밥에 생선 반 마리를 먹었다. 엄마는 왜 내게 그 반 마리의 반을 줄 생각을 안 하는 걸까? 어른들이 농담처럼 말하는 집안에 다리 밑에서 주워온 애들이 하나씩 있다는데 그게 나 아닐까.

오만가지 생각에 시달리다 늦게 잠이 들었던 나는 왁자지껄한 바깥 소리에 벌떡 일어났다. 늦잠을 자 여물 주는 일이 늦어지는 것 때문에 시끄러운 줄 알았다.

얼핏 서 주사 목소리가 들린 것 같았다. 옷을 주워 입고 밖으로 나가자마자 내 멱살을 잡는 큰 손이 있었다. 그 손의 반대쪽 손에는 형이 잡혀 있었다.

"내 송아지 두 마리를 당장 데려오지 않으면 이 두 놈을 데려간다."

"어르신, 석훈이는 안 돼요. 애 아버지가 돌아올지 모르니 며칠만 기일을 주세요."

형과 나의 멱살을 잡고 알 수 없는 말을 하는 서 주사의 말에 엄마가 사색이 되어 빌고 있었다. 도대체 무슨 일이 벌어지고 있는지… 그때 서 주사와 같이 왔는지 일만이 형이 눈에 들어왔다. 놀란 나와 눈이 마주친 일만이 형이 내게 가까이 와서 이 상황을 정리해 주었다.

"너희 아버지가 어떤 여자하고 송아지 두 마리를 가지고 새벽에 도망치는 걸 상동 사는 어르신 친구가 보셨는가 보다. 진짜 긴가민가했는데…"

일만이 형의 말에 멱살 잡힌 몸을 돌려 외양간을 보니 텅 비어있었다. 지금쯤 맛나게 서로 싸우며 여물을 먹을 우리 집의 희망인 송아지 두 마리가 없었다. 아버지도 생선장수 아줌마도 없고 대신 남겨진 게 있었다. 제각기 떨어져나간 고등어 두 손과 생선을 담았던 광주리와 똬리가 토방에 어지럽게 흩어져 있었다.

"내 닷새의 말미를 주겠네. 그동안 동철이가 내 송아지 두 마리를 가지고 돌아오지 않으면 큰놈마저 데려갈 거니까 그리 알게."

나는 당장 데려가고 형은 닷새의 시간을 준다는 서 주사의 말에 엄마는 서 주사에게 몇 번이나 허리를 숙였다. 엄마는 혼란스러운 이 상황에서도 형을 선택하였다.

"어르신, 이것 좀 놔주세요. 책보랑 내 물건 좀 챙기게요."

서 주사가 내 멱살을 놔주었다.

내 물건을 대충 챙기면서 분이 누나 생각이 났다. 누나는 어떤 심정이었을까? 어쩌면 나도 이 집으로 영원히 돌아 올 수 없는 것은 아닐까.

"짐은 여기 넣어두고 얼른 학교 가봐라."

일만이 형이 지내는 서 주사 댁 행랑채 문간방에 보따리를 던져 놓으면서도 집을 떠나올 때 아무 말도 없었던 엄마와 형의 생각이 머리에서 떠나지 않았다. 작은아들은 아침밥도 굶겨 남의 집으로 보내고 큰아들은 지금쯤 쌀밥에 고등어 한 마리를 통째로 구워 먹이고 있겠지.

옥란이 탄 인력거를 끌고 학교를 갈 때나 수업을 끝내고 올 때 아이들이나 어른들이나 나를 보고 수군거렸다.

"쟤 아버지가 생선장수 여자와 눈 맞아 도망갔대!"

하나같이 글자 하나 틀리지 않고 똑같은 말들을 한다. 눈 맞다. 눈 맞다. 아이들은 어른들을 따라 떠들고 어른들은 재미있어 떠든다. 우리 집의 불행이 재미있고 즐거운 모양이다.

인력거를 세우고 옥란을 돌아보았다. 옥란이 고개를 숙였다. 분이 누나 죽음 이후 옥란은 내 얼굴을 똑바로 보지 못하고 있었다. 물론 우리 둘 사이의 대화 같은 건 생각할 수 없었다.

분이 누나 일로 괴로워하는 옥란이 이번 아버지 일로 마음의 부담을 덜었으면 좋겠다. 이건 내 진심이었다.

옥란에게는 나이든 이복오빠가 둘이 있다고 들었다. 옥란의 엄마는 눈 맞아 들여앉힌 첩년이라는 얘기를 들었다. 우리 아버지가 생선장수 여자와 눈 맞아 도망간 일을 조금은 이해할 수 있을 거라 믿는다.

"옥란아, 나 배고파. 먹을 것 좀 있니?"

내 말에 고개 숙였던 옥란이 미소를 머금고 가방에서 과자를 많이 내놓았다. 내게 주려고 많이도 모아놓았다. 우리는 말없이 과자만 먹었다. 옥란의 얼굴이 밝아진 것 같아 좋았다.

/12/

송아지 두 마리를 병작하기로 한 조건으로 옥란의 인력거를 끌던 내가 그 송아지 두 마리를 아버지가 가지고 도망가 버리는 바람에 나는 이제 인력거를 끄는 것도 모자라, 서 주사 댁의 일꾼이 되어 하루가 부족한 생활을 시작하였다.

동네 사람들은 서 주사 댁에 머슴 하나가 더 늘었다고 말들을 하였다.

서 주사 댁의 대문 옆 문간방에 머슴 둘의 동거가 시작되었다.

민족비극의 한국전쟁이 끝났을 때, 일만 형의 나이가 지금의 내 나이인 일곱 살이었다고 하였다. 그리고 전쟁으로 지주였던 서씨가문이 멸족되고 군인 신분으로 살아남았던 서 주사가 모든 땅을 차지하게 되어 두마재는 물론 상동면에서 다섯 손가락 안에 드는 부자가 되었다고 한다.

일만 형이 조심스럽게 늘어놓은 서 주사의 인간성은 생각했던 것 그 이하였고, 옥란의 엄마도 서 주사와 부창부수라고 하였다.

새벽에 일어나 일만 형은 소죽 끓이는 불을 때고, 나는 안채의 군불 약간과 밥을 지을 불을 때면, 그때 옥란의 엄마가 일어나 자기들 식구가 먹을 쌀을 씻어 안치고 나는 광에서 옥란 엄마가 내어주는 그 날 먹을 보리쌀을 타가지고 일만 형과 내가 함께 먹을 밥을 따로 짓는다.

안채에서 쌀밥에 고등어구이를 먹든, 돼지불고기를 먹든 우리들의 반찬은 장 한 가지가 전부였고, 요즘 같은 여름에는 일만 형은 들이나 산에서 채취한 나물을 장에 찍어 먹는 것이 고작이었다.

이런 현상이 명절 때라고 해서 예외는 아니라고 형이 말해 줄 때 나는 설마 하였다. 오히려 머슴도 하루 쉰다는 명절날에는 더 많은 일을 시킨단다.

눈을 뜨고 눈을 감을 때까지 일의 연속이지만, 일만이 형에게서 세상살이에 대해 배우는 재미로 살기로 하였다.

나의 근심은 다른 곳에 있었다. 엄마가 서 주사에게 약속한 날짜가 내일이다.

장남의 온갖 특권을 누려왔던 석훈이 형이 여기 생활을 견딜 수 있을까? 내가 나보다 연약하다고 생각되는 형을 생각하며 인력거를 끌고 두마재로 가고 있을 때 형은 참 형다운 생각을 실천에 옮기고 있었다.

멀리 공동묘지 비탈길을 돌아 내려오는 한 대의 검은색 지프차가 보였다. 좁은 시골길이라 차와 옥란의 인력거가 교차하기

적당한 곳을 찾아 인력거를 세우고 지프차가 지나가기를 기다렸다.

검은색 지프차가 두마재에서 나오다니, 누가 또 잡혀가나? 그러고 보니 오늘 오전 10시쯤에도 우리 학교 교무실 앞에 검은색 지프차가 서 있는 것이 보였는데….

지프차가 스쳐 지나자, 나는 다시 인력거의 손잡이를 잡았다. 그때였다.

"끼이익!"

당연히 내 옆을 스쳐 먼지를 피우며 멀어질 줄 알았던 지프차가 몇 미터 안 가 급정거를 하였다. 나는 찰나에 죄지은 사람처럼 가슴이 쿵 내려앉았다. 운전석 옆문이 열리며 누군가 내렸고 내 쪽으로 발걸음을 옮겼다.

"상훈아!"

믿을 수 없었다. 지프차에서 내려 내게 오는 사람은 연희동의 김 박사님이었다.

"박사님!"

나는 달려가 김 박사님 품에 안겼다. 하지만 난 박사님 품에 안긴 순간 모든 상황을 알아차렸다. 물어보지 않아도 들어보지 않아도 어떻게 된 상황인지 알 수 있었다. 아버지가 없다고 석훈이 형이 우체국에 가서 김 박사님께 전화를 했을 테고 박사님은 형을 양자로 데려가려고 온 거겠지. 지프차에는 형이 타고 있겠지….

나는 박사님에게서 떨어져 지프차로 뛰어갔다.

"상훈아, 상훈아!"

"형! 안 돼, 가면 안 돼!"

나는 차문을 열고 뒷좌석에 앉아있는 형을 불렀다. 석훈이 형은 말없이 얼굴을 돌리고 외면하였다. 박사님이 나를 돌려세우고 차분하게 입을 열었다.

"상훈아, 형 편하게 보내주렴. 그리고 어린 네가 이 고생 안 하게 엄마에게 조치를 해놓았다."

"박사님…"

"편지 하고 방학 하면 놀러 와라."

박사님은 그 말을 끝으로 차에 오르고 지프차는 먼지를 남기며 멀리 사라져가고 있었다. 나는 그저 멍하니 바라보다가 차가 보이지 않자 울음을 터뜨렸다.

내가 얼마나 슬프게 오래도록 울었는지 옥란이 나섰다.

"상훈아, 그만해."

그래, 내가 사치스럽게 울긴. 빨리 가야지. 형이 떠난 걸 알면서 주사가 더 길길이 뛸 텐데. 뭐라고 해야 할지 형이 간 곳이 어디냐고 자꾸 캐물으면 어떻게 하지?

연화동의 김 박사님과 나 그리고 석훈이 형 또 우리 아버지… 모든 것은 나로부터 시작되었다. 내가 기억하는 우리 집의 생활은 내 나이 다섯 살 반쯤 되었을 때부터 시작된다.

그 어느 날, 난 당시 국민학교 2학년인 석훈이 형이 공부하는 걸 지켜보다가 형의 국어책을 줄줄 읽기 시작하였다. 석훈형이 놀라고 엄마 아버지가 놀랐다. 누가 가르쳐 준 것도 아닌데 그냥 어깨 너머로 깨우친 것이다. 형이 산수책을 펼쳐 보이며 물었었다.

"이것도 아니?"

나는 거침없이 산수문제들을 풀었다. 형의 표정은 기막힌 표정이고 아버지와 엄마는 걱정스런 얼굴이었다. 아버지의 생각은 자식이 부모를 뛰어넘으면 안 되고, 동생이 형을 뛰어넘으면 안 된다는 것이었다. 나는 집에서는 더 이상 형보다 나은 짓을 하지 않았다. 그때부터 나의 행보는 시작되었다.

우리 집은 연화동의 산동네였고 한집에 여러 가구가 사는 공간, 그 중 한 칸이 우리 가족 일곱 식구가 사는 곳이다. 사람들은 우리가 사는 곳을 학고방이라고 불렀다.

나의 첫 행보는 연희동 중간마을의 복덕방 할아버지 탐사였다. 딱히 할 일이 없는 할아버지들은 시도 때도 없이 내기장기를 두었다. 나는 할아버지들의 어깨 너머로 장기알에 새겨진 한문 글자들을 깨우치고 각기 장기알의 특성과 가는 길과 상대방 공략 법을 알아내었다. 그리고 어깨 너머 장기 공부 며칠 만에 옆에서 지켜보는 할아버지들이 거드는 훈수라는 걸 내가 조심스럽게 하게 되었다. 내 훈수로 이긴 할아버지들의 칭찬을 듣고 사탕을 얻어먹고 신이 난 나는 눈 뜨고 일어나면 할아버지들의 복덕방을 찾았다.

　내 소문은 연희동 복덕방에 쫙 퍼져버렸다. 문제는 내 훈수가 너무 강해서 할아버지들이 나를 서서히 싫어하게 되었다.

　"상훈아, 이제 장기 훈수 그만두고 저기 성당에 가봐라. 거기 코쟁이 신부가 너같이 똑똑한 아이에게 과자를 준다는구나."

　복덕방 할아버지들의 추천으로 나의 발걸음은 성당으로 향했다. 피부색과 눈동자와 언어가 다른 서양 선교사들이 약간 겁은 났지만 그래도 먹을 게 생기는 일이라는데…

　엄청나게 큰 성당 앞에서 서성이고 있을 때 파란눈의 서양 신부님이 나를 불렀다. 우선 내가 처음 먹어보는 초콜릿으로 친근감을 보인 칼 신부님은 종교보다도 나에게 운동을 먼저 가르쳐 주었다. 태국과 일본에 있었다는 신부님은 무예타이와 유도 유단자였다. 나는 두 운동을 동시에 배우며 또 자연스럽게 영어도 배워나갔다. 신부님은 사도로서의 자신의 일을 하며 틈틈이 아이들에게 영어를 가르쳐 주셨는데 나는 신부님을 만난 지 6개월 만에 거침없이 영어 대화를 할 수 있었다. 그것이 작년 2월쯤이었는데 그때 칼 신부님은 천주교신자였던 김 박사님 부부에게 나를 소개하였다. 박사님은 외과전문의였고 사모님은 화가였으며 두 분 다 미국 유학파였다. 한 끼 먹고 사는 게 힘든 시절에 두 사람에게는 풍요로운 생활이 주어졌지만 문제는 자식이 없다는 것이었다.

우리 집은 하루 한 끼도 제대로 먹지 못했다. 나는 눈을 뜨고 일어나면 연희동 맨 아래쪽 커다란 한옥 김 박사님 댁으로 가, 아침 쌀밥을 먹고 사모님이 사주신 옷을 입고, 같이 그림을 그리고, 수많은 책을 읽고, 각종 신식댄스를 배우고, 과자를 만들어 먹으면서 행복했고, 사모님도 행복해 하셨다.

사모님과 난 서로 뽀뽀를 주고받았다. 집 안에서는 물론 집 밖에서도. 나는 사모님이 우리 엄마라면 얼마나 좋을까 생각도 하였다.

하루가 저물면 나는 헌옷으로 갈아입고 언덕을 올라 맨 꼭대기 학고방으로 향했다. 나에게는 꿈같은 시간이 흘렀다.

그런 어느 날, 나는 형에게 내 생활을 들키고 말았다. 형은 부모님에게 고하지 않는 조건으로 자기를 김 박사님께 데려가 달라고 하였다. 나는 형과 분이 누나를 김 박사님 댁에 데려갔다. 누나가 박사님 댁에 간 건 그때 딱 한 번뿐이었는데, 그때 찍은 사진을 그렇게 소중히 간직하고 계실 줄 몰랐다. 내가 사모님과 그림을 그리고 삼국지, 수호지, 세계명작들을 읽는 동안 형은 학교가 끝나면 박사님이 근무하는 대학병원에 놀러갔다.

그런 생활이 우리가 두마재로 오기 두 달 전까지 이어졌다. 그리고 이사 오기 한 달 전 박사님과 사모님이 학고방 우리 집으로 찾아와 석훈이 형을 양자로 달라고 아버지께 부탁하였다.

아버지는 박사님이 보는 앞에서 형의 뺨을 때렸다. 아버지가 나를 자주 폭행하는 것과는 달리 형은 그때 딱 한 번 아버지께 맞았다. 형과 나는 어디든 갈 수 없는 외출금지를 당했다. 내가 오지 않자, 사모님은 그동안 내게 사주었던 옷과 내가 크면 입을 옷까지 사가지고 우리 집에 찾아와 나를 꼬옥 안고서 말했다.

"난 상훈이가 우리 아들이 되길 원했지. 나를 잊지 않을 거지?"

그때는 마침 엄마 아버지가 집에 없었는데, 집에 온 엄마는 사모님이 주신 내 옷 중 큰 옷들은 형에게 주고 내게 맞는 옷은 팔아서 쌀을 사왔다.

그리고 김 박사님이 우리 집에 다녀간 지 한 달 만에 우리 가족은 두마재로 이사를 오게 된 것이었다.

/14/

김 박사님과 헤어져 두마재로 향하는 나는 도살장으로 가는 소의 마음이었다. 하지만 내 얼굴보다 굳어 있는 건 옥란의 얼굴이었다. 학교에서 나올 때도 괜찮았는데 무슨 일이지?

서 주사도 옥란의 얼굴과 별 차이가 없었다. 나를 보고 호통을 치고 길길이 화를 낼 줄 알았던 서 주사는 평소와 별 차이가 없었으나 옥란의 얼굴 보다 더 굳어 있는 것처럼 보였다. 분명 형의 얘기를 들었을 텐데.

"네 형은 서울 부잣집에 양자로 갔다며?"

잠자리에 누웠을 때 일만이 형이 물어왔다.

"예. 그렇게 되었어요."

"형을 양자로 데려가려면 송아지 값을 물어주어, 너를 구해주고 가야지. 그 양반도 참."

일만 형의 투정에 나는 서 주사가 왜 그렇게 경직되었는지 알 것 같았다. 옥란이도 같은 생각을 한 걸까? 거기까지 생각이 미치자, 잠 못 이루고 힘들어 하는 옥란이 가엽다는 결론에까지 이르렀다.

나는 자리에서 일어나 옥란의 방 뒷문으로 조심히 다가갔다.

"이노옴!"

옥란의 방 뒷문을 두드리기 직전 고함소리와 함께 나를 덮치는 그림자가 있었다. 서 주사였다.

"어르신, 왜 이러세요?"

"이놈, 어디를 도망가려고! 이놈아!"

서 주사는 나의 멱살을 잡고 고래고래 소리를 지르며 대문을 활짝 열고 바깥마당까지 끌고 나왔다. 옥란 엄마도 옷을 입고 안방에서 나오고 문간방에서 나온 일만이 형이 죽은 소나무 뿌리를 쪼개 말린 관솔불을 밝혀 들고 마당으로 나왔다.

"어르신, 오밤중에 무슨 일입니까?"

일만이 형이 한 손에 관솔불을 또 한 손은 나오는 하품을 삭히며 입을 열었다.

"이노옴, 네 형이 도망갔다고 너도 도망가느냐? 이놈아!"

서 주사는 동네 사람들 보고 들으라고 큰소리를 지르며 나를 개처럼 팼다.

서 주사에게 맞는 매는 아버지에게 맞는 매와 느낌이 달랐다. 아버지에게 맞을 때는 원망이, 서 주사에게 맞는 지금은 분노가 솟는다. 아프지만 울지 않겠다. 이를 악물었다. 김 박사님이 송아지 값을 가지고 오더라도 너의 등하교는 내가 해주겠다고 옥란에게 말하러 갔던 내 자신이 싫었다.

옥란은 서 주사의 딸이다. 집 안에 있던 나를 도망쳤다고 대문 밖으로 끌고 나와, 사정없이 나를 패는 서 주사의 딸이다.

지금은 이렇게 독하게 씹지만 측은한 옥란만 보면 또 어느새 마음이 녹아버리는 내 자신이 밉다.

"다시는 도망 못 가게 혼꾸멍을 내줘요."

매질하는 서 주사의 옆에서 옥란 엄마가 부채질을 하였다. 한밤중 소란에 동네 개들이 짖고 서 주사 댁에서 가까운 집 마을 사람들이 일어나 무슨 일인가 내다보았다.

"쿵쿵쿵!"

그때 집 안에서 기둥 치는 커다란 소리가 들리고 옥란의 앙칼진 목소리가 터져 나왔다.

"아버지, 상훈이 때리면 나 죽어버릴 거야!"

"옥란아!"

옥란 엄마가 놀라 집 안으로 뛰어 들어가고 서 주사도 매질을 멈추었다. 서 주사는 딸에게 원망을 한 칸 더 쌓는 대신 나를 잡아두는 명분을 확실히 챙겼다.

나 또한 하나를 얻었다. 병작소를 약속했던 아버지가 송아지 두 마리를 가지고 도망친 대가를 내가 맡았다고 하지만 이건 아니었다. 분이 누나에 대한 죽음, 나에 대한 부당한 처사, 이다음에 분명한 공과 사를 가리는 것이다. 내가 몇 번이나 이를 악물

며 이런 마음을 먹어도 과연 이다음에 내게 그런 기회며 힘이
생길까? 그런 힘이.

서 주사에게 맞은 뺨이며 배가 너무 아파 잠을 이룰 수가 없
었다. 그보다 분노 때문에 그 밤을 뜬눈으로 보냈다고 하는 게
맞는 말일 것이다.

/15/

분이 누나가 다른 세상으로 떠난 지 채 한 달이 안 되었다.
그동안 어린 나로서는 몇 년의 세월이 흐른 것 같았다. 누나의
죽음, 아버지의 가출, 나의 서 주사 댁 볼모살이, 형의 양자 입
양, 서 주사의 폭행… 김 박사님은 돈을 가지고 나를 구하러 오
지 않았다.

그럼 박사님이 하시던 말씀은? 혹시라도 엄마에게? 하지만 내
가 여우골로 엄마를 만나러 가는 걸 서 주사가 허락하지 않았다.
엄마도 내가 집을 떠난 지 몇 주가 지났지만 한 번도 서 주사 댁
으로 나를 보러오지 않았다.

내가 지나가면 마을 사람들이 수군거렸다.

"서 주사가 송아지 두 마리로 평생 머슴을 샀어."

"차라리 상훈이를 데릴사위로 삼지. 쟤 똑똑하고 잘생겼잖아."

"서 주사 욕심이 과해서 그건 안 될 거야. 옥란이 누군가."

학교에서 돌아와 쉬기 일보직전, 보리밥 한 덩이를 물에 말아 먹기 바쁘게 서 주사가 보리밭에 깜부기를 뽑으라고 하였다. 그리고 또 한 가지, 일만이 형도 찾아보라고 하였다.

그러고 보니 책보를 행랑방에 던져 넣을 때 일만이 형의 라디오를 못 본 것 같았다. 나는 다시 한 번 행랑방 문을 열어보았다. 송아지 한 마리 값과 거의 같다는 일제 라디오가 없다. 항상 검은색 가죽케이스에 넣어져 벽에 걸려 있었다.

우리 마을, 아니 두마재와 윗동네 가마골을 통틀어 라디오는 딱 두 대 뿐이다. 하나는 일만이 형이 가지고 있고 또 하나는 서 주사 댁의 안방에 있다. 일만 형은 거의 몇 년 동안 돈을 모아 그 라디오를 샀다고 하였다. 그 라디오에서 요즘 자주 나오는 팝송을 일만이 형이 흥얼거리고 또 한 사람 그 노래를 흥얼거리는 여자를 알고 있다. 점방집 맏딸 보희 누나다. 숙희의 제일 큰언니로 올해 나이 꽃다운 열여덟, 거의 매일 점방만 지키고 산다.

내가 보희 누나를 처음 본 것은 서 주사 댁에 살게 되면서 옥란 엄마의 명으로 점방에 달걀을 팔러 가면서였다.

"네가 상훈이구나. 숙희 말대로 잘생겼네."

서른 개의 달걀을 돈으로 계산해주는 보희 누나의 웃는 모습은 예뻤다. 그런 보희 누나가 요즘 팝송을 흥얼거리는 걸 보았다.

나는 깜부기를 뽑으러 보리밭으로 가기 전에 잠방에 들러 누나가 있나 확인하였다. 잠방에는 보희 누나가 없고 누나 바로 밑에 동생 성희 누나가 있었다. 읍내에서 중학교에 다니는 까칠한 누나로 하숙비 때문에 잠깐 집에 온가 보다. 내 예상이 맞는다면 일만이 형과 보희 누나가 지금 어디인가 함께, 혹시 보리밭에서?

나는 서 주사네 보리밭을 빙 돌아 맨 위쪽부터 깜부기를 뽑으며 아래로 내려가기 시작하였다. 그리고 내 예상대로 보리밭 중간쯤에서 마을 쪽을 향해 앉아 있는 보희 누나와 일만이 형을 보았다. 둘이는 가까이 붙어 앉아 함께 리시버로 라디오를 듣고 있었다. 내가 아주 가까이 가도 두 사람은 전혀 눈치를 못 챘다.

"어흐음, 어흠!"

내가 헛기침을 두어 번 하자 두 사람이 그제야 돌아보고 소스라치게 놀랐다. 보희 누나와 일만이 형은 서로 얼굴을 보다가 자세를 낮추며 각자 집으로 향했다. 일만 형은 리시버와 라디오를 챙기는 것을 잊지 않았다.

뽑아 든 깜부기 보릿짚을 한 아름 들고 서 주사 집으로 돌아왔을 때, 일만이 형이 지푸라기를 받아들고 화덕에 태우며 내 눈치를 보았다.

"형, 난 아무것도 본 거 없어요."

내 말에 형은 고개를 두 번 까닥하며 내 말뜻을 알고 안도의 한숨을 쉬었다. 그 고마움에 답하듯 일만 형은 내게 머슴으로 살면서 돈을 벌 방법을 알려주었다. 그것은 서 주사는 보리밥 세 끼니 외에 아무것도 주지 않는 것을 반증하였다.

내가 계란을 팔러 가면 보희 누나는 계란 값 외에 용돈이나 알사탕을 챙겨주었고, 옷이라도 터질라치면 기어코 벗겨 꼼꼼히 바느질을 해 입혀 주었다. 내가 비밀을 지키겠노라 말해도 보희 누나의 애정은 시집갈 때까지 계속되었다.

"어르신, 상훈이 데리고 다녀오겠습니다."

저녁을 조금 일찍 먹고 일만이 형이 리어카와 광솔 광목자루 두 개 나무집개 등을 챙기더니 서 주사에게 허락을 구했다.

"오냐, 알았다."

서 주사는 안방에서 대답만 하고 내다보지도 않았다.

"상훈아, 갈 때는 네가 리어카를 끌어라. 올 때는 무거우니까 내가 끌게."

일만 형의 말에 나는 리어카 손잡이 안으로 들어가 리어카를 끌기 시작하였다. 형은 숙희네 점방 갈림길에서 상동 쪽으로 방향을 잡았다. 한참이나 말이 없던 형은 개울을 건너고 화채간 솔밭에서 다시 입을 열었다.

"상훈아, 내가 서 주사 댁에서 일주일 동안 가출한 적 있는 거 아니?"

"그래요? 언제요?"

나는 의외였기에 급하게 되물었다.

"열세 살 때, 서 주사의 푸대접을 참다못해 집을 나왔는데 여기서 더 못가고 저기 화채간 뒤에서 일주일을 버티다 다시 서 주사 댁으로 들어갔다."

"어느 계절인지 몰라도 어떻게 지냈는지 궁금해요."

"딱 이 맘쯤이었지. 7월 초, 저 위쪽에 조그만 바위굴이 하나 있어, 어른 둘이 누우면 알맞을 정도의. 칡뿌리만 캐먹고 살았어."

"왜 여기서 고개를 넘지 못했어요?"

일만 형은 한참 생각 끝에 다시 입을 열었다.

"사람은 말이야, 해가 저물면 갈 곳이 있어야 하고 잘 곳이 있어야 돼. 그것처럼 두려운 것은 없어."

형의 말이 조금은 이해가 되었다.

우리는 고개를 넘어 공동묘지 길을 내려가고, 개울을 건너 조금 내려가다 다시 개울을 건너 암골이라는 마을로 향했다. 너무 어두워져 형이 광솔을 꺼내 라이터로 불을 붙여 들었다. 성냥도 귀한 요즘 성능 좋은 지퍼라이터를 일만이 형은 갖고 있었다.

앞서 걷던 형의 행동이 빨라졌다. 엉켜있던 살모사 두 마리를 잡아 광목자루에 넣었다. 나무집개로 뱀 잡는 솜씨가 아주 숙달

되었다.

전형적인 화전민촌인 암골에 도착하여 우리가 어느 집에 도착하자, 그 집 주인은 준비한 듯 날개와 다리를 묶은 씨암탉 열 마리를 리어카에 실어주었다.

"자, 됐지. 열 마리 맞지?"

주인이 아쉬운 듯 말끝을 흐렸다.

"아저씨, 죄송합니다."

"자네가 왜 죄송한가? 장례 쌀 먹고 못 갚은 내가 잘못이지. 자, 됐고, 자네에게 좋은 소식이 있으니 뒷집으로 가자구."

우리는 뒷집으로 갔다.

형은 외양간의 소를 보고 좋아하였다. 그 암소는 새끼를 두 마리씩이나 낳았다. 형은 그 암소를 안고 너무나 감격해 하였다.

"내가 기별하려고 했는데 온다잖아. 송아지가 둘 다 암놈이야. 젖 떼면 하나는 내가 키우고 하나는 앞집에서 키웠으면 하는데."

암소 주인인 듯한 남자가 입을 열었는데 얘기를 듣다 보니 소 주인은 따로 있는 것 같았다.

"저 아무래도 좋아요, 그렇게 하세요, 잘 기르시겠죠."

일만 형은 이제 소 세 마리를 가진 부자 청년이 되었다.

서 주사에게 장례 쌀을 먹었다가 암탉 열 마리를 주게 된 그 사람은 병작소를 키우게 되어 기뻐하였다.

"고맙구먼. 내가 잘 기를게."

"잘 됐어. 앞집 형님이 닭 한 마리 내어 백숙을 했어. 먹고 가."

나는 몇 달 만에 고기다운 닭고기를 맛있게 먹었다. 형은 어른들이 주는 막걸리까지 몇 잔 걸쳤다.

할 수 없이 돌아오는 길에도 나는 리어카를 끌어야 했다. 그래도 좋았다. 일만 형 덕분에 닭고기를 먹었으니. 형의 기분은 그야말로 하늘을 날 것 같은 그것이었다. 공동묘지 고개에 올라 잠시 쉬었을 때, 형은 그 귀한 지퍼라이터와 미제 나이프를 내게 주었다.

고아로 떠돌며 잠시 미군부대에 있었을 때, 여러 개의 지퍼라이터와 나이프를 모았다는 형은 어려울 때 마다 팔아먹고 라이터 두 개 칼 세 개 중 내게 하나씩 준 것이었다.

"사람이 살면서 불과 칼은 아주 중요한 거다. 형이 주는 거니까 잃어버리지 말고 오래 써라."

"예. 형 고맙습니다."

칼과 라이터에는 알맞은 길이의 끈이 달려 있었다. 그것들은 그 후로 나의 분신이었다.

"내가 일주일 동안 가출했다가 돌아가니까, 서 주사는 네가 어디를 가겠냐며 더 나를 업신여겼다. 그때부터 이를 악물고 돈을 모으기 시작했다. 여름에는 나물이며 약초, 뱀 등으로 겨울에

는 산토끼나 꿩 등을 잡았다. 내게 소 있는 건 보회도 모르고 있
으니까 아무에게도 말하면 안 된다."

나는 말 대신 고개를 *끄덕*였다.

서 주사 댁에 도착해 내가 닭 열 마리의 날개와 다리 끈을 풀
어 닭장에 넣는 동안 일만이 형은 자기만 아는 곳에 사로잡은
살모사를 보관하고 돌아왔다. 땅꾼에게 팔면 내게도 돈을 나누
어 주겠다고 하였다.

밤이 깊고 피곤하였지만 나는 오랜만에 먹은 고기로 인해 배
탈이 나 뒷간을 들락거리다 새벽까지 선잠을 잤다.

/16/

암탉 열 마리가 새로 생겨 신이 난 수탉의 울음소리에 또 하
루 일과가 시작되고, 나는 더 많은 계란을 점방으로 가져가도
내 입으로 들어오는 계란은 한 개도 없었다.

일만이 형이 소라는 재산을 가지고 있다는 것을 알아버린 후
로 내 머릿속은 온통 돈 버는 일로 가득하였다. 그리고 오늘 선
생님께 불려갔다. 바로 돈 때문이었다.

"너는 기성회비 언제 낼 거야? 네 아버지가 입학 때 두 달치

밖에 안 냈다. 석 달이나 밀렸는데 언제 낼 거냐?"

나는 아무 대답도 못하고 고개만 숙이고 있었다.

돈 들어갈 곳은 또 있었다. 검정고무신도 구멍이 나고 한 벌뿐인 옷도 다 해져가고 있었다. 이것은 무서운 현실이었다.

여름방학을 열흘 정도 앞둔 새벽이 시끄러웠다. 빗소리였다. 일만이 형과 나는 서 주사가 깨우기 전에 일어나 문밖으로 나갔다. 몇 달 만에 비다운 비가 내리고 있었다. 서 주사도 막 일어나 삽을 챙겨들고 있었다. 형은 삽을 나는 내게 맞는 괭이를 챙겨들었다.

비를 맞으며 집 앞 논으로 나가자, 벌써 마을 사람들은 모를 못 낸 논에 물을 틀어대느라 야단들이었다.

논에 물 대느라 아침밥도 못 짓고, 굶은 채 옷도 젖은 채 나는 옥란의 인력거를 끌고 학교로 향했다.

이렇게 비가 심하게 내리면 시골 아이들은 반은 학교를 안 간다. 나처럼 이렇게 비를 흠뻑 맞으며 가는 아이는 더욱 없다. 검정우산은 있는 집 아이, 비닐우산은 그저 그렇게 사는 집 아이들이 들고 온다.

점방을 지나고 개울에 도착해보니 바싹 말랐던 개울이 넘쳐 내 무릎까지 감싸며 무섭게 불어나고 있었다. 금방이라도 인력거를 뒤집어버릴 것 같았지만 나는 무사히 개울을 건너 뒤를 돌아보았다. 이 상태로 개울물이 불어난다면 돌아 올 때는…

"늦었어, 빨리 가."

아무것도 모르는, 비를 막아줄 지붕이 있는 옥란은 늦었다고 투정이었다. 나는 벗어들었던 구멍 난 고무신을 신고 다시 인력거를 끌기 시작하였다. 솔밭을 지나고, 화채간을 지나고, 내리막길 고개 입구에서 나는 다시 인력거를 세우고 옥란을 돌아보며 입을 열었다.

"넌 여기 있어. 아무래도 고개 아래 개울을 건너기 힘들 것 같아. 나 혼자 보고 올게."

"나 혼자 무서워."

"금방 갖다 올게. 학교 못 갈 거면 빨리 집에 가야 해. 아니면 큰일 나."

옥란은 더 이상 투정하지 않았다.

나는 인력거가 움직이지 않게 바퀴에 돌을 고이고 언덕길을 부지런히 내려갔다. 하지만 고갯길이 끝나기도 전에 나는 급히 걸음을 멈추었다. 급히 멈추느라 미끄러져 넘어질 뻔하였다. 눈앞에 50여 미터의 산사태가 떨어져 길이 없어져버렸다.

산사태는 개울까지 이어졌다. 개울은 멀리서 봐도 이미 어른도 건널 수 없을 정도였다. 그대로 발길을 돌렸다.

그때였다. 희미하게 여자애의 울음소리가 들린 것 같았다. 폭

우가 내리는 공동묘지의 아침, 귀신인가? 여기까지 생각이 미치자, 목뒤에서 등줄기로 공포가 스쳤다.

다시 울음소리가 들렸다. 내가 아는 여자아이의 울음소리였다. 나는 사태밥을 타고 내려갔다. 아무도 없이 물소리만 요란하였다.

"숙희야!"

내가 소리쳐 부르자 개울가 누런 흙더미가 조금 움직이며 다시 숙희의 울음소리가 들렸다. 자세히 보니 개울가 바위와 사태의 누런 흙더미 사이에 흙을 뒤집어 쓴 숙희의 상반신이 보였다. 나는 정신없이 맨손으로 흙을 파내고 숙희의 몸을 흙더미 속에서 꺼냈다.

숙희를 업고 사태밥을 오르는 일은 쉽지 않았다. 경사지고 미끄럽고, 드러난 나무뿌리들을 잡고 간신히 길까지 올라와 숙희를 내려놓았다. 다시 개울을 보았을 때 숙희가 있던 자리는 성난 흙탕물이 넘치고 있었다. 등줄기로 식은땀이 흘렀다. 앉아 있는 숙희를 보니 흙강아지 꼴이었다. 매고 다니는 책가방이며 운동화는 어디로 갔는지 없었으나 어디 다친 곳은 없는 것 같았다.

"걸을 수 있지? 빨리 집에 가자."

나는 마을 앞 개울을 빨리 건너야 하겠기에 한 말이었다.

"이 나쁜 놈아, 옥란은 업어 주면서 난 왜 안 업어 주냐?"

불평등에 불만을 털어놓는 숙희의 앞에 나는 등을 보이고 앉았다.

나에게 업힌 숙희는 몸이 젖은 탓일까? 죽음의 공포를 느꼈기 때문일까? 온몸을 떨고 있다. 아마도 죽음의 공포를 느낀 사람이 다친 곳이 없더라도 걸을 수는 없었을 것이다. 그렇게 책을 많이 읽은 내가 그걸 하나 이해 못하다니. 삼숙에게 맞은 앙금이 아직 남아있었을까?

보희 누나의 말이 생각났다.

"숙희야, 너 나 좋아하냐?"

"뭐? 이게 너 또 맞을래?"

숙희는 내 볼을 살짝 꼬집고 내 목을 손으로 감쌌다. 나는 힘들고 숨이 가빴지만 고개를 단숨에 올라 옥란의 인력거에 도착하였다. 흙투성이 숙희를 보더니 무슨 일이 생긴 걸 알고 옥란이 입을 열었다.

"숙희야, 무슨 일 있니? 숙자하고 숙미는?"

"숙자, 숙미!"

숙희는 그제야 같이 학교를 가다가 흙탕물에 쓸려내려간 숙자와 숙미가 생각났나 보다. 숙희는 한참동안 두 친구의 이름을 부르며 울었다.

나는 우는 숙희를 옥란 옆에 내려놓고 뛰어서 솔밭을 가로질러 개울가로 갔다. 하지만 눈앞에 보이는 것은 이미 개울이 아니었다. 강물이었다. 개울 폭이 몇 배로 늘어나고 개울가 논으로까지 넘치고 있었다.

마을 사람들이 고래고래 소리를 지르고 여기저기서 사람들이 모여들고 있었다. 나는 멀리서나마 마을 사람들을 볼 수 있지만 사람들은 언덕 위의 나를 볼 수 없었다.

나는 옥란에게 돌아가 인력거를 끌고 아직도 훌쩍거리는 숙희를 데리고 다시 개울가로 왔다. 개울을 본 숙희는 또 울음을 터뜨리고 옥란도 울음을 터뜨렸다.

"엄마아, 엄마!"

"어떻게, 집에 어떻게 가!"

나는 우는 숙희와 옥란을 한 수 아래로 생각하며 바라보다가 굳어버렸다. 우는 두 여자애를 데리고 잠자리와 먹을 것을 해결해야 하는 것이 나라는 것을 실감했기 때문이었다. 일만이 형이 말해준 조그만 바위굴 하나와 내 몸에 있는 라이터와 칼뿐인데 이렇게 억수같이 내리는 빗속에서.

감탕물 속에 초가집 하나가 부서져 떠내려간다. 엄마가 있는 여우골 우리 집은 괜찮을까?

옥란의 인력거를 끌고 화채간 쪽으로 갔다. 숙희가 찔찔거리며 따라왔다. '어디쯤일까?' 화채간 한참 못 미쳐 길옆에 인력거를 세웠다. 아이들은 특히 여자들은 화채간이 무서워 뛰다시피 지나친다. 그래서 오늘 멀리서 길을 내어 오르기를 했다. 우리가 매일 다니는 신작로를 지나 완만한 경사를 이루며 150여 미터를 솟아오르다 바위절벽을 이루며 숙희가 구사일생 살아난 개울까지 이어진 산이다.

"둘 다 여기서 기다려. 우리가 며칠 지낼 곳을 찾아봐야 해. 숙희는 여기 깨끗한 물에 몸을 씻고 옷도 빨아서 입어."

비가 많이 와서 야산에서도 도랑물 정도의 물이 흘러내려왔다. 둘 다 울음을 그치고 숙희는 흘러내려오는 물에 몸을 씻기 시작하였다.

나는 무성한 풀숲을 꼭꼭 밟아 길을 내며 일만이 형이 말한 작은 굴이 있을 만한 곳을 찾아 올랐다. 산으로 올라갈수록 풀과 잡목이 없어지고 제법 큰 나무들이 나타났다. 정상이 가까워 오자, 제법 큰 바위들이 나타났으나 형이 말한 바위굴은 없었다. 대신 바위를 가린 군 천막이 보였다. 천막을 들어보니 정말 굴이 나타났다. 어른 둘이 누울 정도의 깊이에 높이는 내 키 정도였다. 바닥도 바위였으나 새로 엮어 만든 딱 맞는 크기의 멍석이 깔려 있었다.

굴 안쪽에는 양초, 군 담요, 소금, 그리고 군 야전용 식기가 있었다. 또 담배냄새도 났다. 형이 적어도 몇 개월 전에 다녀간 것 같았다. 혹시 굴에 뱀이 있나 살폈지만 뱀이 싫어하는 담배 가루를 뿌려 놓아 그림자도 없었다. 천막 뒤쪽은 나무에 고정되어 있었고, 앞쪽 두 곳을 나무에 묶자 굴 입구에서 안전하게 불을 피울 공간이 생겼다. 일주일 정도 모닥불을 피울 땔감도 있고 젖지 않게 여러 겹의 솔가지로 덮여 있었다. 먹을 것만 있다면 요즘 같은 여름에는 불편하지 않게 살 것 같았다.

젖지 않은 나무를 가져다 불을 피웠다. 성능 좋은 라이터가 위대해 보이는 순간이다.

나무를 충분히 불 위에 올리고 숙희와 옥란에게 내려갔다. 숙희는 머리에서 발끝까지 흙을 씻어내고, 옷도 흙물을 빼고 입어 보기 좋았다. 하늘색에 물방울무늬 원피스가 빗속에서 더욱 파랗게 눈에 들어왔다. 인력거 안에 있는 옥란도 같은 원피스인데 하얀색에 파란 무늬다. 숙희와 옥란은 두마재 뿐만 아니라 우리 학교에서도 좋은 옷 입는 아이들 중에 속한다.

나는 거의 걸레에 가까운 내 셔츠를 벗어 들고 인력거에 있는 옥란에게 갔다. 옥란은 사용할 우산을 꺼냈다.

"옥란아, 네 구두 숙희 좀 빌려줘."

옥란은 고개를 끄덕였다. 나는 옥란의 에나멜구두를 벗겨 숙희에게 주었고, 숙희는 잠시 머뭇거리다 신었다. 아마도 숙희가 태어나 처음 신어보는 구두였을 것이다.

옷이 젖지 않게 젖은 옷을 벗은 내 등에 옥란을 업고 우산을 받쳐 들었다. 숙희는 비를 맞으면서도 내 뒤를 졸졸 잘 따라왔다.

"와, 여기 누가 사나 보다."

숙희가 눈앞에 펼쳐진 광경에 감탄하며 말했다. 그리고 추웠는지 이내 불 앞에 가서 앉았다. 나는 옥란과 가방을 굴 멍석 끝에 내려놓았다.

"여기 누가 살아?"

옥란도 여기가 궁금한가 보다.

"나도 잘 몰라. 하지만 우리가 깨끗이 며칠 있어도 괜찮을 거야."

나는 옥란에게서 떨어져 불 앞으로 가 젖은 바지와 팬티를 벗어 들고 빗물이 흥건한 내 옷들을 짜기 시작하였다. 옥란을 위해 벗었던 윗도리도 짰다.

"호호, 상훈이 고추 봐라."

벗은 내 몸을 보고 숙희가 우스워 죽겠단다. 옥란도 미소를 머금고 힐끔힐끔 본다.

분이 누나 앞에서 옷 갈아입을 때가 생각난다. 숙희는 한 살 많은 누나, 옥란은 세 살 많은 누나, 두려움에 굳어 있는 두 누나들에게 재롱 한번 부렸다 치지 뭐.

짜서 입은 내 옷과 숙희의 원피스가 다 마르고 창백하고 파랗던 얼굴도 제 색깔을 찾았다.

뱃속에서 돌 굴러가는 소리가 났다. 논에 물 대느라 아침을 거른 것이 생각났다. 먹을 거, 먹을 거, 내가 옥란을 보았을 때 그 애는 기다렸다는 듯 떡 한 덩이를 내게 내밀었다. 대추와 호두가 들어간 백설기였다. 내가 숙희를 돌아보자 옥란이 입을 연다.

"이럴 줄 알았으면 많이 가져오는 건데, 넌 아침도 못 먹었잖아. 하나 다 먹어. 내가 숙희와 반씩 나누어 먹으면 되잖아."

그 애는 다리가 불편해 내게 업히기도 안기기도 하지만 역시 나보다 세 살 많은 누나의 아량을 가지고 있었다.

점심은 옥란이 가지고 온 백설기로 해결했지만 저녁부터는 어떻게 하지? 비는 여전히 세차게 내리기만 하고.

나는 옥란의 우산을 들고 일어났다.

"둘이 여기 있어. 나는 나가서 먹을 것을 구해볼게!"

"잠깐, 나 오줌 마려워!"

내가 자리를 비우면 불편할까 봐 옥란이 당황하여 입을 열었다.

내가 쪼그리고 앉고, 옥란이 내 어깨를 잡고 몸의 중심을 잡을 때 내가 손을 치마 속으로 넣어 속옷을 내려주면 내 몸을 잡고 옥란이 소변을 본다. 볼일을 다 보면 내가 다시 속옷을 입혀주고 안아 멍석 위에 앉혀주고 일어났다.

옥란의 소변 누기 과정을 묘한 눈으로 지켜보던 숙희가 나와 눈이 마주치자 고개를 돌려버렸다.

나는 무작정 옥란의 검정우산을 쓰고 신작로까지 내려왔다. 일만이 형의 말로는 머루는 9월 다래는 10월 말쯤이라야 먹을 수 있다는데, 우리가 있는 이곳은 섬처럼 고립된 곳이고 그 흔한 화전에 오이 하나 없는 곳이다. 그렇다고 나도 한 번도 잡아 본 적도 먹어 본 적도 없는 뱀을 잡아 구워 여자애들에게 줄 수도 없는 일이다. 숙희를 업고 사태밭을 오를 때 드러난 나무뿌리 사이에서 칡뿌리를 본 것 같다.

부지런히 숙희를 구했던 공동묘지 고갯길을 내려갔다. 사태밭에는 나무뿌리며 여러 식물의 뿌리가 드러나 있었다. 아버지와 함께 캐 보았던 칡뿌리도 두 개나 있었다. 나는 경사진 곳에 날카로운 돌로 발판을 만들어 비탈에 몸을 붙이고, 어른 팔뚝만한 칡뿌리 두 개를 칼로 잘라 들고 무사히 신작로에 올라왔다.

옷이 또 젖었지만 한손에는 칡뿌리 또 한손에는 우산을 들고 옥란과 숙희가 있는 곳으로 돌아왔다. 나는 식량을 구해온 자랑스러운 수컷이라 으스댔지만, 두 어린 숙녀는 저걸 어떻게 먹느냐는 듯이 한 번씩 쳐다보고 말았다.

나는 칡뿌리를 굴 한쪽에 보관하고 옥란과 숙희에게 위고의 장발장을 들려주었다. 박사님 댁에서 읽었던 명작 중에 선정했는데 옥란과 숙희도 감명 깊게 경청하였다.

비오는 날 어둠은 더욱 빨리 찾아들어 왔다.

나는 칼로 칡뿌리를 알맞게 잘라 하나씩 나누어주었지만 옥란과 숙희는 받아들고 먹지는 않았다. 나는 두 토막의 칡뿌리를 먹고 나서 잠자리를 준비하였다. 앞쪽의 천막줄을 풀어 굴 입구를 덮은 다음 제법 큰 돌로 눌러 고정하고 한쪽으로 족제비처럼 기어들어와 안쪽에서 돌로 다시 눌러 틈 없이 단속을 하였다.

"캄캄해. 무서워."

"상훈아, 어디야? 어디 있어?"

밤도 되지 않았는데 굴 입구를 천막으로 막자 안에는 코앞도 보이지 않았다. 숙희와 옥란이 팔을 휘저으며 야단을 떨었다. 라이터를 켜 양초에 불을 붙이고 촛농을 돌에 떨어뜨려 초를 고정시켰다. 촛불이 켜지자 숙희와 옥란이 내 옆에 착 붙었다. 밤이 되자 어지간히 무서운가 보다. 나도 무섭다.

여우골도 여기처럼 산속이지만 그때는 밤이라도 아버지도 있고, 엄마 그리고 겁쟁이 형도 있었다.

굴은 안쪽이 높아 머리를 안쪽에 두고 자야 한다. 나는 군 담요를 쭉 펼치고 한쪽 옆으로 누웠다.

"아아, 안 돼!"

"상훈이는 가운데서 자."

숙희와 옥란이 나를 가운데에서 자라고 야단이었다. 나는 누운 채로 움직여 가운데에 누웠다. 숙희가 오른쪽에 옥란이 왼쪽에 누웠다. 둘 다 내게 몸을 붙여왔다. 자기들 보다 나이는 어리지만 그래도 사내라고 나를 많이 의지하였다.

"촛불 끈다."

"왜?"

"끄지 마. 무섭잖아."

촛불을 끄려는 나를 숙희와 옥란이 말렸다.

"이건 우리 초가 아니야. 우리가 덮은 담요도 모두 잠깐 빌려 쓰는 거야. 그리고 불빛이 있으면 벌레들도 모여들어. 모두 잘 자."

나는 칡뿌리 토막을 들어 촛불을 눌러 껐다.

나는 잠들 때 오른쪽 옆으로 누워 잠든다. 촛불이 꺼지자, 나는 습관적으로 오른쪽으로 돌아누웠는데. 그것을 옥란이 어떻게 알았는지 내 등을 손가락으로 콕콕 찌르고 꼬집고 하였다. 나는 가만히 있었다. 또 어쩌다 내가 왼쪽으로 누우면 이번에는 숙희가 더 극성이었다. 나는 그냥 똑바로 누웠다. 숙희와 옥란이 내

팔 하나씩을 잡고 잠이 들었다. 나는 신에게 작은 기도를 하고
잠을 청했다.

'여기에 있는 동안 옥란이와 숙희를 지킬 수 있는 용기와 힘
을 주시옵소서.'

/17/

언제 어디서나 잠들어도 이른 아침에 나의 의식은 잠에서 깨
어났다. 서 주사의 호통이 없어도 일만이 형의 싫은 소리가 없
어도 눈이 떠졌다.

빗소리는 들리지 않았다. 숙희와 옥란은 곤히 잠자고 있었다.
둘에게 담요를 잘 덮어주고 천막 밖으로 나갔다. 언제 그런 비
가 내렸을까? 맑고 쾌청한 날씨였다.

엄청난 물소리가 들려왔다. 물소리는 굴 뒤쪽에서 들려왔고
굴에서 절벽 끝은 초가지붕 높이밖에 차이가 나지 않았다. 이렇
게 맑은 날 자세히 보니, 굴은 그냥 커다란 바위 몇 개가 겹쳐져
굴 모양을 형성한 어쩌면 한 쪽이 막혀 있는 고인돌에 가까워
보였다.

굴 뒤로 올라가 절벽 끝에 섰다. 두마재 마을 집들과 밭과 논

들이 손에 잡힐 듯이 눈에 들어왔다. 이 절벽과 반대편 산에서도 산사태가 나 밭과 논을 뒤덮고 우리가 항상 건너다니는 개울물이 넘쳤다.

절단 난 논과 밭들의 대부분은 서 주사의 소유다. 이번 홍수로 전답을 잃은 분풀이를 나에게 하지 말았으면

"상훈아! 상훈아!"

목이 터져라 부르는 숙희의 목소리가 물소리에 섞여 끊어질 듯 끊어질 듯 들렸다.

"어디 아픈 데 없어?"

귀한 집 딸들이라 바깥 잠을 자는 것이 조금은 걱정이 되어 굴로 내려오자 물었다.

"어디 갔었던 거야? 한참을 찾았어."

숙희가 나를 보고 울먹거리며 말했다. 옥란도 자리에서 일어나 있었고 다행히 둘은 아픈 곳이 없는 것 같았다.

옥란은 앉아 굴 밖으로 나와 소변을 보게 도와주었다.

"숙희야, 옥란이 지키고 있어. 개울물이 얼마나 줄었는지 살펴보고 먹을 것도 구해올게."

"싫어. 나도 따라갈래."

숙희는 막무가내로 나를 따라나섰다. 나는 옮기던 발걸음을 멈추고 옥란을 보았다.

"같이 갔다 와. 난 괜찮아."

옥란이 손짓까지 해가며 숙희와 나를 보내주었다. 나는 걱정을 한 아름 안고 나섰지만 숙희는 뭐가 좋은지 싱글벙글거리며 졸졸 따라 내려왔다.

"상훈아, 나도 옥란이처럼 쉬 시켜주라."

우리가 늘 다니는 신작로까지 내려왔을 때 따라오던 숙희가 말했다. 걸음을 멈추고 뒤돌아보니 숙희가 걸음을 멈추고 두 손으로 원피스자락을 올리고 있었다. 흙물에 약간 색이 누렇게 된 속옷이 눈에 확 들어왔다.

"싫어."

"왜 싫어? 이 나쁜 놈아, 옥란이는 해주고 왜 나는 안 해줘?"

"옥란이는 다리가 아프잖아."

"그래도 해줘."

내가 속옷을 내려주지 않으면 하루라도 서있을 고집쟁이 숙희였다. 나는 할 수 없이 한 걸음 앞으로 나가 숙희의 속옷을 내려주었다.

"날 두고 도망가면 옥란이 신랑, 그냥 있으면 내 신랑."

숙희가 내 앞에서 방향을 바꿔 앉아 소변을 보며 고개를 들고 조잘거렸다. 확 도망치려는 내 마음을 어떻게 알았을까. 공부도 잘 못하면서 머리는 잘 돌아간다. 도망을 갈 수도 안 갈 수도 없게 말 한마디로 나를 꼼짝 못 하게 하였다.

소변을 다 본 숙희가 스커트자락을 잡고 내 앞에 섰다. 김 박사님 사모님이 내가 호기심으로 보던 박사님 의학서를 가볍게 압수했는데, 그 책에서 본 그림과 같은 모습의 작은 여신이 내 앞에서 아른거렸다. 나는 정신을 차리고 숙희의 속옷을 올려주었다. 치맛자락을 놓은 숙희가 나를 빤히 내려다보았다. 나보다 키가 조금 큰 숙희의 두 손이 내 뺨을 잡았고 다음 순간 뽀뽀를 해왔다.

숙희의 입이 떨어지자마자 나는 손등으로 내 입술을 쓱 닦아버렸다.

"못된 계집애, 이런 거 어디서 배웠니?"

뭐가 그리 좋은지 깨깨이걸음으로 저만치 개울로 가는 숙희의 뒤통수에 대고 쏘아붙였다.

"일만이하고 우리 큰언니하고 하는 것 봤다. 넌 내 거다."

"아니야! 이 계집애야."

옥란이 소변보는 걸 그렇게 많이 도와주었어도 옥란의 그것을 한 번도 본 일이 없다. 항상 긴 치마로 못 쓰는 다리를 감추고 생활하는 옥란을 생각하여 치마 속으로 손도 조심히 넣고 시선도 돌렸기 때문에.

숙희의 행동에 화가 나기도 했지만 왠지 기분도 야릇하고 몸에 기운이 확 빠져버렸다. 여우에게 홀린 것 같았다. 나에게 뽀뽀를 하고 기분이 좋아 깽깽이걸음으로 개울가에 도착한 숙희는 우뚝 멈추었다. 뒤따라간 나도 멈추었다.

"우리, 집에 언제 가니?"

숙희가 개울물을 보고 한숨을 쉬며 내게 물어왔다. 나도 언제 집에 갈지 모르겠다. 물은 맑아졌으나 지금은 어른도 건너기 힘들 정도로 사납게 넘실거린다.

신작로 둑까지 물이 넘실거리고 어젯밤 물이 둑을 넘어온 덕분에 솔방울만한 감자 스무 개 정도와 제법 큰 메기와 쉬리 등 고기 몇 마리를 잡을 수 있었다. 고기는 가는 나뭇가지에 아가미부터 차곡차곡 꽂아들고, 감자는 숙희가 자기의 치맛자락을 겹쳐 잡고 주워 담았다.

굴로 돌아와 불을 피우고 감자 열 개와 물고기를 구웠다. 어젯밤을 굶은 숙희와 옥란이 감자와 물고기를 맛나게 먹었다. 나는 남기면 먹으려고 기다렸으나 둘이 다 먹고 나서야 나를 보았다. 나는 굴로 가서 칡 두 토막을 들고 나와 아침을 먹었다. 숙희와 옥란이 죄인처럼 고개도 들지 못했다.

"난 칡뿌리가 더 맛있다."

나는 마음에도 없는 말을 해가며 칡뿌리를 쭉 찢어 씹고 물만 삼킨 다음 줄기를 버렸다. 칡뿌리 두 토막의 물로 배를 채웠다.

어젯밤에 못 잔 잠을 굴에 들어가 청했다. 숙희가 따라 들어와 내게 장난을 걸었다.

"숙희야, 그러지 마. 우리 때문에 상훈이 어제 거의 잠을 못 잤어."

옥란이 화난 듯이 얘기하자 숙희가 장난을 멈추고 굴을 나갔다.

오랜만에 자보는 낮잠이었다.

얼마나 잤을까, 깊이 빠졌던 의식 속에서 깨어났지만, 눈을 뜨지 않았다. 누가 내 얼굴과 머리카락을 부드럽게 만지고 있었다. 살며시 실눈을 떠보니 내 얼굴을 만지는 건 옥란이었다. 내가 눈을 뜨자 옥란이 얼른 손을 치웠다. 몸을 일으켜보니 숙희는 내 옆에서 달콤한 낮잠을 자고 있었다. 옥란이 조용히 자신의 엉덩이를 가리켰다. 나는 굴에서 조금 떨어진 편한 곳으로 안고 가 대변보는 걸 도와주었다.

"나도 개울가 보고 싶어."

볼일을 다 본 옥란이 나를 보고 웃으며 말했다. 나는 잠든 숙희를 그냥 두고 옥란을 업고 개울로 향했다. 개울물은 아침보다 많이 줄어있었지만 내일 저녁쯤에나 어른들이 건널 수 있을 것 같았다.

"상훈아."

물소리와 섞여 어디선가 나를 부르는 소리가 가늘게 들렸다.

"상훈아, 개울 건너에…"

옥란의 소리에 나의 시선은 개울 너머 끝까지 갔다. 일만이
형이 개울 건너에서 손을 흔들고 있었다. 나도 옥란의 엉덩이를
받쳤던 한손을 빼내어 흔들어 주었다.

형의 손이 자꾸 개울 위쪽을 가리켰다. 형의 뜻을 알 것 같았
다. 나는 길옆에 세워두었던 인력거에 옥란을 앉혔다.

"어서 가봐. 산을 타고 한참 올라가야 될 거야."

나이를 몇 살 더 먹어서일까. 숙희와 달리 옥란은 마음이 곱
다. 분이 누나와 비슷한 면도 많고.

나는 숙희가 내게 했던 입맞춤을 옥란에게 해주었다. 착한 옥
란에게도 뽀뽀를 해줘야 공평할 것 같았다. 옥란에게 뽀뽀를 하
고 옥란이 정신을 차리기 전에 부리나케 달아났다.

참으로 이상한 일이었다. 길도 없는 개울가를 따라 계속 위쪽
으로 갔다. 그리고 여우골 조금 못 미쳐서 적당한 곳에 이르렀
다. 잠시 후 조그만 보따리를 두어 개 든 일만 형이 개울 맞은편
에 나타났다. 힘껏 잘만 던진다면 그 보따리가 내 앞에까지 날
아올 좁은 개울 폭이었다.

일만이 형은 한참 망설인 끝에 신중하게 보따리를 던졌다. 운
좋게도 두 개의 보따리는 개울을 건너와 내 앞에 떨어졌다. 보
따리 하나에 흰쌀 한 되 정도와 오이장아찌가 들어 있었다. 아

마도 형이 서 주사에게 얘기해서 급하게 가져왔을 것이다.

두 개의 쌀 보따리를 들고 옥란을 업고 힘들게 굴로 돌아왔을 때 숙희는 목 놓아 울고 있었다.

"숙희야, 울지 마. 우리 밥 먹을 수 있어."

대성통곡하던 숙희는 옥란의 밥이란 말에 울음을 뚝 그쳤다. 그리고 손수 나무들을 안아다 불 피울 자리에 놓았다. 업었던 옥란을 내려놓고 줄 달린 라이터로 나무에 불을 붙이고 흰쌀을 냄비에 적당히 담았다. 물이 흐르는 곳에 가서 밥물을 맞추어서 손잡이에 나무를 걸쳐 불 위에 올렸다. 시간이 지나자 물이 끓어 넘치고 밥 냄새가 났다. 싸라나무를 주머니칼로 잘 다듬어 젓가락을 만드는 사이 밥이 다 되었다.

"꼭꼭 씹어. 천천히 먹자."

급하게 먹고 탈이라도 날까 봐 옥란이 우리를 진정시켰다. 오랜만의 쌀밥 탓일까. 몇 끼를 걸러 먹는 밥이라 그럴까. 정말 꿀맛 같았다. 숙희와 옥란도 밥을 먹으며 연신 웃었다. 반찬인 오이장아찌도 바닥이 났다. 맹꽁이처럼 불러진 서로의 배를 보며 우리는 깔깔 웃었다.

"상훈이 너 옥란이 하고 어디 가서 뭐한 거야?"

배고픔이 해결되자 숙희의 그 질투심이 또 고개를 들었다.

"강숙희, 넌 상훈이 팔다리의 생채기가 안 보이니? 우리에게 밥 먹이려고 일만이가 던져주는 쌀 받으려고 저 여우골 입구까지 올라갔다 오느라고 저런 거라고!"

화가 난 옥란의 큰 목소리에 숙희가 내 다리와 팔을 보았다.

나는 그제야 내 팔 다리를 보았다. 길도 없는 산을 오직 쌀을 얻겠다는 집념 하나로 정신없이 갔다 왔다. 조금 전까지 느끼지 못했지만 많은 작은 생채기 중에 피까지 나는 제법 큰 상처까지 있었다. 쓰리다.

"많이 아파?"

숙희가 눈물을 글썽이며 내 종아리를 후후 입김으로 불어주었다. 그런 숙희를 옥란이 쏘아보았다.

"상훈아, 우리 얘기 해줘."

숙희의 행동에 샘을 낸 옥란이 나에게 말했다.

"어떤 얘기 듣고 싶어?"

"그냥 네가 하고 싶은 얘기 해."

옥란은 그냥 건성으로 대답했다.

나는 영국의 대문호 셰익스피어의 로미오와 줄리엣 얘기를 시작하였다. 내 얘기가 끝날 때까지 숙희의 정성은 끝날 줄 몰랐다.

"숙희야, 너 상훈이 얘기 듣고 있는 거니?"

"듣고 있어."

숙희는 조용히 대답하며 그제야 내 다리를 후후 불어주던 얼굴을 들었다. 숙희의 눈에 눈물이 그렁그렁 맺혀 있었다. 숙희는 내 다리와 팔을 불어주면서도 얘기는 다 듣고 있었던 것이다. 옥란도 눈물을 훔쳤다.

나는 사실 숙희가 그 긴 시간을 그렇게 불어준 게 놀라왔다. 왈숙이로만 생각했던 내 마음에 조그마한 파동을 준 사건이었다.

/18/

다음날, 우리는 아침밥을 해먹고 바위굴 안과 밖을 잘 정리하였다. 천막으로 입구를 막고 우리가 머물렀던 흔적을 치우고 우리는 그곳을 떠나 개울가로 왔다.

"아직도 건너기 힘들겠다."

숙희가 한숨을 쉬며 말문을 열었다.

물은 어제보다 많이 줄었다. 나는 인력거를 개울가로 끌어다 옥란을 의자에 앉혔다.

"여기서 기다리고 있으면 일만이 형이 나타나서 우릴 건너게 해줄 거야."

그렇게 말하며 나는 편하게 돌 위에 자리를 잡았지만 과연 오늘 이 개울을 건널 수 있을까? 숙희와 옥란은 집으로 가 좋겠지만 난 또 힘겨운 머슴살이로 돌아가야 하는데.

어젯밤에 옥란은 그냥 내 등에 몸을 기댄 채 잠들었지만 숙희는 나를 더욱 못살게 굴었다. 몸 구석구석을 만지고 얼굴을 주무르고 소리 안 나게 뽀뽀를 몇 번이나 하고 정말 내 집이 아니라도 빨리 집에 돌아가고 싶었다.

"와아, 사람들이 온다. 일만이다. 옥란아, 네 아버지도 온다. 어? 우리 아버지도 보인다."

숙희의 말대로 서 주사와 일만이 형, 숙희 아버지 아니 자식을 학교 보낸 모든 사람들이 건너편 개울가로 모여들었다. 소고삐들을 연결하여 긴 밧줄 여러 개를 만들었고 그 밧줄을 일만이 형과 서 주사 그리고 숙희 아버지가 몸을 묶고 개울을 건너오기 시작하였다.

물살이 어른들의 허리까지 차올랐지만 우리 셋은 어른들에게 매달려 무사히 개울을 건너 마을 쪽에 도착하였다. 일만 형은 한 번 더 건너가 인력거를 밧줄에 묶어 끌고 왔다.

"우리 숙자 못 봤니?"

"숙미는 왜 보이지 않니?"

숙희를 보고 숙자 엄마와 숙미 엄마가 물어왔다.

숙희의 기어들어가는 대답에 숙미, 숙자 부모의 울음소리가 터졌다. 나는 서 주사와 일만 형에게 숙희를 구한 얘기를 간단하게 말했다. 숙자, 숙미 부모들이 달려와 나를 잡아먹을 것처럼 했지만 나는 아무 말도 할 수 없었다.

형이 그 사람들을 진정시키고 우리 둘은 먼저 개울을 떠나 서 주사 댁으로 향했다.

"어르신, 저 여우골 집에 잠깐 가보면 안 될까요?"

"너희 집은 괜찮다."

내 물음에 서 주사는 간단하게 말했다. '우리 집에 아무 일이 없다? 이 홍수에…'

행랑채 방 한구석에 책보를 던져놓고 개울을 건너올 때 젖었던 옷을 짜서 다시 입었다. 일만이 형이 문을 열고 말했다.

"이 형이 준비해 둔 덕분에 재미있게 지냈지?"

"예. 너무 재미있어 죽을 뻔 했어요. 굴은 잘 해놓고 왔어요."

"그래, 어서 밥 먹고 모 내러 가자."

"예, 그래야죠."

나는 힘없이 웃으며 대답하고 밖으로 나갔다.

일만이 형이 아침에 지어 우물에 담가놓은 꽁보리밥을 한술 뜨고 논으로 나갔다. 늦은 모내기지만 하루 한시라도 더 빨리 모를 내야만 반 소출이라도 볼 수 있다고 서 주사가 사람들을 닦달하고 있었다. 나는 설레질한 논을 이리저리 뛰어다니며 모 단 던져주기에 팔이 빠지는 것 같았다. 해가 저물어 동네 일꾼들이 돌아가도 서 주사와 일만 형, 나의 모내기는 끝날 줄을 몰랐다. 희미한 달빛 아래서 거의 자정 가까이까지 하고서야 하루 일과를 끝냈다.

씻지도 못하고 잠깐 누워 잠이 들었는데 서 주사가 깨웠다. 먼동이 터오는 새벽에 논으로 나갔다. 나로서는 힘들고 고된 일이 일주일 넘게 반복되고 있었다.

우리가 집에 돌아오고 하루가 더 지나자 학교 갔던 아이들이 모두 돌아왔다. 하지만 숙자와 숙미 그리고 또 두 명의 아이는 영원히 돌아오지 못했다. 숙자와 숙미는, 그러니까 꼭 물에 떠내려 간 지 일주일 만에 읍내 강에서 시체로 떠올랐다. 부모들이 연락을 받고 가 입고 있던 옷으로 숙자, 숙미임을 확인하고 읍내 공동묘지에 묻고 돌아왔다.

전해들은 내 가슴은 큰 돌에 짓눌린 듯 답답해 미칠 지경이었다. 모를 잡은 손에 경련이 일었다.

"네 잘못 아니니까 마음 편하게 가져라. 그래도 숙희는 구했잖아."

일만 형이 그렇게 말해도 나는 눈물을 흘리고 말았다.

삼숙에게 맞았던 때가 생각났다. 살아만 돌아온다면 열 번이라도 코피 터지게 맞아 줄 것 같았다. 셋이 같이 가다가 어떻게 한순간에 죽음과 삶이 갈라졌을까. 어쩌면 김 박사 댁 양자로 간 형과 언제 끝날지 모르는 머슴으로 떨어진 나도 간발의 차이로 운명이 갈려버렸으니…

개울물이 줄고 임시 돌다리가 놓여져 아이들과 사람들은 상동학교며 읍내로 용무를 보러 나갔다. 하지만 나는 길이 복구되지 않아 인력거를 끌 수 없었고 모내기가 밀려 있어 서 주사가 학교 같은 건 보내줄 생각을 안 했다. 숙희는 내가 있는 서 주사 댁 중간쯤까지 와 나를 기다리다가 학교를 갔다.

일만 형의 라디오에서는 홍수에 대한 얘기가 자주 나왔다. 조선시대부터 을사년 홍수가 크게 났다고, 60년마다 돌아오는 을사년 홍수가 무섭다고. 올해는 을사년이다. 사람이 죽고 농토를 잃고, 재앙이었다. 사람들 입에서는 굿을 하자는 얘기까지 나왔다.

마을 사람들 입에 또 오르내리는 것이 있었다. 여우골에 사는 우리 엄마에 대한 소문이었다.

"여우골 상훈이 엄마가 윗말 누구와 정분이 났다더라."

"서 주사와 상훈 엄마가 정분이 났다더라."

"서 주사가 여우골을 하루도 안 거르고 간다더라."

"서 주사가 상훈이 엄마를 또 첩으로 삼았다더라."

소문이 사실이든 거짓이든 우리 엄마가 그런 소문에 휘말렸다는 게 정말 싫었다. 우리 가족이 어쩌다 이렇게 됐을까. 그 소문의 끝은 피를 부르는 결과를 낳았다.

일주일 넘게 밤낮으로 이어진 늦은 모내기와 엄마에 대한 소문은 나를 몹시 지치게 만들고 있었다.

방학을 3일 앞둔 이른 아침 나는 미지근한 세숫물을 옥란의 방 앞마루에 놓아주고 쌀바가지를 든 채 문이 열려있는 광 안으로 들어섰다. 내가 분명 광 안에 옥란 엄마가 있는 걸 확인하고 들어갔는데 그 뒤 기억은 희미해져 갔다. 서 주사와 옥란 엄마의 다투는 소리가 들리는 것 같기도 하고, 이마가 시리며 눈으로 뭔가 들어간 듯 정신이 혼미해지며 온몸이 끝 모를 바닥으로 떨어지는 느낌이었다.

얼마나 지났을까. 내가 정신을 찾았을 때 나는 문간방에 누워 있었고 눈앞에 숙희가 찔찔 울고 있었다. 숙희는 물수건으로 내 얼굴을 닦아주고 있었는데 물수건은 거의 핏빛이었다.

"나 일해야 해."

나는 그 순간에도 일을 걱정하며 몸을 일으키려고 하자 숙희가 내 몸을 도로 눕혀버렸다.

"이 바보야, 오늘은 그냥 누워있어. 저녁때 다 됐어."

벌써 저녁이라고? 아침에 보리쌀을 타러 광까지 간 건 기억나는데. 머리가 아프다. 핏빛 물수건, 머리가 터졌었나?

"어떻게 된 거야?"

"너 기억 안 나니? 아침에 광에서 옥란 엄마가 됫박으로 네

115

머리를 내리쳐서 많이 다쳤어."

"옥란 엄마가 왜?"

"서 주사가 여우골 너네 엄마에게 쌀을 갖다주고 잘해준다고 너에게 분풀이 한 거래."

홍수로 굴에서 지내다 개울을 건너와 서 주사에게 여우골을 다녀오겠다고 부탁했을 때 서 주사는 엄마가 무사히 잘 있다고 했었다. 그럼 그 소문들이 다 거짓은 아니었구나.

내 얼굴에 흘러내리다 말라버린 핏자국을 숙희는 한참만에야 다 닦아내었다.

숙희는 물수건을 행군 핏물 세숫대야를 들고 밖으로 나갔다.

"이제 그만 너희 집으로 가."

화난 듯한 옥란의 목소리가 들려왔다.

숙희가 내가 있는 방으로 들어가고 쭉 지켜봤으리라. 아니, 어쩌면 얼굴에 피범벅을 한 내가 광에서 이 방으로 옮겨진 뒤 지금까지 안채 마루 기둥에 기대 쭉 내 방 쪽만 봤을 것이다.

"내가 알아서 해. 네가 가라마라 하지 마."

숙희가 물을 쏟아버리며 쏘아붙이는 소리가 들렸다. 옥란의 말대꾸는 없었지만 얼굴 표정은 떠올랐다. 아마도 입술을 깨물며 분을 삭이려고 노력할 것이다.

숙희가 다시 방안으로 들어와 내 이마를 입으로 불어주었다.

이마를 손으로 만져보니 찢어진 상처 부위에 뭔가 크게 붙어 있었다. 또 그것이 떨어지지 않게 머리 둘레에 광목이 두어 바퀴 감겨져 있었다.

"숙희야 그만 집에 가봐. 더 있으면 옥란이 기어올지 몰라."

"흥, 알았어."

숙희는 토라지듯 방을 나가 집으로 가버렸다.

문간방 봉창문 너머로 멀어지는 숙희를 확인하고 방문 쪽 유리창에 얼굴을 밀착하였다. 아직도 내 방 쪽을 응시하고 있는 옥란의 눈이 들어왔다. 한참을 누워있다가 다시 봐도 옥란은 석고상처럼 그대로 있었다.

배가 고파왔다. 일어서려다 어지러워 다시 누워버렸다. 일만 형은 또 한밤중에 들어오려나.

"왜 또 왔니?"

옥란의 날카로운 목소리가 들리는가 싶더니 내 방문이 벌컥 열리며 작은 보따리를 든 숙희가 들어왔다.

"배고프지? 이거 먹어."

숙희가 보따리를 풀어 꺼낸 것은 막걸리로 반죽해 숙성시키고 풋강낭콩을 넣어 찐 두부모만한 밀빵이었다. 나는 숙희가 떠다 준 물과 함께 순식간에 빵 세 개를 먹어치웠다.

"맛있다. 잘 먹었어."

"더 안 먹어?"

"일만이 형도 하나 줘야지."

숙희는 빙그레 웃으며 다시 집으로 갔다.

내 예상대로 일만 형은 거의 한밤중에 들어와 내가 남긴 밀빵 하나를 먹고 곯아떨어졌다.

/19/

대홍수가 나고 여름방학을 할 때까지 결국 나와 옥란은 하루도 학교에 가지를 못했다. 방학을 하는 날 통지표와 방학숙제 책과 과제물 지를 숙희가 한 아름 들고 와서 내 것과 옥란이 것을 나누어 주었다.

"통지표 좀 보여줘."

내가 숙희로부터 통지표를 받아들었을 때 옥란이 물어왔다.

"왜 상훈이 통지표를 보재?"

숙희가 옥란을 향해 쏘아붙였다.

"자, 봐."

옥란을 쏘아붙이는 숙희가 재미있어 나는 빙긋 웃으며 옥란에게 내 통지표를 내주었다.

내 통지표를 지그시 살펴보는 옥란은 흐뭇한 표정을 지었다. 그 모습은 마치 자식의 좋은 통지표를 받아보는 엄마의 얼굴 같았다. 내 통지표를 엄마에게 보여주면? 이상하게 엄마의 표정이 그려지지 않았다.

숙희가 내 귀에 속삭이고 집으로 가버렸다.

"저녁에, 저녁에."

"상훈아!"

내가 숙희에게 받은 통지표 등을 문간방에 던져넣고 밖으로 일하러 나가려 할 때 옥란이 나를 불러 세웠다.

"…… ?"

"아버지께 너에게 공부 지도 받고 싶다고 말할 거야. 한 달에 백 원 정도 달라고 해봐."

"십 원도 안 줄걸."

옥란이 왜 내 통지표를 보자고 했는지 알 것 같았지만 서 주사는 땡전 한푼 줄 사람이 아니었다.

"나도 알아. 우리 아버지는 십원 한장 안 줘. 내가 용돈 모아서 줄게."

나는 더 이상 말없이 그냥 씩 웃고 대문을 나갔다. 바보, 내가 돈 벌어 송아지 값 갚아주고 나가면 자기는 어떻게 하려고.

옥란이 바보다. 홍수로 인해 자갈밭으로 변해버린 논을 빼면

서 주사 댁의 논에 모는 거의 다 내어가고 있었다.

"상훈아, 그만하고 숙희네 가서 저녁 먹어라."

아직 해가 서산에 걸려 있었는데 서 주사가 나에게 이상한 말을 하였다.

"숙희네요?"

"그래. 네가 숙희 목숨 구해줬다고 저녁 한끼 먹이려나 보다. 어서 가봐라 며칠 전부터 얘기된 거다."

"상훈이 좋겠다."

일만이 형의 부러움을 뒤로 하고 나는 집으로 돌아와 머리에 감은 광목 붕대부터 풀었다. 이마 상처에 물이 들어가지 않게 머리부터 감았다. 얼굴이며 손발을 씻고 옷에 묻은 흙이며 하여 간 나는 최대한 단정히 하였다.

뒤뜰 우물가를 떠나 안뜰을 돌아 대문을 나서려는데 뒤통수가 뜨끔하였다. 걸음을 멈추고 돌아보니 옥란이 마루 기둥에 기대앉아 나를 지켜보고 있었다.

"가서 맛있는 거 많이 먹고 와."

"내가 어디 가는지 알고 있었어?"

"엄마랑 아버지가 어제 얘기하는 걸 들었어. 어떻게 보면 너는 내 목숨까지 구해주었는데, 우리 부모들은 따뜻한 밥 대신 머리나 깨놓고, 미안해!"

옥란은 말끝을 흐리며 기어서 자기 방으로 들어가 버렸다. 미안해하지 마! 그러면 너만 힘들어져.

통지표를 전해주고 귓속말로 '저녁에'라고 속삭였던 숙희가 기다리고 있는 점방 집으로 갔다. 먼저 점방을 보던 보희 누나가 나를 반겼다. 대홍수가 나고 처음으로 누나를 본다. 요즘은 바빠서 계란 팔러 올 일도 없었다.

"상훈아!"

보희 누나는 나를 안아주었다.

누나는 언제 보아도 좋다. 내 이마에 닿은 누나의 가슴 감촉이 좋고 야릇한 향기가 나는 누나의 냄새도 좋다.

보희 누나는 점방 문을 닫고 나를 안채로 데리고 갔다. 숙희네 점방만 봤지 안채 집은 처음이었다. 서 주사 댁보다는 작았지만 어딘지 사람 사는 따뜻함이 느껴지는 집이었다.

숙희가 맨발로 달려 나와 나의 팔을 잡았다.

"어이구, 저년 봐라. 죽은 서방 살아 온 거보다 반갑냐?"

숙희의 행동을 보고 읍내에서 중학교에 다니는 성희 누나가 좀 걸쭉한 말을 하였다. 방학이라 집에 온 성희 누나는 평소에도 입이 좀 거칠기로 소문이 났다.

숙희가 성희 누나를 향해 혀를 내밀며 더욱 나에게 기대왔다.

"상훈아, 어서 와라. 우리 딸 숙희를 살려주어 고맙구나."

숙희 엄마가 부엌에서 나오며 입을 여셨다. 숙희 아버지는 마루에서 웃으시며 고개를 끄덕였다. 보희 누나를 맏딸로 딸 넷에 아들 둘, 다복한 가정에 좋은 부모님들 같았다.

숙희의 라이벌이자 맏아들인 여섯 살짜리 진영이와 나 그리고 숙희 아버지가 겸상을 하고 세 살짜리 막내아들과 나머지 식구들이 다른 상에 모두 자리하였다.

남포등 아래서도 정성들인 밥상이 뚜렷이 보였다. 흰 쌀밥에 돼지불고기, 구운 김, 닭고기 국, 형 생일이라면 몰라도 엄마는 내게 이런 생일상을 차려준 일이 없었다. 오늘이 내 생일 같았다. 더구나 내 국그릇에는 통닭다리 하나가 그냥 들어 있었다.

"엄마, 상훈이 국그릇에 닭다리는 뭐요? 사위만 먹는다는 그 장모님의 씨암탉 닭다리는 아니지요?"

성희 누나가 또 딴죽을 걸어왔다.

"시끄러. 상훈아, 그냥 편하게 먹어라. 내 집이다 생각하고."

"예, 잘 먹겠습니다."

숙희 엄마는 내가 불편해 할까봐 많이 신경이 쓰이시나 보다.

"상훈아, 맛있게 먹어."

숙희가 내 쪽을 돌아보고 웃으며 말했다. 나는 대답 대신 웃으며 닭다리를 들고 먹기 시작하였다. 숙희가 흐뭇한 미소를 지으며 내가 먹는 것을 지켜보았다.

성희 누나가 그런 숙희를 보며 또 한마디 하였다.

"엄마, 넷째 사위 걱정은 안 해도 될 것 같아요."

"그럼 상훈이 만한 사위라면 내가 복 받은 거지."

숙희 엄마는 아무렇지 않게 말씀하셨는데 숙희는 입이 귀에가 걸렸다.

"공부를 그렇게 잘한다며?"

숙희 아버지가 간단히 물으셨다. 내가 대답을 미루자 숙희가 냉큼 말했다.

"미술 하나만 우고 나머지는 다 수 받았어요."

숙희 부모님과 보희 누나가 환하게 웃으셨다. 성희 누나가 또 한마디 시비를 걸어왔다.

"1학년 성적 가지고 뭘 그래. 고학년 올라가고 중학교 가봐야 정말 실력을 알 수 있지. 참 너는 중학교 못 가겠구나."

"이놈의 지지배가."

내 가슴에 못을 박는 성희누나의 한마디에 모두 조용해졌다. 숙희 엄마가 보다 못해 욕 한마디를 한 게 고작이었다.

성희 누나의 말에 목이 메어 음식을 더 먹을 수 없었지만 나는 초대해주신 분들을 생각해 꾸역꾸역 그릇을 다 비웠다.

"밥 더 먹어라."

빈 내 밥그릇을 보고 숙희 엄마가 말했다. 나는 도리질을 하였다. 그리고 수저를 놓으며 한마디 하였다.

"어르신보다 먼저 수저를 놓아 죄송합니다. 잘 먹었습니다."

나는 수저를 놓고 밥상에서 물러났다. 숙희 엄마가 둘째딸 성희를 보고 눈을 흘겼다. 식구들이 저녁을 다 먹고 상을 물렸다. 숙희 엄마는 말 많은 딸들을 피해 나를 숙희와 따로 안방으로 불렀다. 안방에는 큰 보따리 한 개와 작은 보따리 한 개가 있었다. 숙희와 나는 조용히 앉았다.

"이 작은 건 찐 옥수수와 밑반찬이다. 일만이 하고 나누어 먹어라. 이것은 내가 상훈이 속옷 두어 벌 샀고 나머지는 숙희 이모네 사촌오빠들이 입던 옷들이니까 입어라."

엄마의 말에 숙희가 소리 안 나게 손뼉을 치며 좋아하였다.

"예. 고맙습니다."

"그리고 성희 말에 신경 쓰지 마라. 자기보다 똑똑한 것을 못 참는 성미다. 세상이 넓은 걸 알아야 하는데."

숙희의 배웅을 받으며 대문을 나서려는데 숙희 아버지가 고학년이 들고 다니는 새 책가방을 말없이 내게 주셨다.

집에 와서 가방을 열어보니 빈 공책과 필통, 그밖에 학용품이 골고루 들어있었고, 그렇게 신고 싶었던 운동화까지 한 켤레 들어 있었다. 신어보니 잘 맞았다.

"상훈이 수지맞았구나."

일만이 형이 찐 옥수수를 먹으며 내가 가져온 것들을 보며 한마디 하였다. 하지만 난 하나도 기쁘지 않았다. 성희 누나가 하던 말이 귓가를 떠나지 않았다. 그 자리에서 성희 누나에게 영어로 욕이라도 해주고 싶었지만 어쩌면 누나의 말이 현실이 될지도 모르는 일이 아닌가.

실로 오랜만에 기름기 있는 고기를 먹어서 나는 밤새도록 뒷간 출입을 해야만 했다.

밤새 옥란의 방에 불도 꺼지지 않았다.

/20/

"오늘부터 저녁에 두어 시간씩 옥란이 공부 좀 가르쳐 줘야겠다."

내 통지표를 세밀히 살펴본 서 주사가 아주 자연스럽게 내게 지시를 내렸다.

"제 월사금이 좀 비싼데요, 한 달에 얼마나 주실 건가요?"

내가 돈 얘기를 꺼내자 서 주사는 많이 당황하였지만 재차 나를 압박해왔다.

"지금 옥란이 공부 가르쳐주는 대가로 돈을 달라는 거냐?"

"예. 당연한 거 아닌가요?"

나도 기죽지 않고 평소와 다르게 당당하게 나갔다.

"이놈아, 너는 내가 가르쳐라 하면 그냥 가르쳐야 하는 거야!"

"어르신, 이런 말이 있죠. 소를 물가에 끌고 갈 수는 있으나 물을 먹일 수는 없다."

내 말에 서 주사는 기가 막힌다는 표정을 지었다. 그리고 점점 우악스런 얼굴로 일그러져갔다. 저런 기세라면 소에게 물을 먹이기 위해 소의 머리라도 잘라 주둥이를 물에 처박아 먹일 것 같았다. 도저히 정도를 모르는 안하무인은 서 주사를 두고 한 말이었다.

이제 그만 물러나야 할 것 같았다.

"하라면 해! 이놈아!"

"예, 예, 어르신."

서 주사의 높은 언성에 나는 겁먹은 얼굴로 빨리 대답해버렸다.

"엄마, 나 수업 받는 동안 이 방에 아무도 들어오지 마."

저녁에 내가 수업을 위해 방에 들어갔을 때 옥란이 방 밖을 향해 경고하였다. 그리고 방문을 닫고 미소를 지었다.

내가 보기에는 옥란도 공부를 제법 한다. 책부터 펼치는 나를 말리며 옥란이 숨겨놓았던 찐 옥수수와 참외를 내놓았다. 보리밥 외에 아무것도 먹지 못하는 나를 위해 준비해둔 것이었다.

내가 옥수수를 먹는 걸 옥란은 미소를 머금고 가만히 지켜보고 있었다.

"상훈아, 상훈아!"

행랑방 앞에서 나를 부르는 숙희의 목소리가 들려왔다. 아마도 마당에서 봉창을 향해 몇 번 부르다가 반응이 없자 안채로 들어왔을 것이다.

"상훈이 없다!"

서 주사의 목소리다.

"상훈이 어디 갔어요?"

"상훈이 오늘부터 저녁에 옥란이 공부 가르쳐주기로 했다."

잠시 침묵이 흐르고 숙희의 인사말 소리가 들렸다.

"안녕히 계세요."

대문을 나가는 숙희의 목소리가 들리자 옥란이 또 미소를 지었다.

나를 보러 왔다가 그냥 가는 숙희는 지금 울고 있을지도 모를 텐데 옥란은 웃는다. 조금은 잔인해 보인다.

나와 일만이 형은 저녁을 먹고서도 할 일이 많다. 새끼도 꼬고 가마니도 짜고 멍석도 만들고… 옥란은 자기 공부보다도 나를 잠시 그 저녁 일에서 쉬게 하려고 하였을 것이다. 숙희로부

127

터 나를 독차지하게 된 것은 덤이라고나 할까.

옥란에게 공부를 가르쳐주고 남은 찐 옥수수와 참외를 싸들고 문간방으로 들어가려다 이상한 느낌이 들었다.

"안 들어오고 뭐하냐?"

인기척을 느낀 일만이 형이 방문을 열고 조용히 말했다.

"형, 이거 드세요. 그리고 잠깐만."

나는 찐 옥수수와 참외를 방에 내려놓고 대문을 나섰다. 어둠 속에서도 마당 끝에 누가 있는지 느낄 수 있었다.

"상훈아."

나는 말없이 숙희의 손을 잡고 점방 집으로 향했다.

"이거야 원."

숙희가 준 찐 옥수수를 받아 든 일만이 형이 한마디 하였다.

"조그만 지지배들이 뭔 질투심이 그리 많은지 피곤해요."

나는 정말 피곤하였다. 새끼를 꼬고 정리도 안 된 방바닥에 그대로 벌렁 누워버렸다.

"상훈아, 피곤해도 나도 부탁 좀 해야겠는데."

일만이 형이 방 정리를 하면서 말했다.

"뭔데요?"

"나도 글 좀 가르쳐주면 안 되겠니? 우습지? 이 나이에 글이라니."

나는 누웠던 몸을 일으켰다. 그리고 한참동안이나 형의 얼굴을 보았다.

"공부는 하려는 사람의 의지가 중요해요."

"그래, 그럴 거야. 나도 오랫동안 생각한 거야. 너 실망시키지 않을게. 하루 한 시간만 가르쳐주라."

나는 숙희 아버지가 사준 학용품 중에서 공책 한 권과 연필한 자루를 형에게 내놓았다.

"우선 이걸 써요. 당장 시작하죠."

"뭐 오늘부터 한다고?"

당황해 하는 형을 붙잡고 나는 그날 밤 한 시간 동안 공부를 가르쳤다.

[21]

달걀 바구니를 들고 점방으로 가고 있는데 불매미 울음소리가 들려왔다. 일만이 형의 말로는 참매미가 울면 한여름이고 불매미가 울면 여름이 다 간 거라고 했다. 아이들은 이 여름이 가는 걸, 아니 이 세월이 가는 걸 아쉬워하겠지만 나는 화살처럼 빨리 갔으면 좋겠다.

이 여름에 나는 숙명의 제자 한 명을 두었다. 그 제자는 집념의 남자다. 하나를 가르치면 일곱을 알려고 덤비는 사람, 바로 일만이 형이다. 지겨운 이 여름에 내가 느낄 수 있는 유일한 보람이었다.

"상훈이 왔구나."

보희 누나는 여느 때처럼 나를 반기며 계란바구니를 받았다. 누나는 계란 숫자를 세어 정리하고 빈 바구니에 사탕 몇 개를 넣어 주었다. 나는 사탕을 집어 주머니에 넣고 네모로 접은 쪽지 하나를 누나에게 주었다.

"상훈이가 나에게 연애편지 쓴 거니? 숙희가 알면 어쩌려고."

보희 누나는 내가 장난 편지를 썼으려니 생각하고 웃으면서 쪽지를 펼쳤다.

쪽지를 읽는 보희 누나의 표정은 놀라움에서 환희로 변하고 있었다. 그리고 다음 순간, 보희 누나의 검은 눈에서 눈물이 흘렀다.

"누, 누나."

점방과 안채로 연결된 문이 열리며 숙희가 나왔다. 내가 오는 걸 울타리 사이로 지켜보고 나온 것이리라. 숙희가 나온 것도 모르고 보희 누나는 내 얼굴을 잡고 볼에 뽀뽀를 두 번이나 했다.

"언니!"

숙희가 앙칼지게 소리쳤다.

"미안해. 지지배야, 상훈이가 너무 고마워서 그랬다."

내가 저녁에 옥란을 가르치고부터 숙희는 나를 보러 오지 않았다. 다만 내가 점방에 볼일 보러 올 때면 이렇게 내 옆에 붙어서 주사 댁까지 나를 배웅하는 것이 다였다. 그 길지 않은 배웅길을 가면서 숙희는 하고 싶은 말을 다 하고 나는 대답하고 받아주느라 정신이 없었다.

"우리 언니 왜 그러니?"

"일만이 형 편지를 받았어."

숙희가 놀라며 고개를 내게로 돌렸다.

"일만이 글 몰라."

"내가 옥란이 공부 가르치는 선생 하는 날부터 일만이 형도 글공부 시켰다."

"뭐 글 배운지 한 달 만에 편지를 썼다고?"

"형이 누나에게 편지 쓰려고 정말 열심히 공부했어."

"그럼 네가 잘 가르친 게 아니고 좋아하는 사람에게 편지 쓰려고 일만이 애쓴 거네."

"내가 가르친 게 중요하지."

"그래서 언니 뽀뽀 받으니 좋냐?"

숙희가 입을 삐죽 내밀며 물었다. 그리고 숙희의 한 손이 내 옷자락을 잡았다. 내가 '좋다' 하고 도망갈 줄 알고 옷자락을 미리 잡은 것이다.

"모르겠어."

나는 걸음을 멈추고 도리질을 하였다. 그때 숙희가 두 손으로 내 얼굴을 잡았다. 가슴이 쿵 내려앉는다. 숙희가 뭘 하려는지 안다. 나를 지그시 내려다보며 가까이 오는 숙희의 얼굴이 싫다. 언제쯤이면 내가 숙희보다 키가 커 내려다볼 수 있을까. 쪼옥! 내 바람을 알 리 없는 숙희는 내 입에 청국장 냄새를 남기고 떨어지며 말했다.

"난 어때?"

"음, 좋아."

나는 얼른 대답해버렸다. 내가 좋다고 빨리 대답하지 않으면 숙희는 아마도 내 입에서 그 소리가 나올 때까지 내 입에 청국장 냄새를 불어넣을 것 같았다

사실은 보희 누나의 뽀뽀가 더 좋았다. 누나에게서는 알 수 없는 야릇한 향기가 난다. 난 그 향기가 좋다.

나는 그 향기의 여운을 가지고 그 여름이 가길 바랐다. 하지만 운명의 신은 내게 또 다른 향기를 안겨 주었다.

[22]

여름방학 개학을 4일 앞둔 날이었다. 점심때 조금 못 미쳐 나와 일만 형은 서 주사 댁 마당 끝 논에서 일을 하고 있었다.

"일만아, 빨리 나와 봐라."

어디를 다녀오는지 점방 쪽에서 급하게 온 서 주사가 형을 불렀다. 마당까지 급하게 나간 형에게 서 주사는 무엇인가 한참을 얘기했다. 그리고 서 주사는 점방 쪽으로 가고 형은 나를 불러냈다.

형은 지게에 소쿠리를 고정시켰다. 그리고 곡괭이와 삽을 찾아 소쿠리에 담고, 내가 가지고 온 가마니 두 장을 낫으로 쪼개어 길게 만들어 역시 낫과 같이 소쿠리에 담았다.

평소 같지 않게 허둥대는 형을 보고 내가 입을 열었다.

"형, 왜 그래요? 무슨 일이예요?"

"빨리 따라와라."

일만이 형이 지게를 지고 앞서며 말했다. 형의 목소리가 약간 떨리는 것 같았다. 나는 자석에 이끌리듯 형의 뒤를 말없이 따랐다. 점방 앞에는 서 주사와 보따리를 든 숙희 엄마가 서 있었다. 우리를 보자 두 사람은 윗동네로 앞장서 길을 잡았다. 어디를 가느냐고 묻고 싶었지만 나는 느낌상 여우골 엄마에게 가는 걸 알 수 있었다.

간호사 일을 했었다는 숙희 엄마가 작은 보따리를 가지고 같이 간다면 엄마가 많이 아픈가? 형이 가지고 가는 가마니와 곡괭이, 삽은? 설마 엄마가‥

내 예상대로 우리는 갈림길에서 여우골로 방향을 잡았다. 짐작은 했었지만 막상 여우골로 접어들자 숨이 막혀오고 심장이 거칠게 요동쳤다. 너무 긴장하여 분이 누나가 묻혀 있는 곳으로 눈인사조차 주지 못했다.

여우골 화전에도 사태가 떨어진 곳이 두어 군데 생겨났다. 엄마가 계신 우리 집이 가까워올수록 답답함은 극에 달하고 있었다. 드디어 우리 집이 보였다.

"엄마!"

몇 달 만에 보는 엄마와 동생들인가. 정훈이도 지훈이도 많이 자랐겠지. 나는 뛰어 맨 앞으로 달려 나갔다. 그런데 내가 갈 수 없게 숙희 엄마가 내 옷자락을 잡았다. 내가 숙희 엄마 쪽으로 얼굴을 돌렸을 때 그러지 말라는 뜻으로 고개를 저었다.

"아이고, 어쩌나?"

우리 집 앞에 도착하였을 때 집안에서 썩은 냄새가 풍겨 나왔다. 숙희 엄마가 나를 더욱 꼬옥 잡으며 안타까워 한마디 하였다. 동물의 썩은 냄새는 아닌 것 같고 묘한 향기 아닌 강력한 썩은 냄새에 서 주사와 일만 형이 손으로 입과 코를 막았다. 나도 그 냄새에 토할 것 같았다. 형이 쪼개진 가마니를 들고 안방으로 들어가고 서 주사가 뒤따랐다. 문이 열리자 냄새는 방에서 더욱 강하게 났다.

"엄마!"

무슨 일이 일어난 게 분명하였다. 나는 숙희 엄마에게서 벗어나려 몸부림쳤다.

"상훈아, 불쌍한 거."

숙희 엄마는 나를 품에 안고 눈까지 가려버렸다. 문이 열리는 소리가 들리고 꺼이꺼이 우는 엄마의 소리가 들리고 형과 서 주사가 각각 가마니에 무엇인가를 둘둘 말아가지고 나왔다.

"상훈아, 네 동생들하고 작별인사 하거라."

일만 형이 그렇게 말했을 때 보희 엄마가 품에서 나를 풀어주었다. 동생들과 작별인사 하라고? 정훈과 지훈이는 가마니에 둘둘 말려 지게 위 소쿠리에 나란히 누워 있었다.

"내가 아침나절에 집에 와봤는데 네 동생들은 죽어 있고 네 엄마도 몸이 많이 상해 꼼짝 못하고 누워 있었다. 독버섯을 잘못 먹어 이렇게 된 것 같고 죽은 지 며칠 된 거 같다."

서 주사가 겸연쩍어하면서 지금까지의 일을 대충 얘기하였다.

"따라오지 말고 엄마에게 들어가 봐라."

일만 형이 지게를 지고 소나무 숲으로 앞장서며 말했다. 서 주사가 형을 도와주려 따랐다.

나는 아무 말도 못하고 울지도 못했다. 울려고 해도, 떠나는 동생들에게 무슨 말을 하려 해도 입이 움직여지지 않는다.

형과 서 주사의 모습이 숲으로 사라져버리고 숙희 엄마도 보따리를 들고 안방으로 들어가고 나 혼자 그렇게 서 있었다. 하늘이 멀어지며 끝 모르게 땅속으로 추락하는 느낌이 들었다.

"상훈아, 들어와 봐!"

숙희 엄마가 소리치는 바람에 나는 꿈에서 깨어난 사람처럼 화들짝 놀라며 정신을 차렸다. 숙희 엄마는 안방에서 나와 부엌으로 들어가 음식을 만들기 시작하였고 나는 안방으로 들어가 엄마 앞에 앉았다.

"엄마, 괜찮아?"

"네 엄마는 살았다. 괜찮아."

부엌으로 통하는 사잇문 너머서 숙희 엄마가 말해주었다. 정말 엄마는 괜찮은지 나를 보는 눈이 예전이나 다름없어 보였다.

"형한테서 편지 왔냐?"

엄마는 역시 형의 안부부터 물었다. 우리를 버리고 혼자 잘살겠다고 떠난 형의 안부부터 알고 싶어 했다. 편지를 할 형도 아니지만 형에게서는 편지 그림자도 오지 않았다.

"편지 같은 거 없었어요, 없었다고요!"

나는 은근히 화가 나 소리를 지르며 방에서 나와 버렸다.

엄마에게 정말 화가 나 몸을 주체 못하고 있을 때, 숙희 엄마가 녹두죽을 쑤어가지고 방안으로 들어갔다.

나는 주저앉아 울기 시작하였다. 무참히 가족을 버리고 떠난 아버지에 대한 원망, 떠나버린 형을 더 생각하는 엄마의 편애에 대한 분노, 아니면 세상에 대한 원망 한마디 못하고 너무나 일찍 떠나버린 정훈과 지훈에 대한 회환이랄까?

얼마나 울었을까? 빈 소쿠리 지게를 진 일만 형이 서 주사와 함께 왔다. 일만 형이 내 어깨를 토닥여 주었다. 숙희 엄마도 때마침 방에서 나왔다.

"상훈아, 엄마가 녹두죽 한 그릇을 다 드셨다. 해독에 좋은 녹두니까, 금방 좋아질 거야 걱정하지 마."

숙희 엄마도 내 등을 토닥이며 말해주었다. 남들도 이렇게 나를 따뜻하게 다독여주는데 우리 엄마라는 사람은… 나는 앞장서 집을 떠났다.

"엄마한테 인사도 안 하고 가냐?"

일만 형이 말했지만 나는 계속 여우골 오솔길을 내려갔다.

"애들은 좋은 곳에 묻어주었네. 댁내나 어서 몸 추스르고…"

집에서 멀어지는 내 귓가에 서 주사가 엄마에게 하는 말소리가 가늘게 들렸다.

어떻게 여우골을 내려왔는지 모르겠다.

"상훈아, 왜 그러니?"

나무토막처럼 쓰러져 일어나지 못하는 나를 숙희 엄마가 부축하며 말했다.

여우골을 다 내려와 신작로에 접어든 내가 쓰러져 정신을 차리지 못하는 지경에 이르렀다. 나는 일어서려고 했지만 무엇인가가 나를 자꾸 주저앉혔다. 일만 형이 지게를 내려놓고 나를 들어 소쿠리에 앉혔다. 썩은 정훈이와 지훈이 냄새가 소쿠리에 남아있었다.

그 뒤에 기억은 나지 않는다. 내가 다시 정신이 들었을 때는 밤이었고, 매일 나오는 라디오연속극이 들리고 있었다. 내 이마에는 물수건이 놓여있고 나를 걱정스런 눈으로 내려다보는 두 사람이 있었다.

"상훈아, 괜찮아?"

"얼마나, 얼마나…"

숙희와 보회 누나가 내 슬픔을 같이 하고 있었다.

"나 괜찮아. 괜찮아."

나는 그렇게 말하고 있었지만 내 몸은 불덩이처럼 뜨거웠다. 내 몸 전체가 타고 있다는 느낌이 들 정도였다. 땅이 꺼지는 느낌이 밀려오며 난 정신을 잃었다. 그리고 얼마나 시간이 흘렀을까. 난 비몽사몽간에 속옷 바람으로 서 주사에게 끌려 마당으로 나갔다. 먼동이 트는 새벽녘이었다. 일만 형이 어제 썼던 지게며 소쿠리 삽과 곡괭이 그리고 내가 입었던 옷을 태우고 있었다.

"네 동생들 혼이 붙어 온 것 같다. 어서 옷을 다 벗어라."

서 주사의 말에 나는 속옷마저 벗어 불 속에 던졌다.

"귀신아 물러가라. 물러가!"

벌거벗은 나에게 서 주사가 소리치며 왕소금을 온몸에 뿌렸다. 따갑고 예리한 소금의 감촉으로 온몸에 소름이 생겨났다. 나는 이를 악물었다. 내게 소금을 뿌리는 저 사람, 우리 가족을 몰락시킨 저 사람의 끝을 보기 위해서라도 끝까지 살자고 이를 악물었다.

/23/

서 주사가 소금을 뿌리며 수선을 피운 덕분인지 나는 하루 만에 자리를 털고 일어났다. 내가 일어난 날, 여우골에 다녀온 숙희 엄마가 내게 엄마에 대해 말해주었다.

"상훈아, 걱정 많이 했지? 엄마는 이제 기운 차리고 바깥출입을 한다."

"고맙습니다."

숙희 엄마가 내 등을 토닥여주었다.

"오늘도 서 주사가 엄마를 찾아왔던가요?"

나는 한참을 망설인 끝에 숙희 엄마에게 조심스럽게 질문을 하였다. 나의 물음에 숙희 엄마도 한참을 망설인 듯하더니 조용히 입을 열었다.

"상훈아, 네가 나이는 어리지만 숙희 말로는 책도 많이 읽고 아는 게 많다지. 인생에 대해 아니?"

"그 누구도 인생에 대해 안다고 할 수 있을까요?"

"그래, 맞는 말이다. 일곱 살 네가 엄마를 위해 무얼 할 수 있니?"

나는 아무 대답을 할 수가 없었다. 숙희 엄마 말대로 내가 엄마를 위해 할 수 있는 건 아무것도 없었다.

"네가 네 엄마를 위해 뭘 할 수 없지만 네 엄마는 마음만 먹는다면 널 위해 무엇이든 해줄 수 있다. 하지만 네 엄마 마음속에는 큰아들만 있는 것 같다."

숙희 엄마는 느낀 대로 말씀하셨고 난 꿀먹은 벙어리가 될 수밖에 없었다. 다 맞는 말인데 뭘.

"네 엄마 인생은 네 엄마가 알아서 할 거야."

나는 더 이상 숙희 엄마의 얘기를 듣고 싶지 않아 점방을 떠났다. 이제 이 하늘 아래 남은 가족은 나와 엄마뿐인데, 엄마마저 멀리 떠나버릴 것 같은 예감이 든다.

"아주 살판났네. 이제 그 년에게 딸린 혹도 없으니 아주 잘됐네."

서 주사 댁에서도 엄마 얘기다. 서 주사가 옥란 엄마로부터 들볶이고 있었다. 요란한 물건 깨지는 소리와 비명소리가 동시에 들렸다.

"그만들 하세요, 그만하라고요!"

옥란이가 자기 방에서 기어 나오면서 악다구니를 썼다.

안방 문이 열리며 서 주사가 얼굴을 보였다. 울고 있는 옥란이와 문간방 앞에서 엉거주춤 있는 나를 보고 서 주사가 말했다.

"상훈아, 옥란이 데리고 나가라."

나는 얼른 옥란을 업고 대문을 나왔다. 마당까지 싸우는 소리가 들렸다. 나도 옥란이도 저 소리가 들리지 않는 곳으로 가야 한다. 점방 쪽으로 가면 숙희를 만날 터라 반대편으로 길을 잡았다.

"여기 참 좋다."

나는 옥란을 업고 점방 반대쪽으로 향했다.

논둑길을 거슬러가고 밭을 거쳐 가면 마을 끝 계곡이 나온다. 거기도 작은 개울이 흐르고 특히 넓은 반석 바위가 학교 운동장만큼이나 넓게 계단식으로 펼쳐져 있다. 큰 나무들도 많고 좋은데, 사람들과 아이들은 이곳에 절대 오지 않는다. 그 이유를 일만 형에게 들었지만 난 별로 두렵지 않았다. 그래서 형과 내가 이곳에서 몰래 잡은 토끼나 산새들을 구워 먹고 영양분을 섭취하는 곳이다.

형과 같이 두 번을 왔고, 단독으로 옥란을 데리고 온 건 내 담력을 평가해보고 싶었다. 그러나 여기서 동란 때 많은 마을 사람들이 몰살당했다고 굳이 옥란에게 말할 필요는 없을 것 같았다. 우리 두 사람은 그냥 조용한 곳이 필요했다.

"바위가 뜨겁지 않아?"

"으응, 햇볕을 받아 뜨거워."

나는 떡갈나무 잎들을 많이 따서 바위에 깔고 옥란을 옮겨주었다. 나도 옆에 앉았다. 때마침 작은 개울을 타고 올라온 바람이 땀을 식혀주었다. 옥란의 웃는 얼굴을 보니 조금 겁이 나도 여기로 데리고 오길 잘했다는 생각이 든다.

나의 눈길에 웃는 옥란의 눈 밑에 작은 점이 보였다. 정말 자세히 봐야 보일 크기였다. 하지만 뚜렷했다.

"오른쪽 눈 밑에 작은 점이 있었네."

"그걸 이제 봤니? 눈물점이래. 눈물점은 안 좋다는데."

"그런 거 믿지 마."

"알았어. 내일 개학이네. 내일 내 공부 가르쳐 준 거 월사금 줄게. 돈 주면 꼬박꼬박 저축해야 돼."

옥란이 돈을 준다면 학교 월사금부터 내야 할 텐데. 내 걱정을 아는지 모르는지 옥란이 내 손을 살며시 잡았다.

일만 형이 공부를 끝내고 내 앞에 돈을 내놓았다. 세어보지 않아도 대충 오백원 정도 될 것 같았다.

"공부 가르쳐 준 값이다."

"형, 나는 이런 거 바라고 글 가르쳐 준 거 아녜요."

나는 진심으로 한 말이었다. 형은 돈을 더 내 앞으로 밀며 말을 이었다.

"안다. 하지만 넌 혼자나 다름없다."

"그럼 나를 위해 한 가지 일 좀 부탁할게요."

"그래. 내가 할 수 있는 일이라면 얼마든지."

내가 일만 형에게 부탁한 일은 몇 년 후가 될지 모르나 서 주사와 결판을 낼 때 꼭 필요한 것이었다. 그 생각만 하면 가슴이 벅차고 심장의 고동이 빨라졌다. 복수의 칼날을 세워 든 몬테크리스트 백작의 심정이랄까.

그 복수의 끝에 옥란은 없다. 아니 없어야 한다.

/24/

"야, 근사하다. 그 어느 부잣집 도령이 너보다 잘났을까?"

개학식 날 아침 수저를 놓고 말쑥하게 차려입은 나를 보고 일만 형이 한마디 하였다.

"형, 헌옷 걸친 내가 새옷 입은 부잣집 도령을 어떻게 따라갈 수 있겠어요?"

"그래, 그게 맞는 말이다."

형은 씨익 웃으며 말했다.

헌옷 한 벌 얻어 입은 게 이렇게 불편할 줄 몰랐다. 운동화까지 신고 책가방을 들고 옥란이 기다리고 있는 안채 마루 앞에 섰을 때 서 주사와 옥란 엄마 그리고 옥란까지 온통 내 옷에 시선을 두고 있었다. 더구나 옥란 엄마와 서 주사는 내가 입은 옷이 자기네 물건을 훔쳐서 팔아 생긴 돈으로 마련한 옷인 양 의심스러운 눈으로 바라보고 있었다.

"숙희 엄마가 친척에게서 얻은 헌옷인데, 운동화하고 책가방은 숙희 아버지가 사주셨습니다."

내 말에 서 주사와 옥란 엄마는 고개를 돌리며 헛기침을 하였다. 나는 미소 짓는 옥란을 업고 대문을 나갔다.

"상훈아, 상훈아."

옥란을 인력거에 태우고 점방 쪽으로 가고 있을 때 숙희가 나를 부르며 달려왔다.

숙희는 내 옷을 매만지며 좋아하였다. 그리고 인력거 뒤를 따라오면서 내가 언덕에서 힘들어할 때 밀어주었다. 숙희 혼자 밀어주는데 삼숙이 달려들어 인력거를 미는 느낌이 들었다.

화채간 앞에 인력거를 세우고 주머니칼로 여름 들꽃들을 꺾어 꽃다발을 만들었다.

"무얼 하려고? 학교 늦겠어."

옥란의 투정에 다시 걸음을 옮겨 공동묘지 끝까지 왔다. 끊어졌던 길은 옛날처럼 이어졌지만 여기서 사라진 영혼은… 나는 들꽃으로 만든 꽃다발을 물에 던지며 한마디 하였다.

"숙자야, 숙미야, 잘 있지? 잘 지내라."

물에 던져진 꽃다발은 물결 따라 흘러내려 갔다. 옥란과 숙희는 흘러가는 꽃다발을 향해 눈물을 흘리며 손을 흔들었다.

우리는 그렇게 두 친구를 떠나보내는 작은 의식을 치렀다.

상동으로 가는 고갯길에서는 인력거를 밀어주는 숙희 덕분에 손쉽게 고개를 넘어갈 수 있었다. 하지만 고개를 다 올라 땀에 젖은 머리카락을 쓸어 올리는 숙희를 보니 내 마음이 싸하였다.

"너는 임마, 이렇게 옷도 잘 입으면서 왜 육성회비 안 내는 거냐?"

예상대로 우리 담임은 개학 첫날부터 날 불러내어 옷을 트집 잡으며 육성회비 얘기를 꺼냈다.

나는 들고 나갔던 국어책을 담임 앞에 내 놓았다. 선생님이 책 첫 장을 넘겼다. 국어책 표지 안쪽에는 육성회비 납부 기록지가 붙어 있었다. 그리고 나에게 옥란이 준 이백 원과 형이 준 백 원을 합쳐 삼백 원이 있었다. 선생님은 돈을 세어 보고 나서 도장과 인주를 꺼내 기록지에 10월까지 도장을 찍어 국어책을 내게 돌려주었다. 일만 형이 준 돈 중에 350원 정도가 남았다.

돌아오는 길에 옥란의 과자 단골집에 옥란과 숙희를 두고 나혼자 우체국 쪽으로 향했다. 숙희가 따라오려는 걸 내가 눈을 똑바로 뜨며 도리질 하자 포기하였다. 어쩌면 숙희는 옥란의 말에 나를 따라 오는 걸 포기했는지 모른다.

"숙희야, 상훈이 너무 귀찮게 하지 마라."

그렇게 말하는 옥란의 목소리는 숙희보다 두 살 더 많은 언니의 위엄을 담고 있었다.

50원을 주고 내 이름으로 목도장을 파고 나머지 300원을 우체국에 저금하였다. 아버지가 넘겨준 무거운 짐을 벗어버릴 첫 시도를 한 의미 있는 개학날이었다. 그리고 나와 같은 편에 선

사람들을 만난 날이었다.

　화채간을 지나 개울가에 도착했을 때 택시 한 대가 서있었고 양복을 입은 청년 둘과 나이가 든 양장을 입은 부인 둘이 두마재 마을 쪽을 바라보고 있었다. 그 낯선 네 사람이 우리들의 기척에 몸을 돌려 우리를 보았다.

　"어? 옥란이네 오빠네."

　숙희가 먼저 그 사람들을 알아보자, 옥란이 고개를 숙여버렸다. 비록 엄마는 달라도 아버지는 같은데 자신이 무슨 잘못이 있다고 옥란이 저런단 말인가. 그 점에서는 옥란의 두 오빠도 옥란을 보는 표정이 그저 소 닭 보듯 무표정 그 자체였다.

　"어머니, 이놈이 그 녀석인 것 같네요, 너 이름이 뭐냐?"

　옥란의 큰오빠인 듯한 사람이 내게 말을 걸어왔다.

　"전 놈도 녀석도 아닙니다. 저에 대해 물으시기 전에 본인부터 신원을 밝혀야 하지 않을까요?"

　"맹랑한 놈이군."

　작은오빠가 말했다. 큰오빠가 미소를 지으며 다시 입을 열었다.

　"난 서준석이라고 한다. 여기는 내 동생 만석 그리고 저쪽은 우리들의 어머니 박 여사 그리고 어머니 친구 분이다."

　"장상훈입니다."

큰오빠의 태도에 나도 정중히 내 소개를 하였다.

나는 허리를 굽히는 순간 머릿속이 복잡해졌다. 서울에 산다는 이 사람들이 여기까지 와, 왜 내게 관심을 보이는 걸까? 고개를 드는 내게 서 주사의 본부인 박 여사와 옆에 있는 묘령의 여인이 눈에 들어왔다. 특별한 눈빛을 가지고 있었다. 예전에 점을 보던 무당의 눈빛과 비슷하였다.

"형, 이 녀석이 얼마나 영악한지 테스트 한번 해보죠."

작은오빠의 말투는 여전히 거칠었다.

"그래. 상훈아, 저기 우리 어머니 친구 분이 뭐하는 사람인지 알 수 있겠니?"

"관상보시는 분 같습니다."

나는 느낀 대로 대답하였다. 내 대답에 작은오빠가 미소를 지으며 내게 악수를 청했다. 나는 망설이지 않고 작은오빠와 악수를 하였다.

서 주사의 본부인 박 여사와 그 친구 분은 나를 보며 서로 귓속말로 한참이나 이야기를 하였다. 그리고 내가 관상가라고 정한 그 여자는 내게 가까이 와 내 얼굴을 자세히 살피고 고개를 끄덕였다. 박 여사는 내게 가까이 와 용돈 오백 원까지 주었다.

"상훈아, 잘 부탁한다."

옥란이 큰오빠까지 택시에 오르며 내게 한마디 하였다.

그들은 택시를 타고 떠났다. 택시가 보이지 않을 때까지 나는 그 자리를 떠나지 못했다. 아버지라는 같은 피를 나눈 옥란에게는 눈길 한번 말 한마디 안 하고 왜 내게는 그런 관심을 보였을까?

/25/

글을 읽고 쓰는 재미에 푹 빠져 있는 일만 형은 책과 잡지를 사서 보며 더욱 열심이었다. 나는 형에게 더하기 빼기를 가르치기 시작하였다.

서 주사가 얼굴을 엉망으로 만들어 집에 온 날이었다.

"어르신, 누구와 싸웠습니까?"

일만 형의 물음에도 서 주사는 미친 소 마냥 집 안을 왔다갔다하며 분을 못 삭이고 있었다.

마을에는 소문이 쫙 돌았다. 가마골에 홀아비 차 씨가 둘 있는데 그 중 힘이 세고 덩치도 큰 차 씨가 서 주사를 떡으로 만들었다고. 둘이 우리 엄마를 두고 싸웠는데 서 주사가 일방적으로 맞았다는 그럴 듯한 소문이었다. 동네 청년들은 서 주사가 차 씨를 고발해 콩밥을 먹이느냐 안 먹이느냐 내기까지 걸었다고 한다. 하지만 서 주사는 더 이상 문제를 확대하지 않았다.

그 소문이 진실이 되기까지는 그리 오래 걸리지 않았다.

아이들에게나 어른들이나 가을은 기다려지는 계절이다. 과일과 곡식들이 익어가고 추석이 있고 가을운동회가 있는 두마재이다. 운동회가 일주일 후, 추석을 사흘 앞둔 날, 학교 다녀오기가 무섭게 일만 형이 나를 데리고 길을 나섰다. 형은 나를 데리고 점방 삼거리에서 또 가마골 쪽으로 길을 잡았다.

"형, 또 우리 집 가요? 무슨 일 있는 건가요?"

내 목소리는 떨리고 있었다.

"글쎄, 일단 가보자."

여우골 우리 집까지 가는 동안 형은 그 말 외에는 더 하지 않았다. 또 가슴이 답답해왔지만 오늘은 아무 것도 가져가지 않는 형을 보니 조금은 안심이 되었다.

우리 집이 보이면 엄마를 부르고 그 소리에 부랴나케 집에서 달려 내려오는 엄마, 내 이름을 부르며 맨발로 달려 내려오는 엄마… 하지만 절대로 그런 일은 일어나지 않을 걸 알면서도 나는 집에 가면서 늘 그런 상상을 한다.

우리 집이 보였다. 그러나 그 오두막은 이미 우리 집이 아니었다. 분명 엄마가 있는 우리 집인데 우리 집이 아니라는 느낌이 들었다.

"상훈 어머니 계세요?"

일만 형이 그렇게 입을 열면서 먼저 도착했는데 엄마는 집에 없었다. 사람이 사는 집이 아니었다. 방문은 떨어져 나갔고 방 안에도 부엌에도 세간이 될 만한 것은 없었다.

"형, 우리 엄마 어디 갔어요?"

내 목소리는 울상이었다. 형은 대답은 하지 않고 라이터를 꺼내 처마 끝에 불을 붙였다. 형은 오두막을 한 바퀴 돌면서 골고루 불을 질렀다.

우리 가족이 언제까지나 살 것 같았던 우리 집 오두막이 불길에 무너지고 있었다. 내 가슴도 무너지고 있었다.

"상훈아."

형이 불을 바라보며 무겁게 입을 열었다. 그렇게 진지한 형의 표정은 처음이었다.

"예."

"네 엄마 지금 가마골에 있다. 여기는 내가 볼 테니 한번 가 봐라."

일만 형이 엄마를 찾아가보라고 하였다. 어디라고 말해주지 않아도 엄마가 어디 있는지 나만 알고 있는 게 아니라 온 동네가 알고 있지 않은가.

아버지는 가마골에 일하러 가실 때 산비탈 지름길을 이용했었다. 그냥 우리 집에서 산비탈 오솔길로 쭉 가면 가마골이 나온다고 하였다. 그래서 산비탈 오솔길을 찾는 것은 그리 어렵지 않았다. 얼마나 많이 다녔을까? 오솔길 바닥이 반질반질하다. 행여 이슬에 젖을까, 나뭇가지에 찔릴까, 풀과 나뭇가지들이 깨끗하게 잘려 새끼 밴 암소라도 편히 갈 수 있게 잘 정리된 상태였다.

서 주사가 여우골을 오르내릴 때 가마골 큰 차 씨는 또 얼마나 이 오솔길을 많이 다녔을까. 엄마는 이 길이 바른길이라고 선택한 것일까. 가마골에 가서 엄마를 만나면 뭐라고 말해야 하지. 엄마가 웃는 모습으로 나를 반겨주었으면. 가마골로 가면서 참 많은 생각을 하였다. 숙희 엄마 말씀대로 후회 없는 자신의 길을 갔기를 빌었다.

정말 편하게 만들어 놓은 오솔길을 몇 구비 돌아 화전민촌이 나타났다. 가마골이었다.

가마골 집들은 이제는 한줌의 재로 변해버린 우리 집들과 거의 같은 오두막뿐이었고 그나마 이웃이라고 붙어있는 집들은 하나도 없었다. 바위틈이나 나무 밑이나 손바닥만한 평지가 있으면 오두막이 들어앉아 있었다.

"여기 큰 차 씨가 사시는 곳이 어디인가요?"

사람들이 거의 일하러 나가고 빈집뿐인 몇 집을 거쳐 거동이 불편한 할머니 한 분이 있는 집을 보았다.

"누, 누구라구?"

할머니가 약간 가는귀가 먹은 거 같았다. 나는 좀 더 가까이 가 큰소리로 다시 여쭈어 보았다.

"큰 차 씨요?"

할머니는 대답 대신 힘없이 어느 한 집을 가리켰다. 나는 걸음을 옮겼다. 그냥 오두막집 하나 찾아가는데, 우리 엄마가 있는 집 찾아가는데 왜 이렇게 가슴이 답답하고 다리가 떨려오는지.

"너, 누구냐?"

엄마가 있다는 큰 차 씨 집에 도착해 여기저기 살펴보는데 뒤에서 누가 다그치듯 물었다. 돌아보니 그 사람이 누군지 한눈에 알 것 같았다. 삼국지에 나오는 호걸장군 못지않은 큰 덩치의 남자가 버티고 있었다.

"우리 엄마 좀 만나러 왔어요."

내가 큰 차 씨를 알아보듯, 내 이름을 밝히지 않아도 이 사람은 나를 벌써 알아보았을 것이다. 아마도 근처 화전에서 일하다 내가 오는 걸 보고 급하게 왔을 것이다.

"네 엄마가 누군데 여기서 찾아. 빨리 가, 임마!"

큰 차 씨는 언성을 높였다. 이만큼 시끄러우면 방문을 열고 내다보련만 집안에서는 아무 미동도 없었다. 그러나 나는 느낄 수 있었다. 엄마가 그곳에 있다는 것을.

큰 차 씨는 인상까지 험하게 쓰며 나를 밀어내었다. 나는 그 집을 떠났다. 그리고 한참 떠나서 몸을 숨기고 지켜보았다.

잠시 후 안방 문이 열리며 엄마가 나왔다. 큰 차 씨와 얘기하는 엄마의 얼굴이 좋아 보였다. 엄마의 웃는 모습이 멀리서도 잘 보였다. 나는 몸을 돌려 다시 산비탈 오솔길로 향했다.

"엄마는 만났냐?"

어디서 구했는지 녹슨 철모 바가지로 물을 떠 잔불 정리를 하던 일만 형이 돌아온 나를 보고 물었다.

"집터 정리해서 감자 심으면 좋겠죠."

"못 만났구나."

형이 엉뚱한 대답을 하는 나의 마음을 읽고 있었다.

"네, 바쁜가 봐요."

"네 엄마가 정 땔라고 단단히 마음먹은 가 보다. 그래, 그쪽이 속 편하겠지."

형이 나를 측은하게 바라보며 말했다.

엄마가 나와 정을? 엄마와 나 사이에 정이란 것이 있기나 했었나.

/26/

오늘은 추석날이다. 아무리 가난한 집에서도 오늘 아침에는 쌀밥에 고기 한 점을 입에 넣는다. 그리고 가을의 풍요로움 속에서 하루를 쉬면서 즐긴다.

두마재의 추석도 즐거워 보인다. 여느 때처럼 보리밥 한술로 배를 채우고 여우골 입구에 있는 서 주사네 밤벌로 향하는데 온 동네에 고기 굽는 냄새가 진동하고 집집마다 웃음소리가 터져 나왔다. 정말 이럴 수는 없다. 서 주사가 아무리 그렇고 그런 못된 사람이라도 추석 명절에는 쌀밥에 고기도 먹이고 하루 쉬게 해줘야 하는 거 아닌가. 일만 형이 명절이고 추석이고 똑같이 먹고 똑같이 일을 시킨다고 했을 때 설마 했었다.

서 주사에게는 온갖 과일나무도 많다. 그 중에서도 잣나무와 밤나무는 정말 많다.

상동에 다람쥐 최 씨라는 사람이 있다. 아무리 큰 나무라도 잘 올라가는 재주 때문에 다람쥐 최 씨라고 한단다. 이 최 씨라는 사람이 9월초쯤에 두마재에 와서 서 주사네 잣을 다 따고 잣을 다 따고 나면 그때부터 밤을 딴다.

다람쥐 최 씨는 해마다 서 주사의 잣과 밤을 따러 오는데, 이

양반은 일당을 받는 게 아니고 그 해 열린 과실을 보고 많은지 적은지 판단해서 도급제로 서 주사와 담판지은 다음 일을 시작하는 사람이었다.

이 최 씨가 그렇게 앞질러 가면서 일을 하기 때문에 어제 이미 여우골 입구 밤벌 밤을 다 털어놓고 갔다. 서 주사와 옥란 엄마도 어제 같이 알밤을 다 주웠다.

오늘 추석날 밤송이를 줍는 건 나와 형의 일이었다. 형의 말로는 두마재의 아이들은 다른 집의 밤나무 밑에서 다 밤을 주워도 서 주사네 밤나무 밑에는 절대 오지 않는다고 하였다. 그만큼 서 주사는 동네에서 메마른 사람이었다. 형은 나보고도 알밤을 보더라도 주워 주머니에 넣지도 말고 까먹지도 말라고 당부하였다. 일만 형과 나는 아무 얘기도 하지 않고 밤송이만 주워 가마니에 담았다.

배가 고파왔다.

"상훈아, 배고프지? 숙희가 떡 가지고 오나 한번 봐라."

내가 생각하고 있는 것을 일만이 형이 말해버렸다. 정말 송편 한 개라도 먹고 싶다.

"숙희는 내가 여기 있는 줄 모를 거예요."

"옥란이는 오고 싶어도 못 올 것이고, 숙희는 물어보고 꼭 올 것 같다."

"형도 참."

"상훈아, 상훈아!"

숙희의 목소리였다. 저 밑에서 숙희가 나를 부르는 소리가 들린다.

"봐라, 숙희 왔다. 왔구나!"

형이 웃으며 두 손을 번쩍 들었다. 나는 달려 내려가 숙희가 가져온 점심보따리를 받아 가져왔다.

숙희가 보따리를 풀자 송편과 새로 구운 돼지고기, 각종 전이랑 빈 소주병에 식혜까지 진수성찬이었다. 숙희가 혼자 마련 한 게 아니고, 엄마가 해주신 게 분명하고, 아마도 형을 위하여 보희 누나도 도왔을 것이다.

"어서 먹어라."

일만 형이 돼지고기 한 점을 입에 넣으며 내게 말했다.

숙희가 웃으며 송편 하나를 손으로 집어 내 입에 넣어주었다. 솔향기가 입안에 퍼지며 밤이 씹혔다. 밤 송편 하나를 다 심키기도 전에 눈물이 주르르 흘러내렸다.

내 얼굴을 본 숙희가 울상이 되어 물었다.

"상훈아, 왜 그래?"

숙희가 안절부절못하였다. 일만이 형이 한숨을 한 번 푹 쉬고 숙희의 팔을 잡고 일어났다.

"숙희야, 그만 집에 가봐라. 그릇은 저녁 때 상훈이가 가져 갈 거야."

"상훈이 왜 그러는 거야?"

숙희의 목소리가 울먹였다.

"으음, 음식을 보내준 너의 어머니에 대한 고마움, 그리고 딴 곳으로 가버린 엄마에 대한 원망, 추석날 일하는 서러움, 여러 가지가 있겠지."

숙희는 나와 눈을 마주쳤다. 그리고 집으로 갔다.

형의 말이 맞았다. 나는 눈물 콧물을 훌쩍거리면서도 꾸역꾸역 송편이랑 고기랑 전을 먹어 치웠다. 일만이 형보다도 고기 몇 점을 더 먹었다. 악착같이 먹고 기운을 내야겠다는 생각이 가슴속에서 용솟음쳤다.

점심을 잘 얻어먹은 형은 숙희가 가져온 음식보따리 보자기를 가지고 밤벌을 가로질러 어디론가 갔다가 한참 만에 잘 익고 달달한 머루 한 보따리를 싸들고 왔다. 보희 누나를 위하여 오래 전부터 익기를 기다렸던 머루였을 것이다.

여우골 밤벌 바닥에 빼곡히 깔렸던 밤송이를 가마니에 다 주워담고 리어카로 실어 나르기를 수십 번, 마지막 리어카를 밀고 점방 앞에 왔을 때, 보름달이 중천에 떠있었다.

점방 앞 평상에서는 동네 사람 몇이 아직까지 술병과 씨름을 하며 고성을 질러댔다.

"떡 안 먹었니? 보따리가 더 커졌네."

추석날도 어김없이 점방을 지키는 보희 누나가 보따리를 받으며 말했다.

"떡이랑 음식 잘 먹었어요, 이건 마루예요, 형이 땄어요."

보희 누나가 받은 마루보따리를 한쪽에 내려놓고 오늘도 알사탕 몇 개와 접은 쪽지편지를 내게 내밀었다. 나는 누가 볼세라 받아 얼른 주머니에 넣었다. 늘 그래왔듯이.

그런데 오늘따라 누나의 얼굴이 좀 어두워보였다. 남포등 빛보다 더 밝아보였던 그 웃는 모습도 오늘은 없었다.

"보희가 좋아하지? 보희 마루 잘 먹는다."

일만 형은 점방을 조금 지나서 정확히 분이 누나가 내게 안겨 마지막 이승의 문을 넘었던 그곳에서 리어카를 세우고 나를 기다리고 있었다. 아니, 형은 정확히 내가 줄 보희 누나의 편지를 기다렸을 것이다.

어른들 말씀에 모르는 게 약이라고, 보희 누나의 편지에는 안 좋은 내용이 있는 것 같았다. 나는 주머니에서 보희 누나의 쪽지를 꺼내 형에게 주었다.

보름달 아래서 형은 달보다도 더 밝게 웃으며 쪽지를 펼치고 라이터를 켜 읽었다. 라이터 불빛에 형의 모습이 점차 일그러져 갔다. 급기야 형은 라이터불로 그 쪽지를 태워 재로 만들어 버렸다. 그것은 있을 수 없는 일이었다. 형은 내게 글을 배우고 글을 쓸 줄 알면서부터 보희 누나로부터 전해 받은 쪽지편지를 보물처럼 책갈피에 차곡차곡 보관해 왔다. 일만 형에게는 제발 나쁜 일이 일어나지 않기를 기도했지만, 나의 바람도 무색하게 그것은 비극의 서막이었다.

[27]

학교 다니는 아이들은 아침에 다 똑같이 하얀 러닝서츠에, 검은 팬츠에, 모자에, 머리띠에 각각 청백복장으로 집을 나섰다.

아이들이 그렇게 바라던 운동회 날이다. 아이들은 2학기 개학을 하면서부터 운동회 준비를 해왔다. 물론 나는 옥란이 때문에 아무것도 못했고, 오늘 운동회에 참석할 수도 없다. 옥란은 오늘 아버지 엄마와 함께 대절택시를 타고 학교에 가서 귀빈석에서 구경할 거라고 했다. 거의 일 년 내내 점방을 지키던 보희 누나도 오늘은 점방 문을 닫고 운동회 구경을 간다고 한다.

일만 형과 나는 오늘 벼를 추수할 예정인데 형의 표정이 어두웠다. 하루 내내 일하는 동안에도 안정을 못 찾고 때때로 고개를 들어 운동회가 열리고 있을 상동 쪽을 보았다. 형이 상동 쪽으로 고개를 돌리면 나도 돌렸다. 청군 이겨라! 백군 이겨라! 하는 소리가 들린다. 이거 먹어라, 저거 먹어라, 자식들에게 하나 더 먹이려는 부모들의 애정 어린 소리가 들린다.

장난감을 하나씩 들고 좋아하는 아이들의 모습이 눈에 선하다. 나는 때때로 고개를 가마골 쪽으로 돌리기도 하였다. 가마골 사람들도 학부형이든 아니든 거의 모든 사람들이 운동회 구경을 갔다. 하지만 큰 차 씨와 엄마가 가는 건 못 보았다.

"가마골에 엄마 보고 싶으면 가봐라."

형이 내 행동을 보고 말했다.

감시할 서 주사도 없고 내가 몇 시간 자리를 비운다 해도 일한 자리는 별로 표시가 나지 않는다. 그래, 또 언제 서 주사의 눈을 피해 엄마를 보겠냐. 큰 차 씨가 또 방해를 하면 그냥 숨어서 얼굴 한번 보고 오지 뭐.

"형, 그럼 빨리 갖다 올게요."

"천천히 실컷 보고 와도 된다."

나는 논에서 나와 둑길을 지나 행길로 나왔다. 가마골 쪽으로 방향을 잡고 몇 발자국 올라갔을 때 가마골 쪽에서 '제무시(G.M.C회사 트럭 이름)' 소리가 들렸다. 가마골은 길이 험해 트럭만 갈 수 있는 곳이었다. 그곳에 언제 차가 올라갔을까.

나는 걸음을 멈추었다. 여우골 쪽에서 트럭의 작은 모습이 점점 커지면서 내게로 왔다. 이상하게 그 차의 모습이 커질수록 내 가슴의 불안도 커져갔다. 트럭 앞자리에 탄 사람들의 모습이 눈에 들어왔다. 그 중 가운데 앉은 사람은 여자였다. 그 여자가 나와 눈을 마주치자 얼굴을 돌려버렸다. 내 입이 달싹였지만 아무 소리도 나지 않았다.

트럭이 내 옆을 지나갔다. 트럭 적재함에 실려 있는 것은 이삿짐이었다. 트럭이 저 멀리 멀어졌을 때 나는 트럭 뒤를 따라 뛰었다. 내 목소리도 그제야 터져 나왔다.

"엄마아, 엄마아!"

내가 목이 터져라 엄마를 부르며 따라 뛰어도 트럭은 멈추지 않았다. 나는 화채간까지 따라 뛰다가 달리기를 멈추고 트럭이 사라진 공동묘지 쪽을 멍하니 바라보다 울음을 터뜨리고 말았다.

"엄마가 시집간다고 제가 무어라 하나요? 제가 엄마를 보러 간 게 그렇게 잘못인가요? 같은 하늘 아래 있는 내가 그렇게도 싫은가요? 힘차게 살라고 한 번 안아주고 가시면 큰일이라도 생기나요?"

나는 그날 그때 평생 울 걸 다 울고, 평생 흘릴 눈물을 다 흘러버렸다. 그리고 엄마가 날 버렸다는 걸 인정하였다. 내 가슴도 엄마를 버려야 한다는 걸 느꼈다.

"걸을 수 있겠니? 내가 업고 갈까? 자 업혀라."

언제 왔는지 일만 형이 내 앞에 앉으며 말했다. 나는 다리에 힘이 없는 걸 느꼈지만 형의 등을 잡고 일어섰다. 그리고 비틀거리면서도 형의 손을 거절하며 한 발자국 한 발자국 마을로 돌아와 서 주사의 논으로 들어갔다.

"가을걷이도 다 안 끝났을 텐데, 마을이 텅 빈 운동회 날 도망치듯 이사를 가나?"

일만 형이 논으로 뒤따라 들어오며 푸념 섞인 말투로 중얼거렸다.

"형은 어디 안 갈 거지?"

이제 나 혼자라는 생각에 형에게 어리광부리듯 말했다. 형은 대답대신 논둑에 털썩 주저앉았다.

"상훈아, 내가 왜 서 주사 댁에서 못 떠나는지 알지?"

형은 한참 만에 입을 열었다.

"보희 누나 때문에?"

내가 그것을 모를까봐 물은 것은 아닐 것이다.

"그래, 보희가 여기 있으니까. 그런데 보희가 오늘 읍내 사람하고 선본단다."

형의 말에 내 머릿속은 얼마 전 추석날에서 몇 달 후까지 바쁘게 오갔다. 읍내 사람하고 선을 보게 되었다는 보희 누나의 쪽지를 태우는 형의 모습에서 차마 일어나서는 안 될 일까지 선명하게 뇌 속에서 하나하나 맺혔다가 사라졌다.

"형, 보희 누나가 그런 솔직한 쪽지를 보냈을 땐 형이 어떤 조치를 하기를 바란 거 아닌가요?"

나는 보희 누나의 의중을 알 것 같아 그렇게 말한 것이다.

"내가 무엇 하나 내세울 것이 있다고 덤벼 보겠냐?"

"형이 어때서? 형을 너무 과소평가 하지 마."

"네가 나를 그렇게까지 생각해주니 고마운데, 상대가 너무 커."

일만 형도 보희 누나의 충격적인 쪽지를 받고 여러 가지 적에 대해서 알아본 모양이었다.

읍내에 상동상회라는 큰 곡물가게가 있다. 찾아오는 사람들에게 쌀, 보리, 콩 등 잡곡을 파는 게 본업이지만 이 집은 좀 특별하다. 가난한 농민들 대개는 화전민을 상대로 돈을 7부이자, 쌀보리는 5부이자로 놓고 가을에 추수할 때 콩, 팥 값을 후려쳐 화전민의 등골을 빼먹는 고리대금업자라고 보면 된다.

이 집에 고등학교를 사고치고 5년 만에 졸업하여 아버지 밑에서 장사를 배운다는 맏아들이 있는데 이 사람이 오늘 보희 누나가 만날 문제의 남자란다.

"착한 보희 누나가 그런 집안, 그런 사람에게 시집간다는 건 말이 안돼요, 안된다고요!"

자초지종을 들어보니 졸부집안에 양아치아들이다. 보희 누나가 그런 사람하고 결혼이라니 피가 거꾸로 솟고 심장이 터질 것처럼 가슴이 답답해왔다. 엄마가 큰 차 씨에게 시집을 가고 오늘 또 아무 말 없이 어디론가 가버려도 이런 마음은 아니었다.

내 마음이 이런데 일만 형의 마음은 지금 말이 아니겠지. 그런 형에게 어리광이라니. 나는 일어나 낫을 들고 오늘 할 일을 말없이 해나갔다.

형과 나는 그날 해가 지도록 아무 말이 없었다.

/28/

운동회 다음날은 임시공휴일이다. 이른 아침부터 어제 부모님을 졸라 산 화약 딱총소리가 여기저기서 들려왔다.

보리밥이 뜸이 안 들어 부엌에서 나를 부르는 소리가 들렸다. 옥란 엄마가 또 무슨 시비를 걸어올지 모르겠다.

"마님, 부르셨어요?"

나는 서 주사님이니, 마님이니 이런 호칭으로 부르기가 정말 싫다. 옛날이나 현재나 그런 존칭을 떠나서, 한마디로 그런 존칭을 들을 만큼 갖추지 못한 사람들이기 때문이다.

"네 엄마 어디로 이사 갔다며? 어디로 갔냐?"

옥란 엄마가 아주 밝은 얼굴로 엄마 소식을 물었다. 밤낮없이 아프던 이가 빠진 기분이겠지.

"모르죠. 내가 불러도 이삿짐차도 세우지 않고 그냥 가버렸어요."

나는 더하지도 빼지도 않고 그대로 말해주었다.

"그래? 어쩌면 그렇게 매정하냐. 상훈아 이거 갖다 먹어라."

나는 옥란 엄마가 가리키는 곳으로 눈을 돌렸다. 그곳에는 양은냄비에 김이 모락모락 나는 계란찌개가 있었다. 형과 내가 밥 한 끼를 충분히 먹을 양이었다.

옥란 엄마가 나를 놀리는 거라 믿었다.

"계란찌개 갖다 먹으라니까."

옥란 엄마가 짜증을 내며 말했다.

"예, 고맙습니다. 마님."

나는 얼른 나뭇가지를 양쪽 냄비 고리에 끼워들고 나와 행랑채 마루에 놓았다. 냄비에서 보리밥을 떠먹기 시작하려던 일만 형이 입이 벌어지며 말했다.

"와, 이게 뭐냐?"

"우리 엄마 떠난 기념으로 마님이 주신 겁니다."

나는 안채에 들리지 않게 조용히 말했다. 형이 미소를 지으며 계란찌개를 떠먹었다. 나는 깔깔한 보리밥을 짭조름한 계란찌개와 같이 목구멍으로 밀어 넣으며 묘한 감정에 젖었다.

봄소풍 날, 종일 서 주사 집 감자를 심고 받은 계란 세 개를 찌개를 기대하면서 엄마에게 갖다 주었건만 한 개도 못 얻어먹었는데, 엄마가 멀리 떠나면서 그렇게 먹고 싶던 계란찌개를 먹게 되었다.

몽글몽글하게 뭉쳐진 계란찌개 한 덩이를 먹고, 난 더 이상 그 찌개를 먹고 싶지 않아 평소 때처럼 된장으로 보리밥 한 그릇을 비웠다. 형은 맛있는 계란찌개를 두고 된장에 손이 가는 내 얼굴을 한 번 보더니 혼자서 그 찌개를 다 비웠다. 냄비 채 집어 들고 국물까지 다 마시고 꺼억 트림까지 하는 형의 얼굴을 갑자기 때려주고 싶은 마음이 들었다.

"상훈아, 뭐하니?"

일만이 형에게 정신이 팔려 숙희가 바로 옆에 온 것도 모르고 있었다.

"숙희야, 언제 왔니?"

"방금. 이거 받아."

숙희가 방긋 웃으며 공책 두 권을 내밀었다. 보라색의 상이라는 글씨가 선명하게 찍혀 있는 것이 어제 달리기에서 받은 모양이다.

"달리기 잘했어?"

"1등 한 번, 2등 한 번 했다. 참, 너 모르지? 우리 언니 시집간다."

숙희의 그 말에 일만 형이 성난 살모사처럼 머리를 돌렸다. 이제 실감이 나나 보다.

"보희 누나가, 어디로 가는데?"

형이 보희 누나를 그냥 보내는 걸 두고 볼 수 없어 숙희의 말에 맞장구를 쳤다. 형이 자극을 받아 용기를 냈으면 좋겠다.

"시끄럽다. 숙희야 그만 가 봐라. 상훈이 일해야 한다."

우리 얘기가 시끄러웠는지 옥란 엄마가 방안에서 나오며 소리쳤다. 숙희가 놀라 얼른 대문 밖으로 사라졌다.

오늘 내가 할 일은 한줌의 보리쌀을 얻기 위해 밤을 까러 오는 아주머니의 이름과 깐 밤의 양을 그때그때 기록하고, 혹시나 주머니 속에 몰래 밤을 숨기지 않을까 감시까지 하는 것이다. 그리고 일만 형이 할 일은 동네 일꾼들과 벼 추수를 하게 되어 있었다. 하지만 그 날은 형과 서 주사, 나에게 중요한 전환점이 된 잊지 못할 날이었다.

옥란 엄마가 논 일꾼들 점심을 가져다주고 돌아왔는데도 일만 형은 점심을 먹으러 들어오지 않았다. 일꾼 밥 중에 일만 형과 나의 밥은 없다. 때가 되면 한 끼 한 끼를 스스로 챙겨 먹어야 한다.

"일만이는 점심 안 먹고 숙희네는 뭐하러 간담?"

내가 물어보려고 했는데 옥란 엄마가 안채로 올라서며 형에 대해 얘기하였다. 형이 무슨 일을 시도하기를 원했지만 이런 무모한 일은 아니었다.

나는 밤 까는 것을 기록하던 공책을 안채 마루에 있던 옥란에게 던져주고 숙희네 집을 향해 죽어라 뛰었다. 200여 미터를 단숨에 달려 숙희네 집에 도착했을 때 모든 상황은 종료되고 몇 사람의 구경꾼만 집 안을 기웃거렸다. 안채에서는 보희 누나의 울음소리가 들리고 고래고래 소리 지르는 숙희 아버지 목소리가 누나의 울음 사이로 터져 나왔다.

일만이 형은 어디 갔을까?

"상훈아!"

숙희가 어디를 갔다 오는지 밖에서 뛰어왔다.

"어, 숙희야. 너… "

"바보야, 동네 사람들이 일만이 끌고 개울로 갔어."

"아아!"

내 입에서는 단내와 함께 탄성이 터져 나왔다. 일이 너무 꼬여버린 것 같았다.

나는 다시 개울을 향해 달렸다. 숙희가 따라오며 소리쳤다.

"떡바위 쪽으로 갔어."

나는 개울 떡바위 쪽으로 방향을 잡았다. 떡바위는 여름날 낮에는 아이들이 밤에는 어른들이 목욕을 하는 곳이다. 목욕하기 알맞은 장소 옆에 집터만큼 큰 평평한 바위가 바로 떡바위다.

내가 개울둑에 도착했을 때 형을 끌고 갔다는 마을 사람 다섯이 차례대로 개울둑을 올라왔다. 일만 형보다 두세 살에서 다섯 살까지 더 먹은 미혼 청년들이었다. 청년들은 걸음을 멈추고 나를 한 번 쓱 보더니 한 마디씩 욕을 씨불이며 지나쳐 갔다. 허리를 숙여 짱돌(굵은 자갈돌) 몇 개를 집어 들어 그 놈들 뒤통수를 향해 던지려는 순간 떡바위에 쓰러져 있는 형의 모습이 눈에 들어왔다. 나는 짱돌을 툭 내던져버리고 개울둑을 구르듯 내려갔다.

"형, 괜찮아?"

일만 형은 죽은 듯이 누워 있다가 내 목소리를 듣더니 멀쩡히 일어났지만 입술은 터지고 얼굴이 엉망이었다.

"동네 형들인데 내가 어떻게 반항하겠냐? 때리는 거 반은 막고, 반은 엄살 부리며 맞고 금방 죽은 체했다."

형은 그 와중에도 농담 섞인 말을 하였지만 한 손은 배를 움켜잡고 있었다. 그래도 작은 내게 의지해 개울둑을 넘었다. 숙희가 걱정되었는지 거기까지 따라왔다. 형은 내게 더 말을 하려다 숙희를 보자 입을 다물었다. 형은 어쩌면 내가 알고 싶은 걸 말하려다 숙희를 보자 그만 두었는지 모른다.

그 궁금증을 숙희가 털어놓았다.

"우리 아버지가 시킨 거 아냐? 오늘 우리 집에 일하러 왔는데, 점심시간에 밥 먹으러 왔다가 이렇게 된 거라고!"

"그래 알았다. 못난 내가 잘못이 크겠지."

"형이 왜 못났어. 그런 소리 다신 하지 마."

일만 형은 아무 일 없다는 듯 집으로 들어와 보리밥 한 그릇을 된장에 비벼 해치우고 다시 논으로 갔다. 나도 옥란 엄마에게 한소리 들었지만 잘 넘어갔다.

나는 보리밥 한 그릇을 거침없이 해치우는 형을 보고 보희 누나에 대한 마음을 접은 줄 알았다. 하지만 형은 그날 밤 정말 큰일을 저질렀다.

소죽을 끓여주고 남은 알불에 냄비를 올려놓고 밥물이 막 끓어 넘칠 때 대문 안으로 한 무리의 사람들이 들어왔다. 숙희와 엄마, 아버지 그리고 낮에 형을 집단 구타했던 그 다섯 형님들도 있었다. 그 사람 들 중 두 사람에게는 낫까지 들려 있었다.

안채 마루에서 막 저녁을 끝낸 옥란 엄마, 아버지가 일어났다.

"상훈아, 일만이 있냐?"

숙희 아버지가 급하게 물었다.

"예. 형, 좀 나와 봐요."

나는 형이 방에 있는 줄 알았다. 분명 일을 끝내고 집으로 들어와 방으로 들어갔으니까. 그런데 내가 부르는 소리를 내도 너무 조용하여 문을 열어보니, 형은 어디에도 없었다.

"없잖아. 상훈아, 우리 언니도 없어."

숙희의 말에 일이 엄청 잘못되어 가는 걸 알았다.

"상훈아, 일만이 어디 갈만한 곳 모르냐?"

숙희 아버지가 내게 물었다.

"이놈의 새끼, 죽여 버려야 합니다."

"죽여!"

남의 일에 끼어든 다섯 동네 형들이 흥분해 한마디씩 하였다.

"아저씨, 제가 아는 곳을 찾아보겠는데, 그 전에 이 형님들을 집으로 돌려보내 주세요."

"우리가 왜 가? 임마!"

가장 나이가 많은 형님이 앞으로 나서며 눈을 부라렸다. 그 형님은 다행히 낫을 들고 있지 않았다. 체격도 그리 큰 편은 아니었다. 일만이 형에게 했던 것처럼 같은 처지인 내게도 언제라도 주먹을 들이댈 사람들이었다.

나를 함부로 대하는 서 주사에게도 내 존재를 각인시킬 필요가 있었다.

"사람이 사람 좋아하는 게 죄가 됩니까? 이건 동네 형님들이 끼어들 문제가 아니라고 봅니다."

"뭐야? 임마, 이게."

그 형님이 주먹을 치켜들었다. 나는 더욱 그들을 쑤셔 놓았다.

"아까 개울에서는 참았지만 더는 못 참습니다."

"아유, 요걸."

그 형님이 나를 향해 몸을 숙였다. 나는 달려들어 그 형님의 멱살을 잡고 내 몸을 깊이 넣으며 온 힘을 한 곳으로 모았다. 그 형님이 보기 좋게 바닥에 나가 떨어졌다. 논바닥이나 부드러운 흙바닥이 아닌 딱딱하게 다져진 안채 바닥이다. 충격이 있었을 것이다.

"아이쿠, 나 죽네. 나 죽어."

그 형님은 제대로 일어나지도 못하고 허리를 만지며 울상이었다. 숙희와 옥란을 제외한 모든 사람들이 무척 놀란 얼굴들이다.

"자, 이제 형님들은 집으로 돌아들 가세요."

내 말에 네 형님들은 쓰러져서 아직 일어나지 못하는 큰형님을 부축하여 대문을 나갔다.

그들이 떠난 뒤, 한참 후에 나는 앞장서서 형을 찾아 나섰다. 숙희와 숙희 엄마, 아버지도 따라나섰다. 형은 마을을 떠나지 않았을 거고, 틀림없이 우리가 홍수 때 피신했던 그 바위굴에 있을 것이라 믿고 또 믿어본다. 다만 형과 누나가 최후의 선택만은 하지 말기를 바라면서.

상동으로 넘어가는 고개에는 멀리 무덤이라기에는 초라한, 잘 돌보지 않은 듯한 묘가 하나 보인다. 어느 날 옥란이 그 묘 얘기를 해준 적이 있다.

"상동에 사는 부잣집 딸과 가난한 집 아들이 부모의 반대로 결혼을 못하게 되자 저기서 동반자살을 했대. 마지막 유서대로 두 사람을 같이 묻어 주었대. 참 슬프지."

상상할 수 없지만 자꾸 그런 생각을 떠올리며 점방까지 왔다. 그 새 어둠이 내리기 시작하였다.

"숙희야, 넌 이제 따라오지 마."

나는 숙희가 좋은 것만 보기를 원해서 한 말이었다.

"그래, 그게 좋겠다. 상훈아, 조금만 기다려라."

숙희 아버지는 숙희와 아내를 데리고 집 안으로 들어갔다가 혼자 나왔다. 손에는 귀한 건전지 플래시가 들려 있었다.

"보희 누나와 일만이 형은 오래전부터 서로 좋아했어요."

"……."

나는 개울을 건너 신작로를 가다 산 속으로 길을 잡으며 숙희 아버지께 한마디 하였지만 돌아온 말은 없었다. 나는 더 이상 입을 열지 않고 조심히 산을 올랐다.

"덜그렁, 덜그렁."

반쯤 올라왔을 때 옆에서 빈 깡통소리가 들렸다. 놀라서 걸음을 멈추자, 소리도 멈추고 다시 발길을 옮기려 하자 다시 깡통소리가 났다. 숙희 아버지가 발밑에 플래시를 비추자, 발에 걸린 끈이 보였고, 그 끈을 흔들자 깡통소리가 들렸다. 형다운 경보장치를 만들어 놓았다.

"군대도 안 간 놈이 별거 다 만들어 놓았군."

숙희 아버지가 한마디 하며 급히 나를 앞질러 올랐다.

"아저씨, 잠깐만요."

내가 조용히 숙희 아버지를 불러 세웠지만 소용없는 일이었다.

"보희야, 보희야!"

숙희 아버지가 소리 내어 큰딸을 불렀다. 아예 우리가 잡으러 가니까 도망가라고 하신다. 모닥불은 꺼져 있고 바위굴 천막도 젖혀진 상태였다. 깔려 있는 담요를 만져보니 온기가 있었다. 방금까지 여기 있다가 깡통소리를 듣고 도망간 것이었다. 나는 형과 누나가 절벽 쪽으로 가지 않았기를 빌고 또 빌었다.

"상훈아, 우리 보희 어디로 간 거냐? 어디로 갔어?"

숙희 아버지는 나를 붙들고 안절부절못하였다. 나도 마음을 가다듬을 시간이 필요하였다. 나는 깊이 숨을 고르며 두 사람을 불러보았다.

"일만이 형, 보희 누나! 나 상훈이야, 대답해 줘."

"상훈아, 흑!"

절벽 쪽에서 보희 누나의 울음 섞인 목소리가 먼저 들렸다. 제발 그 쪽에서 들리지 않기를 바랐는데, 어떻게 해야지?

"형, 누나, 두 사람 참 못난 거 알기나 해! 죽으려면 빨리 죽지 우리 기다린 거야? 그럼 죽을 기회는 이미 놓친 거야. 이제 운명에 모든 걸 맡겨야지. 두 사람이 정말 맺어질 운명이라면 언젠가는 이루어질 거고, 아니면 평생 그리워하며 살아가겠지. 같이 살면서 싸우고 볶는 것보다는 그것이 더 아름답지 않아? 형 누나 같이 죽으면 저승에서 이루어질 것 같지? 그렇게 믿고 싶지? 웃겨 정말. 같이 죽으면 아주 멀리 따로따로 묻어버릴 거야. 그렇게 알라고!"

나는 책에서 얻은 지식을 다 하여 두 사람을 조롱하고 달래며 제발 절벽에서 이리로 오기를 기다렸다.

숙희 아버지가 담배 한 대를 다 피우기도 전에 두 사람이 우리 앞에 왔지만 나에게는 그 몇 분이 몇 시간처럼 느껴졌다.

죽음의 문을 돌아 나온 두 사람 앞에서 나는 온몸이 무너져 내리는 느낌을 받았다. 울음도 터졌다. 보희 누나도 나를 안고 울음을 터뜨렸다.

숙희 아버지가 긴 한숨을 쉬고 나를 안고 우는 보희 누나의 팔을 잡고 먼저 내려갔다. 우리도 내려가려 했지만 다리가 풀려 주저앉고 말았다. 일만 형이 나를 업고 말없이 산을 내려가 서 주사 댁으로 향했다.

/ 29 /

이틀 만에 가는 등굣길에서 그렇게 재잘거리던 숙희는 꿀 먹은 벙어리처럼 말이 없었다. 내 얼굴도 흐린 가을아침처럼 상쾌하진 않으리라 믿는다. 겨우 이틀인데 너무 많은 일이, 너무 아픈 일이 일어나고 말았다. 아주 많은 시간이 흐른 것 같았다.

엄마가 나를 외면하고 떠난 일은 아련한 옛 얘기처럼 희미한 기억으로 남고 내 머릿속은 일만 형이 떠날지도 모르겠구나, 아니 떠날 거다! 온통 그 생각으로 가득 차 있었다. 오전내 몸은 학교에 있고 마음은 두마재에 있었다.

학교가 끝나고 나는 중간에 휴식도 없이 두마재로 돌아왔다. 숙희네 점방 평상에서 서 주사가 깡소주를 혼자 마시고 있었다. 있을 수 없는 일이었다. 서 주사가 저런 행동을 보인다는 건 일만 형이 떠난다는 걸 의미했다.

옥란을 업어 안채 마루에 내려놓았을 때 행랑채 방문이 열리며 말쑥하게 차려 입은 형이 나왔다. 형은 나와 마주치자 말없이 대문을 나섰고 나는 자석에 끌리듯 그 뒤를 따랐다. 일만 형은 나를 마을에서 벗어난 곳으로 데려갔다. 그곳은 마을에서 가까운 야산이었지만 거의 돌로만 이루어진 땅이라 밭으로 쓰지도 못하는 거친 곳이다.

바위틈을 비집고 나온 잡목만이 그곳을 지키고 있었다. 형은 잡목들을 헤치고 깊숙이 들어가 제법 굵은 회갈색 나무 옆에 걸음을 멈추었다.

"이게 무슨 나무인지 아니?"

형의 물음에 나는 그 회갈색 나무를 살펴보았다.

바위 사이에 힘차게 뿌리를 박고 선 그 나무는 잎은 보잘것없었으나 가지는 많았고 그 가지 끝에는 아기주먹 만한 파란 열매들이 달려 있었다. 그 열매들은 땅에도 많이 떨어져 있었다. 형은 그 떨어진 열매 중에 아직 썩지 않고 성한 열매 하나를 집어 옷에 쓱쓱 문지르고 우적우적 베어 먹었다.

내게도 하나 집어주었다. 내가 먹어본 그 열매 맛은 묘했다. 덜 익은 감처럼 떫은맛에 새콤한 맛에 달콤한 맛까지 한 마디로 무슨 맛이라고 말할 수 없었다.

"이게 무슨 과일이죠?"

나는 베어 먹은 속살 속에 나타난 까만 씨를 보며 형에게 되물었다.

"돌배다. 이건 돌배나무고."

"돌배요?"

"그래. 이게 이렇게 생겼어도 배다. 같은 과일 배인데 태생이 잘못되고 자란 환경이 나쁘다 보니 이런 모양에 이런 맛을 내게 되었다. 우리랑 비슷하지 않냐? 아니 똑같지 뭐. 하지만 이놈의 생명력 하나는 알아줘야 한다."

형은 그 말을 끝내고 그곳을 떠나 서 주사의 집 행랑채로 돌아왔다. 나는 형이 그곳에 가서 그 돌배나무 이야기를 해준 의미를 깊이 새겼다.

"형, 꼭 떠나야 하는 거야?"

일만 형의 마음은 이미 정해져 있음을 알면서도 나는 부질없는 질문을 하였다.

"마을 유지들이 모여 내 거취를 의논하였다. 서 주사가 반대했지만 보희 아버지를 비롯한 마을 유지들 모두 내가 떠나야 한다는 쪽이었다. 잘된 일이지. 내가 먼저 떠나는 게 낫지, 어떻게 보희가 떠나는 걸 보겠냐?"

"어디로, 갈 곳은 있어요?"

"떠나는 사람은 다 서울로 가더라. 나도 서울로 가야지. 이건 내 마지막 선물이다."

형은 내 앞에 검은색 표지의 서류철과 보희 누나 이상으로 아끼는 라디오를 내놓았다. 검은색 서류철은 내가 부탁했던 병작소에 관한 보고서였다. 서식을 갖춘 인쇄물에 공증까지 되어 있었다. 다 읍내에서만 할 수 있는 일로 돈이 많이 들었을 텐데.

"라디오는 서울에서도 필요할 거예요."

"상훈아, 난 널 만나서 행복했다. 셈도 배우고 글도 깨우치고, 그 고마움이 라디오 한 대 가지고 되겠냐? 자, 나 이제 간다."

"지금 간다고요?"

모든 것을 다 정리한 사람처럼 형은 조그만 가방 하나를 들고 방을 나섰다. 나도 정신없이 따라나섰다. 안채 마루에 나와 있던 옥란 모녀가 행랑채 방을 나온 형과 눈길이 마주쳤다. 형이 고개를 숙여 작별인사를 하자 옥란 엄마는 방으로 들어가 버렸다.

옥란이 마루 끝으로 기어 나왔다.

"어디를 가든 몸조심해. 이거 받아. 노잣돈이야."

"고맙다. 상훈이랑 잘 지내."

형은 옥란의 성의를 거절하지 않았다. 나의 배웅도 겨우 마당 끝 이상 바라지 않았다.

"편지 할 거지? 형."

"안 한다. 편지 하면 보희 소식 들을 것 아니냐? 어른들 말에 모르는 게 약이라고 했다."

형은 떠나면서 한 번도 뒤돌아보지 않았다. 암골에 며칠 머물면서 소가 팔리면 서울로 올라갈 거라고 했다.

나는 일주일이 지나고 하굣길에 암골에 들러봤는데 소가 팔려 어제 떠났다고 예전에 씨암탉을 잡아 주던 아저씨가 말해주었다.

/30/

일만 형이 떠나고 나에게도 많은 변화들이 생겼다. 그것을 변화라고 말하지만, 정확히 말하자면 형이 하던 일을 내가 다 물려받은 것이다.

너무 바쁘고 힘들어 저녁에 옥란을 가르치는 일을 그만두었다. 그러나 옥란은 용돈을 모아 나에게 주었고 나는 그 돈을 받을 수밖에 없었다.

서 주사는 일만 형의 빈자리를 메우기 위해 머슴을 구하고 있었지만 시대가 변하여 쉽지 않았다. 간혹 서 주사에 대해 모르는 떠돌이 외지인도 내가 해주는 보리밥을 먹고, 소문을 듣고는 보름을 못 넘기고 떠나버렸다.

서 주사는 그런 사람들에게 이 핑계 저 핑계를 대어 일한 임금을 반 정도 주는 게 상습이 되었다. 오는 사람마다 내게 왜 보리밥만 주느냐, 반찬이 왜 이 모양이냐며 늘 원망을 늘어놓았다. 머무는 일꾼들은 서 주사 내외에게 존경심도 존칭도 쓰지 않았다. 그것으로 인해 일꾼들과 서 주사 사이에 갈등이 끊이지를 않았다.

행랑채에는 일만 형이 떠나고 나서 일꾼이 없을 때가 있을 때보다 많았다.

숙희 엄마는 보희 누나에 대해 나쁜 소문이 날까 봐 걱정했지만, 형이 떠나서인지 조용히 결혼 준비가 진행되었다. 그리고 그 결혼식이 일주일 앞으로 다가왔다.

수요일이다. 보희 누나의 결혼식은 전통대로 신부 집에서 하기로 하였다.

어젯밤에 한숨도 못 잤다. 내일이면 보희 누나가 시집을 간다, 시집을 간다, 내 머릿속은 그 생각뿐이었다. 보리밥도 목으로 넘어갈 것 같지 않아 아침을 짓지도 않았다.

인력거를 잠시 점방 앞에 멈춰 세웠다. 결혼식 준비로 아침부터 마을 사람들이 모여 있었다. 숙희는 오늘 학교를 안 간다. 숙희뿐 아니라 마을 아이들 반 이상은 안 갈 것이다. 결혼식 구경도 하고 음식도 얻어먹고 하기 위해서.

"가자, 학교 늦겠어."

옥란의 목소리에 나는 정신을 가다듬고 다시 인력거를 끌고 학교로 향했다.

온가족이 봄에 와서 다 떠나버리고 나 혼자 남았을 때, 나는 내가 잘나서 잘 버티고 사는 줄 알았다. 그러나 11월 초겨울 나는 깨달았다. 내 곁에서 보이지 않게 잡아준 사람이 일만이 형과 보희 누나였다는 걸. 특히 보희 누나는 분이 누나를 잃고 누나처럼 엄마처럼 많이 의지했었나 보다. 이제 학교를 갔다 오면 누나는 없겠지. 생각이 거기까지 미치자 눈물이 펑펑 솟아나온다. 일만 형이 떠날 때도 울지 않았는데, 나는 흐르는 눈물을 주체할 수 없어 소매로 훔쳤다. 나의 행동을 보고 울고 있는 걸 안옥란이 뭐라고 하였지만 내 귀에는 제대로 들리지 않았다.

보희 누나가 내게 그런 존재인 줄 모르고 잘 가라고 꼭 행복하라고 말 한 마디 해주지 못한 채 누나를 보내고 말았다.

/34/

보희 누나가 읍내로 시집간 지 한 달이 되었다. 겨울이 깊어 살을 파고드는 강추위가 연일 계속되었다. 두마재 사람들은 모든 농사를 마무리하고 월동준비만 하면 되었다. 그 준비가 겨울에서 다음해 가을까지 사용할 땔나무를 준비하는 일이었다.

서 주사는 홍수로 많은 땅을 잃고도 몇 백 섬의 쌀을 생산해 많이 팔고 또 많이 광에 쌓아 놓았다. 이제 그의 걱정은 땔나무 뿐이었는데 그것도 간단히 해결하였다.

서 주사의 땅을 부치는 사람들이 알아서 서 주사 집의 나무를 다 해주고 나서 자기 집의 나무를 하였다. 그도 그럴 것이 두마재의 거의 모든 산이 서 주사 소유니 어쩔 수 없는 일 아닌가. 마당가에 나무 낫가리 세 개가 생기고 안채에 장작이 많이 쌓였다.

"이 나무들은 모두 안채 아궁이에 쓸 거니까 행랑채는 네가 알아서 해라."

서 주사가 그 말을 했을 때 나는 정말 어이가 없었다. 자기들은 쌀밥에 나는 보리밥 그것까지는 이해할 수 있어도 그 밥을 짓고 방을 따스하게 할 나무마저….

그때 처음 신을 원망하였다. 어찌하여 우리 가족에게는 아픈 시련을 주고 서 주사에게는 풍요만 주는가? 너무 불공평한 거 아닌가? 그러나 나는 현실 파악을 너무도 잘 하였다. 학교를 갔다 오면 소나무 밑이나 잣나무 밑에 가서 낙엽과 솔방울을 모아 가마니에 담아 어떻게 하든 집으로 가져와 행랑채 벽과 울타리 사이에 쌓아 놓았다. 얼마나 모아야 겨울을 날 수 있을까. 나무가 없으면 그냥 떨면서 자면 되고, 밥 지을 불은 안채에 불 때고 남은 알불에 해먹으면 그만이지만 나를 믿고 있는 커다란 암소 세 마리는 어찌한단 말인가? 암소 세 마리가 겨우내 따뜻한 여물을 먹을 수 있는 가마솥이 행랑채 부엌에 걸려 있는 것이 원망스러웠다.

나는 열심히 떨어진 솔가지, 솔잎, 솔방울을 모았다. 내가 낫으로 나무를 하기에는 힘이 없고 가지고 오는 것도 문제였다. 어른이라야 지게질도 할 텐데. 어린 내게 선택된 소나무, 잣나무 잎과 잔가지들은 빨리 힘 안 들이고 모을 수 있고 화력도 좋아 적은 양으로 소죽을 끓일 수 있었다.

마을이 내려다보이는 솔밭에서 정신없이 솔잎과 가지들을 모으다보면 어느새 겨울 해는 빨리 지고 집집마다 굴뚝으로 연기가 피어오른다.

집 밖이나 들에서 놀던 아이들이 엄마가 부르는 소리에 집 안으로 사라져버린다. 그 어디서도 나를 기다리고 부르는 곳은 없고, 해가 지는 산에 밤바람이 몰아치면 울지 않으려고 애써도 눈물이 절로 솟았다. 나는 그럴 때마다 내 몸을 더욱 혹사시켜 모든 잡념을 지워버렸다.

일만 형과 보희 누나가 떠나고 겨울이 닥치면서 내 의지가 많이 약해진 것 같았다. 일만 형은 정말 소식을 전해오지 않았다.

보희 누나는 한 달 반 정도 되어 동생인 성희 누나를 통해 소식을 전해왔다.

읍내에서 자취를 하며 중학교에 다니는 성희 누나가 두마재 집에 털어놓은 보희 누나 시집살이는 정말 아니었다. 신혼의 꿈은 고사하고 남편은 밤낮없이 주색에 빠져 살며 누나는 살림과 곡물가게 일을 맡아봐야 했다. 또 하나 기막힌 일은 남편이 예전에 사고 친 일로 다섯 살짜리 아들이 있었는데 아무도 모르게 친척집에 맡겨졌다가 결혼한 지 한 달이 지나자 집에 데려와 보희 누나보고 친자식처럼 키우라고 했단다.

먼 훗날 숙희 아버지의 말에 의하면 일만 형은 사고친 자식이 있는 사실까지 다 알고 말해주었지만 숙희 아버지는 설마 아니 그것은 모함이라고 생각하고 동네 청년들에게 형을 혼내주라고 했단다.

형은 차마 그 숨겨놓은 자식 얘기는 내게 할 수 없었던 것이다. 모든 얘기를 숙희로부터 들은 나는 숙희 엄마께 직접 물어보았다.

"그게 거짓말이면 얼마나 좋겠니? 하지만 숙희 아버지와 같이 직접 가서 눈으로 확인했단다."

나를 비롯해 두마재 사람들 모두 가슴 아파했지만 누나 부모님의 심정을 그 누가 헤아릴 수 있겠는가.

[32]

슬픔이 있어도 세월은 흘러 66년의 새해가 밝아왔고 구정이 다가왔다. 그때쯤인 것 같다. 보희 누나의 남편이 술에 취해 술집 골목에서 얼어 죽은 사건이 생긴 것이.

모든 책임과 비난이 보희 누나에게 쏠렸다. 장례가 끝나고 화가 치민 숙희 아버지는 읍내로 가서 한바탕하고 보희 누나를 데려왔다. 물론 고분고분 며느리를 내주지는 않았다. 법으로 하느니 어쩌니 하였지만 숨겨놓은 손자 때문에, 결혼생활에 충실하지 못한 아들 때문에 백기를 들고 말았다.

두마재로 돌아온 보희 누나는 점방에 나오지도 않았다. 점방에 나와 있더라고 나는 누나를 못 봤을 것이다. 누나의 불행이 내 잘못 때문인 것처럼 생각되었기 때문이다.

겨울의 절정인 1월 중순은 강추위와 폭설이 기승을 부렸다. 나는 손가락이 떨어져나가는 아픔을 견디며 소나무 밑 눈밭을 헤집고 땔감을 구했다.

"엄마, 아버지, 용서하세요."

처음에는 바람소리나 눈이 흘리는 소리인 줄 알았다. 온 세상이 눈으로 덮이면 눈에 흘린다고 조심하라고 서 주사가 말해주었다. 물론 그럴 리는 없겠지만 환청 현상이 일어날 수 있다는 것쯤은 책에서 읽어 알고 있었다. 하지만 내가 바람 속에서 들은 그 소리는 보희 누나의 울음 섞인 목소리였다. 나는 솔잎 모으던 일을 멈추고 아래쪽으로 내려왔다. 그리고 솔밭 입구에서 석 달여 만에 누나를 만났다. 누나는 소나무에 매달려 있었다. 이 세상의 모든 것과 작별을 하려고 몸부림치고 있었다.

나는 망설임 없이 소나무로 올라가 주머니칼을 꺼내 팔을 뻗어 누나를 매달고 있는 줄을 끊었다. 그다음에는 기억이 잘 나지 않는다. 조그만 내가 어떻게 어른인 의식 잃은 누나를 업고 눈밭을 헤치고 점방까지 왔는지. 점방을 보던 숙희 엄마는 내 모습을 보고 나왔다가 소스라치게 놀라고, 아마 큰딸이 방에 있는 줄 알았나 보다. 하늘이 보희 누나를 데려가지는 않았다.

이승의 문턱에서 내가 누나를 데려오고 사흘이 지난 오후, 숙희가 나를 찾아왔다.

"큰언니가 너를 보고 싶대."

늘 나를 보고 웃던 숙희는 서 주사 댁에서 점방까지 가는 동안 말없이 땅만 보고 걸었다.

"상훈아, 누나 좀 정신 차리게 해봐라."

숙희 엄마가 내 손을 잡고 당부하고 또 당부하였다. 보희 누나의 방 앞에서 내 심장이 요동치는 걸 느꼈다. 무슨 말을 해줘야 누나가 다시 삶의 의지가 생길까.

내가 방으로 들어서자, 누나는 누워 있다가 몸을 일으켰다. 나는 앉아 누나의 얼굴을 자세히 보았다. 곱고 고왔던 누나의 얼굴이 몇 달 만에 반쪽이 되어 있었다. 그런 누나가 두 손을 뻗어 내 얼굴을 어루만졌다.

"얼굴이 이게 뭐니?"

보희 누나가 내 걱정을 하며 먼저 입을 열었다.

"누가 할 소리야? 누나 얼굴은 어떻고. 누나 이제 나쁜 마음 먹으면 안 돼. 나도 이렇게 살아가고 있잖아. 나도 죽을 수 있다고. 하지만 사람은 태어난 순간부터 이 세상에 빚을 지고 사는 거라고 생각해. 열심히 이 세상 다할 때까지 살아가면서 그 빚을 갚아가는 거라고. 누나 인생은 누나 혼자 것이 아니야. 부모님의 것이고, 형제들 것이고, 내 것도 있다고."

보희 누나가 울음을 터뜨리며 나를 와락 안아주었다. 나도 울었다. 그리고 누나와 나는 한참을 울고 나서 새끼손가락을 걸었다. 말은 없었지만 그 의미는 서로 잘 알고 있었다.

"누나, 밥 잘 먹고 기운내야 해. 누나 얼굴 통통해지기 전에는 안 볼 거야."

"그래, 그렇게."

누나와 나는 또 한 번 새끼손가락을 걸었다.

내가 누나의 방에서 마루로 나오자 숙희 엄마가 내 손을 잡고 고개를 끄덕였다. 눈가에 눈물이 그렁그렁 맺혀 있었다. 숙희 아버지는 마루 끝에 서서 먼 하늘을 바라보고 있다가 나를 점방 앞까지 따라 나왔다.

"상훈아, 고맙구나."

"……."

나는 말없이 살짝 웃었다.

"네가 일만이에게 글을 가르쳐 주었다고 들었다."

"네. 그 덕분에 글을 읽고 쓸 줄 알게 되었답니다."

나는 형이 떠났더라도 좋은 인상을 주고 싶어 그렇게 말했다.

"그럼 편지가 왔겠구나."

"아니요. 일만이 형은 편지 안 한다고 했어요."

"그래. 혹시 편지 오면 답장에 내가 많이 미안하다고 써주겠니?"

"그렇게 하겠습니다."

서 주사 집까지 가는 겨울 길은 따뜻한 것 같았다.

어디쯤인가? 눈이 많이 쌓여 분이 누나가 저승문을 열었던 곳이 이곳인지 저곳인지 알 수가 없다. 눈짐작으로 분이 누나가 누웠던 곳에 누워보았다. 내가 조금은 밉다. 분이 누나와 이별한 지 얼마나 됐다고, 어느새 내 가슴 한구석에 보희 누나가 자리하고 있는 것 같았다. 연희동 복덕방 할아버지들의 '수저 놓은 놈만 불쌍하지 산 놈은 그래도 살아간다니까'라는 말씀을 생각해보니 딱 나를 두고 한 말 같다.

이틀 후에 분이 누나에게 또 미안해 할 일이 생겼다.

보희 누나 방에 작은 소반이 놓이고 정안수 한 그릇이 놓여졌다. 보희 누나와 내가 소반을 가운데 두고 섰다. 내 오른편에 앉아있던 숙희 엄마가 숙연하게 입을 열었다.

"너희 둘은 서로 남남으로 태어났으나 서로 깊은 인연을 겪었다. 서로를 위하는 마음도 크고 그래서 너희를 의남매로 맺어주려고 한다. 이제 맞절을 하면 의남매가 된다. 서로 믿어주고 도와주고 사랑하여라."

우리는 맹세를 하며 맞절을 하였다. 보희 누나와 나는 남매가 되었다. 그때 마루에서 숙희의 울음소리가 들렸다.

"난 몰라, 몰라! 이앙."

"숙희 왜 그러니?"

우는 딸이 궁금하여 문을 열고 어머니가 말했다.

"언니하고 상훈이가 의남매 맺으면 상훈이에게 시집 못갈 거라고 내가 말해줬어요."

못된 성희 누나가 고소하다는 듯 웃으며 말했다.

"걱정마라. 숙희야, 너와 상훈이 이다음에 결혼해도 상관없어.

네 마음이나 변하지 마라."

엄마의 말에 숙희가 울다 웃는다.

"울다가 웃으면 엉덩이에 뭐 생긴다는데."

내 말에 집안이 웃음바다가 되었다.

"상훈이 때문에 오랜만에 집안에 웃음꽃이 피었구나."

다들 나를 좋아하는데 유독 성희 누나만 웃지 않고 나를 차가운 시선으로 바라보고 있었다.

/33/

내일이 설이다. 서 주사는 어제 나를 데리고 떡이며 여러 가지를 해왔다. 내가 힘들게 리어카를 끌고 왔건만 금방 뽑은 따끈따끈한 가래떡 하나 먹어보란 소리도 없다.

마을에 음식 냄새가 풍겨서일까? 아직 점심은 때가 이른데 외양간 소들이 연신 소리를 지른다.

"시끄러우니까 소여물 데워줘라!"

옥란 엄마가 안방 문을 조금 열고 소리쳤다.

그렇게 점심 소여물을 일찍 데워주고 빨리 사그라지는 솔가지 불에 아침에 먹던 보리밥덩이를 냄비에 넣어 데우고 있을 때였다. 한손에는 커다란 보따리 하나, 머리에는 대야를 이고 보희 누나가 대문을 들어섰다. 나는 영문을 모른 채 누나가 내미는 보따리를 받아놓고 함지박 내리는 걸 도와주었다. 누나의 시선이 아궁이 입구에서 데워지고 있는 보리밥덩이에 먼저 갔다.

"온 집안에 쌀 천지인데 이게 무슨, 천벌을 받지."

슬픈 얼굴의 누나는 치마로 뜨거운 보리밥 냄비를 감싸 집어 여물을 먹고 있는 소들에게 보리밥을 주어버렸다.

"그거 내 점심인데."

나는 기어들어가는 목소리로 말하며 누나를 보았다. 누나는 말없이 보따리를 들고 내 방으로 들어갔다가 서너 되 정도의 쌀자루를 들고 나와 냄비와 같이 들고 뒤뜰 우물가로 갔다. 누나는 점심에 나에게 쌀밥을 해주었다. 반찬으로는 간고등어 한 마리를 통째로 구워주었다.

"누나도 같이 먹어."

나는 일만 형이 쓰던 수저를 집어주며 말했다.

"나는 집에서 먹고 왔어. 어서 너나 많이 먹어."

누나는 노릇노릇 구워진 고등어의 뼈를 발리고 살을 내 수저에 올려놓아 주었다. 너무 맛있어 입에서 맛을 음미하기도 전에 목으로 넘어갔다. 밥을 뜰 때마다 고등어살을 올려주며 미소 짓는 누나. 이런 사랑은 엄마에게 받아야 하는데. 나도 모르게 눈물이 흘렀다. 누나의 손이 눈물을 훔쳐 주었다.

"이제 내가 있으니까 울지 마. 그리고 이제 깡보리밥 먹지 말고 여기 쌀이랑 반반 넣어서 해먹어. 알았지? 반찬도 내가 갖다 줄게."

"고마워, 누나."

"누나라면 당연하지 않니? 넌 내 동생이야. 남들처럼 먹고 입게 해줄 거야."

내가 점심을 다 먹자 누나는 여물 가마를 깨끗이 닦아내고 물을 길어다 하나 가득 채웠다. 물을 따끈따끈하게 데우고 대야를 방에 놓고 더운 물을 반쯤 채웠다.

누나는 내 옷을 몽땅 벗기고 말았다. 나는 드러난 고추를 손으로 가렸다. 누나가 내 손을 잡아 치우고 고추를 한 번 잡았다 놓으며 웃었다. 사자갈기처럼 길고 뻣뻣한 내 머리부터 발끝까지 묵은 때를 벗기고 또 벗겼다.

"아우, 간지러워. 히히."

누나가 내 겨드랑이를 밀자 난 간지러워 미칠 것 같았다.

"너 간지럼 잘 타는구나. 간지럼 잘 타면 바람둥이라는데, 까마귀사촌을 왕자님으로 만들어 놓으면 여자들 줄서는 거 아냐?"

"지금도 줄 서는 데 뭐."

누나가 엉덩이를 손바닥으로 찰싹 사랑스럽게 때렸다.

몇 달 동안의 때를 벗기고 나니 몸이 개운하였다. 누나는 대야의 더러워진 물을 네 번이나 갈고서야 내 목욕을 끝냈다. 마른 수건으로 내 몸을 닦아주던 누나가 내 고추를 가지고 장난을 쳤다. 금방 성깔을 부리는 내 고추를 보고 누나가 웃으며 말했다.

"요것도 고추라고 화를 내네. 너 내시가 뭔지 알지?"

"옛날 궁에서 시중들던 남자들, 고추 없는 남자들인데."

"그래 잘 아네. 공부 잘한다는 소문이 정말이네. 죽은 누나 신랑도 내시였다."

누나의 이상한 고백에 내 머릿속은 한동안 복잡하게 돌아갔다.

풀어진 보따리에서 새 속옷과 새 내복을 입히고 새 점퍼에 쫄쫄이 바지까지. 그리고 누나가 털실로 뜨개질한 털모자, 목도리, 벙어리장갑, 양말까지, 나를 정말 왕자로 만들어주었다. 하지만 그게 끝이 아니었다. 양말과 장갑을 벗기고 손톱 발톱을 깨끗이 깎아주고 모자와 목도리를 벗기고, 가지고 온 가위로 내 머리를 잘라주었다. 그런데 문제는 계집애머리로 잘랐다는 것! 거울을 본 나는 울상이 되었다.

"이게 뭐야?"

"미안해. 누나가 여자머리밖에 할 줄 몰라서. 근데 너 지지배보다 더 잘 어울린다. 예뻐 죽겠어."

"씨, 내가 제일 싫어하는 소리야. 지지배보다 예쁘다는 말."

개운하게 목욕하고 치렁치렁한 머리도 자르고 나니 졸립다. 누나는 자신의 허벅지를 베개 삼아 나를 재워주었다. 난 누나의 향기에 취해 금방 잠이 들었다. 아마도 내 일생에 가장 달콤한 잠이 될 것 같았다. 그런데 내 눈에서 눈물이 나는 까닭은 뭘까?

/34/

설날 아침, 나는 일찍 소여물을 끓여주고 깨끗이 세수를 한 후 누나가 갖다 준 새 옷으로 갈아입고 점방 숙희네 집으로 향했다. 내 손에는 작은 보따리가 하나 들려 있었고 그 안에는 일만 형이 주고 간 라디오가 들어있었다.

숙희네 집에서는 제사를 막 끝내고 있었다. 마루에서 기다리던 숙희가 나를 데리고 안방으로 들어갔다. 안방에서는 제사상을 한쪽으로 밀어놓고 세배준비에 한창이었다.

어머니 아버지께 큰딸 보희 누나부터 세배를 올렸다. 성희, 주희 누나, 숙희 그리고 아들 진영, 수영까지 세배를 마쳤다.

"상훈아, 세배 드려라."

보희 누나가 머뭇거리는 내게 용기를 주었다.

"어머님, 아버님, 복 많이 받으시고 건강하세요."

"어머, 얘 좀 봐. 어디서 어머님 아버님이래? 너 정말 넷째 사위로 착각하는 거 아니니?"

내 세배에 또 성희 누나가 시비를 걸어왔다.

"성희야 됐다. 상훈이는 우리 아들 자격 있다. 상훈아 너 편한 대로 불러라."

"네, 아버님."

숙희 아버지 아니 이제부터 내가 아버님으로 모실 분께서 허락 아닌 허락을 하셨다.

아버님은 보희 누나부터 세 살배기 막내아들까지 골고루 세뱃돈을 주셨다. 내게도 오십 원을 주셨다. 한 달 월사금을 낼 수 있는 돈이었다. 성희 누나가 또 못마땅한 눈으로 나를 흘겨보았다.

고기 만둣국에 이밥에 불고기 잡채 등 너무 맛있는 아침을 먹었다. 동네 아이들이 세배 오기 전에 나는 누나와 아버님과 어머니를 누나의 방으로 조용히 모셨다.

"그게 뭐냐?"

어머니는 내가 들고 있는 보따리가 궁금하셨나 보다. 나는 보자기를 풀고 라디오를 내놓았다.

"일만이 형이 내게 주고 간 라디오인데 전 들을 시간도 없고 약 살 돈도 없어요. 그래서 이 라디오를 하루 종일 점방 지키는 누나에게 주고 싶은데, 아무래도 어머님 아버님께서 허락하셔야 할 것 같아서요."

내 말이 끝나자 누나와 어머니가 동시에 아버님의 눈치를 살폈다.

"왜 나를 봐. 음, 보희가 가게 보며 심심하지 않겠구나."

아버님 말씀이 끝나기 무섭게 누나가 웃으며 라디오를 집어 반닫이 옷장에 넣었다.

"그리고 제가 또 하나 드릴 말씀은 누나의 명예를 찾아주는 일입니다."

"그게 무슨 말이냐? 좀 알아먹게 자세히 말해볼래?"

아버님이 답답해하시며 물었다.

"혼인무효소송이라는 법률제도가 있습니다. 누나처럼 숨겨놓은 자식에 남자 구실 못 하는 것까지 속여 결혼한 것을 무효화할 수 있는 법입니다."

"그런 법이 있었니? 그런데 남자 구실을 못 한다니, 너…"

어머니가 놀라 누나를 돌아다보았다.

"엄마, 미처 얘기 못 드렸어요. 그 사람 내시였다구요."

누나가 천정을 보고 입을 열었다.

"아무것도 없는데 숨겨놓은 자식은 뭐냐?"

어머니가 답답한지 다그쳐 물으셨다.

"그 자식의 에미가 자기 신세를 망쳤다고 자는 중에 가위로 어떻게 했다나 봐요."

"그 사람에게는 안됐지만 불행 중 다행이구나. 이제 상훈이 말대로 법 절차를 알아봐야겠구나."

아버님이 안도의 한숨을 내쉬었다. 나는 미소를 지으며 일어났다.

"벌써 가게? 더 놀다 가지."

어머니가 일어서려는 나를 보고 놀라셨다.

"가서 옥수수 타야 한대요. 상훈아, 조금 기다려 누나가 떡 좀 싸줄게."

누나가 안타까워하며 방을 나갔다. 어머니도 따라 자리에서 일어났다.

"사람도 아니지. 천벌 받을 거야."

어머니가 혼잣말을 하며 방을 나갔다. 나와 아버님도 방을 나갔다. 안채 뜰에는 벌써 아이들이 세배를 와 기다리고 있었다.

내가 마루로 나오자 숙희가 다가와 주머니에 곶감 몇 개를 넣어주었다.

"지지배야, 거지가 너무 많이 먹으면 탈난다."

성희 누나가 또 간죽거렸다.

누나가 작은 보따리를 들고 부엌에서 나왔다. 나는 신발을 신고 성희 누나를 향해 돌아서 영어로 몇 마디 설교를 해줬다. 내 영어를 들은 성희 누나가 당황하여 입을 달싹거렸지만 한 마디도 하지 못했다.

대문을 나와 누나가 내 볼에 뽀뽀를 하며 입을 열었다.

"왕자님, 라디오 고마워요."

"라디오에서 형 냄새 난다고 끌어안고 울지나 마세요."

"으이고, 요 애늙은이, 이제 왕자님 때문에 안 울어. 훈아, 요거 떡하고 엿이랑 반찬이야. 밖에 단지에 넣어둬."

나는 고개를 끄덕이며 대답하였다.

"알았어. 갈게, 누나."

"그래. 참 훈아, 아까 성희에게 영어로 뭐라고 말했던 거니? 나는 영어를 모르지만 아주 잘 하는 거 같더라. 누구에게 배운 거니?"

"누나, 숨넘어가겠네. 뭐가 그렇게 궁금해. 으응, 서울 있을 때 미국인 신부님에게 배운 거야. 성희 누나에게 영어로 이렇게 말해줬어. 보희 누나는 나를 왕자로 보는데 성희 누나는 왜 나를 거지로 보느냐. 공주의 눈으로 보면 왕자가 보이고 거지의 눈으로 보면 거지만 보일 것이다. 나에게 관심 보이지 말고 중3인데 고등학교 가려면 공부나 열심히 해라."

내 말이 끝나자, 누나는 재미있다는 듯 깔깔 웃으며 손을 흔들고 대문 안으로 들어갔다.

후에 누나로부터 들은 바로는 대문 안으로 들어가 식구들에게 내 얘기를 해주니까, 아버님은 '허허 그 녀석'이라고 하셨고 어머니는 '어쩜'이라고 감탄하고, 성희 누나는 방에 들어가 몇 시간을 혼자 울었다고 한다.

분이 누나에게 가보고 싶었지만 서 주사가 허락 안 할 게 뻔했다. 분이 누나가 잠들었던 곳에 작은 돌제단을 만들고 떡 하나와 곶감 한 개를 놓아주는 것으로 만족할 수밖에.

"어르신, 세배 드리러 들어가겠습니다."

"됐다. 어서 옥수수나 타라."

서 주사는 세배도 거절하였다. 나도 뒤돌아보지 않고 문간방으로 들어갔다. 별로 크지도 않은 문간방에 마른 옥수수가 가득하다. 초겨울부터 계속 이어지는 옥수수 타기. 서 주사는 마른 옥수수를 방안 가득 채운다. 나는 잠을 자려면 속대에 붙은 알갱이를 따내어 부피를 줄여 잠자리를 마련해야 했다. 손톱이 몇 번이나 부러졌는지 모른다.

내가 겨우내 시간을 쪼개어 탄 옥수수를 서 주사는 엿을 만들어 판다. 겨우내 집 안에 엿 다리는 냄새가 진동했지만 그 엿이 내 입으로 들어오는 일은 없었다.

처음에는 빈 옥수수 속대를 나무 대신 태워 소죽을 끓였더니 서 주사가 펄펄 뛰었다. 빈 옥수수 속대는 뒷간으로 가 볼일 볼 때 한 번 쓰고 재와 함께 거름으로 쓰였다. 그렇게 철두철미한 서 주사가 어떻게 그렇게 많은 옥수수를 내게 맡기고 있었는지 모를 일이다.

서 주사는 내 생각을 앞질러 그만의 대책을 세워 놓았었다. 상동에서 곡물을 취급하는 가게에 내가 곡물을 파는 일이 있으면 즉시 통보를 부탁해 놓았던 것이다.

일만 형이 나보고 알밤을 줍지 말라고 한 이유를 알 것 같았다. 설령 내가 가을걷이 한 콩밭에서 콩을 주워 팔아도 서 주사는 나를 곡물 도둑놈으로 몰아붙일 것이다.

/35/

누나는 우리가 오기를 목을 길게 빼고 기다리고 있었다.

"훈아, 우등상 탔지?"

"알면서 뭘 물어봐."

숙희가 자기에게 무관심한 언니에게 톡 쏘았다.

나는 인력거를 세우고 책가방을 열어 1학년 마치고 탄 우등상

장을 꺼내 누나에게 주었다. 누나는 아들이 받아온 상장을 보듯 흐뭇하고 자랑스럽게 바라보다가 나를 안아주었다.

"잘했어. 장하다, 훈아."

"언니, 싫어. 뻑하면 상훈이 뽀뽀하고 안아주고."

숙희가 누나에게 쏘아붙이며 대문 안으로 사라졌다.

"지지배도,, 훈아 기다려. 누나가 상장 받은 선물 줄게."

나는 웃으며 고개를 끄덕였다. 선물이 기대되었다. 누나는 가게에서 마른오징어 한 마리를 가지고 와 책가방에 넣어주었다.

"내가 마른오징어 좋아하는 줄 어떻게 알았어? 누나, 땡큐!"

나는 누나 볼에 뽀뽀를 해주고 인력거를 끌고 서 주사 댁으로 향했다. 중간에 분이 누나 제단에다 오징어 다리 하나를 놓아주었다. 분이 누나도 마른오징어를 어지간히 좋아했었다.

"상훈아, 네가 부러워!"

옥란이 오랜만에 말을 붙여왔다.

"뭐가 부러운데?"

나는 계속 가면서 얼굴을 반쯤 돌리며 물었다.

"다 부러워. 같은 피도 아닌데 보희 언니와 잘 지내는 것도 부럽고 숙희와 너 사이도 샘나고."

나는 더 이상 옥란에게 말을 할 수가 없었다. 옥란을 안고 집 안으로 들어가는데, 그 애가 내 뺨을 손으로 매만졌다. 그때 처음으로 옥란이 참 불행하다고 느꼈다.

안채 마루에서는 옥란 엄마가 기다리고 있었다.

"요놈의 새끼!"

옥란을 마루에 내려놓고 돌아서려 할 때 옥란 엄마가 내 멱살을 잡으며 말했다.

"엄마, 왜 그래?"

나보다 옥란이 더 놀란 모양이다. 옥란 엄마는 다른 한 손으로 무엇인가 집어 들어 내 앞에 들이밀었다.

"이게 뭔지 알겠지?"

옥란 엄마가 집어 들어 내 앞에 내놓은 것은 누나가 보리쌀에 섞어 먹으라고 가져온 쌀자루였다. 쌀 떨어질 만하면 점방 앞에서 기다리고 있다 챙겨준 쌀이었다.

"그거 내 쌀인데요."

"기가 막혀. 네 쌀이라고? 우리 쌀을 훔쳐서 네 쌀이라고?"

옥란 엄마가 쌀자루를 내려놓으며 그 손으로 내 왼뺨을 사정없이 후려쳤다. 울고 싶은 건 나였는데 옥란이 먼저 울음을 터뜨리며 말했다.

"엄마, 왜 그래? 그 쌀 상훈이 거야. 숙희네서 준 거라고. 내가 두 눈으로 봤어. 왜 상훈이를 못 잡아먹어서 안달이야. 잘해주면 어디가 덧나?"

옥란이 울면서 자기 방으로 기어들어 갔다. 옥란 엄마는 슬며시 멱살을 잡았던 손을 놓고 마루에 있던 큰 쌀자루를 집어 들고 광으로 향했다. 그 자루는 누나가 쌀을 주고부터 남은 보리쌀을 모아두었던 그 보리쌀 자루였다. 나는 그 보리쌀을 모아 옥수수로 바꿔 닭을 길러보려고 했었다. 달걀도 먹고 팔아서 돈을 모으는 꿈은 한 달여 만에 산산이 부서졌다. 옥란 엄마가 아침마다 내주는 보리쌀 양을 반으로 줄여버렸기 때문이다.

/36/

2학년이 시작되면서 숙희와 나는 반이 갈렸다. 숙희는 2반이 되었고 나와 옥란은 물론 같은 반 짝이 되었다.

2학년이 되면서 1반, 2반 모두 신발을 벗고 교실로 들어가야 했다. 교실 바닥은 나무 마루였는데 연필이 빠지지 않고 겨우 걸릴 정도로 틈새가 넓었다. 가끔 환기통을 향해 들어온 바람이 치마를 너풀거릴 정도로 틈새로 솟아올랐다. 나무 마루에 옹이가 빠져버린 곳은 굵은 색연필과 작은 지우개까지 빠져버리곤 하였다. 아이들은 공책이나 책받침을 마루판 사이로 장난삼아 넣었다가 빠뜨리고 옹이구멍으로는 연필을 자주 빠뜨렸다. 그리고 무슨 용도로 만들어 놓았는지 마루 교실마다 소반 크기 정도의 뚜껑이 교단 옆에 자리 잡고 있었다. 청소 당번 아이들은 휴지를 갖다버리기 싫어 선생님 몰래 마루 뚜껑을 열고 그곳에 휴지를 쓸어 넣어 버렸다.

2학년 생활 일주일째 옹이구멍으로 옥란이 연필을 빠뜨려 마루 뚜껑을 열고 마루 밑으로 들어갔다가 새 연필 다섯 자루, 책받침 세 개, 공책 두 권을 주워왔다.

연필 세 자루와 책받침을 아이들에게 싸게 팔았다. 그때부터 6학년 초 그 사건이 생기기까지 나는 한 달에 두 번 정도 마루 밑으로 들어가 온갖 물건을 주워왔다. 그중에는 동전도 많았다. 유리구슬과 딱지는 남자애들에게 싸게 팔았다. 한 번 들어가면 수입은 좋았지만 옷이 더러워지고 솟아 나온 못에 이마를 자주 다치는 일이 생겼다. 이마를 찍어 올 때마다 누나가 마음 아파 말렸지만 내가 말을 듣지 않자 플래시를 하나 사주었다.

2학년이 되어 또 하나 기쁜 일은 오후수업 때문에 아침마다 누나가 내게 도시락을 싸준다는 것이다. 내가 그렇게 부러워하였던 하얀 이밥에 계란 프라이가 살짝 덮인 환상적인 도시락. 그러나 좋은 일이 있으면 그 이면에는 나쁜 일이 따르는 법, 내가 2학년이 되면서 신께 원했던 것이 하나 있었다. 그것은 아주 좋은 담임선생님을 만나게 해달라는 평범한 것이었다. 그러나 올해 전근해 와서 처음 우리 담임을 맡은 정 선생은 첫 대면부터 아니었다. 우리 엄마 나이쯤 된 여자가 차갑기는 뱀이 울고 갈 정도였다.

정 선생은 부잣집 몇몇 아이들과 눈을 마주치고 웃어줄 뿐 우리 보통의 아이들은 그저 소 닭 보듯 하였다. 그런 정 선생과 나는 몇 달 동안 대전을 치르다 결국 패하였고 1년 동안 그녀의 노예 생활을 하지 않을 수 없었다.

새 학년 시작한 지 일주일 만에 시험을 보았다. 그것도 국어, 산수, 자연, 도덕 네 과목을 하루에 연속으로 보았다. 나는 거의 다 백 점을 받은 것 같았다. 그러나 다음날 내가 받은 시험지의 점수는 10점, 20점 최고가 40점이었다. 나는 정신 차려 채점한 시험지를 살펴보았는데 내가 쓴 시험지가 아니었다. 내 이름이 쓰여 있었지만 내가 쓴 게 아니고 누군가 지우고 새로 쓴 것이었다.

정 선생이 시험지를 다 나누어주고 입을 열었다.

"이번 시험에서 네 과목 모두 백 점 받은 친구가 나왔다. 송영옥 일어나 봐."

송영옥이라는 아이가 일어났다. 옷차림이 한눈에 봐도 부잣집 딸이란 걸 알 수 있었다.

"쟤네 최고 부자래."

"그래, 맞아."

정 선생이 영옥에게 따뜻한 미소를 보내주고 있었다. 그런데 내 뒷자리의 여자아이 말이 내 가슴에 와 닿았다.

"쟤 공부 못하는데. 국어책도 제대로 못 읽어."

내 기억으로 송영옥은 1학년 때 나와 같은 반이 아니었다. 아마 뒤에 있는 여자아이와 같은 반이었나 보다. '설마 내 시험지와 저 아이의 시험지를 바꿔치기 했을까? 누군지 모르겠으나 내 이름을 쓴 글씨체는 일부러 서툴게 쓰려고 했으나 세련된 글씨체였다.

그다음 시험을 보았을 때도 똑같은 일이 일어났다. 세 번째 시험을 보았을 때 나는 내 시험지에 압정으로 구멍을 내어 표시를 해두었다.

"얘들아, 또 영옥이가 모두 백 점을 받았네. 다 같이 박수로 축하."

정 선생의 말에 모두 박수를 쳤다. 나는 박수를 치는 대신 한 분단 건너서 시험지를 들어 보이는 영옥에게 달려가 시험지를 낚아채 압정 표시를 확인하였다. 내 시험지가 틀림없었다.

나는 송영옥으로 둔갑한 내 시험지를 들고 교탁으로 나가 한 마디 하였다.

"선생님, 왜 제가 이 시험지를 빼앗아 들고 나왔는지 알기 쉽게 말씀해주시겠어요?"

반 아이들이 웅성거렸다. 정 선생이 내 얼굴을 빤히 보았다.

나도 두 눈을 똑바로 뜨고 밀리지 않았다. 정 선생이 내 뺨을 연속으로 몇 번 후려쳤다. 그래도 내 시선은 여전히 변하지 않았다.

이를 악문 정 선생이 나의 멱살을 잡고 교무실로 끌고 갔다. 교무실로 간 정 선생은 눈물의 명연기를 하였다.

"선생님들, 얘 어쩌면 좋아요? 자기가 시험을 못 봐놓고 글쎄 최고 잘한 애 시험지를 빼앗아 자기 거라고 하네요."

정 선생의 말이 끝나기가 무섭게 우리 학교에서 가장 무섭기로 유명한 심 선생이 내 양 뺨을 몇 번 때리고 내 다리를 구둣발로 걷어차 넘어뜨리고 밟았다. 그래도 부족했는지 몽둥이로 내 몸을 닥치는 대로 때렸다. 다른 선생들이 말리지 않았다면 내가 죽거나 아니면 더 이상 못 참은 내가 심 선생을 넘어뜨리고 주머니칼로 죽였을지도 모른다.

6학년 1반 담임인 걸로 알고 있는 심 선생이 학생을 때리는 걸 한 번 본 적이 있다. 작년 가을 운동회 연습 때였다. 4, 5, 6학년이 섞여서 하는 남자기마전 연습에서 지도교사인 심 선생이 오늘 나를 때리듯 마구 손발을 이용하여 무슨 정치깡패처럼 학생들을 묵사발로 만들고 있었다. 어떻게 저런 사람이 교사야! 군사부일체라고 연산군도 저 정도는 아니었을 것이다.

나는 표시한 시험지를 정 선생에게 보이며 내 시험지라고 말한 적 없는데 정 선생은 여러 선생에게 그것이 내 시험지라고 공표하지 않았는가. 그거면 만족한다. 어리석은 여자.

입술은 터지고 눈두덩이 붓고 온몸에 시퍼런 멍투성이였다. 구둣발에 걷어차인 다리가 뼈에 충격이 있는지 통증이 심해 걸을 수가 없었지만, 인력거를 끌고 집으로 향했다. 내가 절뚝거리며 힘들어하자 옥란이 울음을 터뜨렸고 뒤이어 뒤에서 밀어주던 숙희도 울어버렸다.

"그치지 못해! 나 안 죽었어."

옥란과 숙희가 울음을 그쳤다. 우리는 다른 때보다 두어 시간 늦게 집에 도착하였다. 무엇인가 서류봉투를 들고 점방 앞에서 기다리고 있는 누나를 보자 심 선생에게 맞을 때도 버티던 눈물이 왈칵 쏟아졌다.

"훈아, 왜 그래?"

누나가 들고 있던 봉투는 법원에서 받은 혼인무효 판결문 사본이었다. 누나는 내게 그 좋은 소식을 알려주려고 기다리고 있었는데, 난 참 못난 동생인가 보다.

자초지종을 숙희로부터 다 들은 누나는 다음날 도시락을 들고 나와 같이 학교를 가려고 하였다.

"누나, 고마운데 이건 아니야. 약한 자가 강한 자를 상대하려면 때를 기다려야 하는 거라고. 힘을 기를 때까지 이를 악물고

기다려야 한다고."

내 말을 들은 누나가 잠시 생각하다가 도시락을 내게 넘겨주었다. 보자기 위쪽이 솟아오른 걸로 봐서 기운 내라고 삶은 계란 몇 개를 싼 것 같았다.

다음번 시험에서는 나는 시험지에 내 이름만 적고 답을 쓰지 않고 백지상태로 내어버렸다. 그 뒷날 나는 정 선생에게 백지를 냈다고 손바닥을 피가 터질 때까지 맞았다. 물론 송영옥은 정 선생의 호명과 칭찬을 들을 수 없었다. 그리고 영옥이 시험점수 칭찬을 받은 다음 날이면 양장을 차려입고 교실로 찾아오던 영옥 엄마도 찾아오지 않았다.

터진 손바닥이 아파 팔목으로 인력거를 끌고 집에 갔지만 나는 승리감에 취해 있었다. 나는 웃고 집에 갔지만 내 손을 본 누나는 눈물을 보이고 말았다.

"그저 중간만 가면 편할 텐데, 그놈의 뛰어난 머리 때문에 생고생이구나."

내 손에 말라붙은 피를 닦아내고 약을 발라주면서 누나는 푸념하였다. 누나의 말은 많은 설득력이 있지만 나는 그렇게 살고 싶지 않았다.

정 선생과 나의 대결은 계속되었다. 난 다음 시험에서는 내 이름과 한 20점 정도의 답 4, 5개 정도만 적어냈다.

"너, 지금 나랑 해보겠다는 거냐? 그래, 해보자."

정 선생은 20점짜리 내 시험지를 앞에 놓고 미처 아물지 않은 내 손바닥과 종아리를 때렸다. 난 시험 볼 때마다 정 선생이 지쳐 그만 포기할 때까지 맞았다.

나는 결국 매 앞에 두 손을 들고 말았다. 100에서 90점 사이의 답안지를 내자, 그 시험지는 어김없이 송영옥의 시험지로 변신하였고, 난 매를 피할 수 있었다. 또 양장 차림의 영옥 엄마는 그때마다 인사를 왔다.

내가 할 수 있는 것이라곤 지렁이 글씨의 10점짜리와 20점짜리 시험지를 그 언제인가를 위하여 증거품으로 깊숙이 보관하는 것뿐이었다.

우리 반은 5분단으로 되어 있고 여자가 2분단 반, 나머지가 남자로 되어 있다. 여자는 여자끼리 앉고 남자는 남자끼리 앉지만, 나만은 2분단 끝부분 문에서 가까운 곳의 여자아이들 사이에 옥란과 앉아있다.

내 뒤로 책상 하나, 앞으로 네 개가 있으니까 나의 앞과 뒤는 모도리 여자애들뿐이다. 내 바로 앞에 윤소미라는 깍쟁이 스타일의 여자아이가 있다. 1학년 때 못 보던 아이였으니 새로 전학을 온 것 같았다. 시골 아이들과는 비교도 안 될 정도로 세련된 옷차림을 하고 있었다.

첫날부터 나를 향해 뒤돌아보며 생글거리던 소미는 쉬는 시간에 공부에 대해 여러 가지 물어도 보고 장난도 잘 쳤다. 급기야 옆 반에서 쉬는 시간이면 찾아와 문에서 나를 지켜보던 숙희의 눈에 거슬려 싸움이 일어나기도 하였다.

그런 소미가 조용할 때가 있었다. 내가 정 선생에게 맞았을 때는 며칠간 조용하였다. 그런데 이상한 것이 있었다. 나 때문에 소미와 숙희가 싸워도 우리 담임도 숙희 담임도 둘을 타이르기만 하고 야단이나 매를 안 든다는 것이었다.

학교 뒷문으로 하교하는 소미의 집을 아는 아이는 없었다. 비밀에 싸인 소미는 어느 날 인사 한마디 없이 전학 간다고 소리 없이 가버렸다. 내가 정 선생에게 항복할 때쯤인 것 같다. 나는 금세 윤소미를 잊어갔다.

정 선생과 나 사이 밀약 아닌 밀약이 일 년 동안 이어졌지만 나에게 돌아오는 건 아무것도 없고, 오히려 봄 소풍을 가지 않았다고 한 달 동안 청소시키고, 가을 소풍 역시 안 갔다고 한 달씩이나 나머지 청소를 시켰다. 그 외에도 틈만 나면 나를 못살게 굴었다. 서 주사와 더불어 내가 빚을 갚아줘야 할 사람이었다.

그런 악연의 정 선생과 마지막 날, 2학년 종업식에서 나는 그저 양과 가로 수놓아진 통지표를 받아들었고 애제자 송영옥은 우등상장을 받았다.

/37/

아이들은 빨리 어른이 되길 원한다. 아이들에게 금지된 것들이 너무 많아서, 해보고 싶은 것들이 너무 많아서. 하지만 난 그런 것들과는 아주 멀다. 내가 하는 일이 어른들의 일이니, 너무 힘에 겨워 빨리 몸이 어른이 되길 간절히 원했다.

고통의 세월은 빠르게 흘렀다. 나는 왜 이렇게 살아야 할까. 어느 날 문득 정신을 차려보니 70년 초 2월이었다.

이 봄방학이 끝나면 나는 국민학교의 마지막 6학년이 된다. 어른이 해야 할 일에 어린 내가 힘거워하는 것이 신의 눈에 애석해 보였을까. 내 몸은 생각과 더불어 정말 콩나물 자라듯이 컸다. 3학년 때부터 좀 자라기 시작하더니 4, 5학년 때 부쩍 자라 지금은 170센티미터를 조금 넘어섰다. 서 주사는 3학년 때 내 몸에 맞게 지게를 걸어주었고 5학년 초에는 어른용 지게를 걸어주었다.

작년 초부터는 쟁기로 논밭을 갈았다. 내 한이 많아서일까. 마을 사람들은 내가 논밭을 갈며 소를 모는 소리가 슬프고 구성지다고 하였다. 논도 논이지만 돌이 많은 비탈밭을 보습 하나 깨지 않고 쟁기를 이리저리 들어가며 일하는 나를 보고 사람들은 혀를 내둘렀다.

나는 소를 부릴 때 회초리를 들지 않았다. 소는 영물이다. 사람들은 개와 더 친하지만 개는 무지하게 동족의 살을 거침없이 먹는다. 하지만 소는 여물 한 가마에 소고기 국물 한 방울이라도 들어있으면 여물 전체에 입도 대지 않는다. 새끼를 낳아 길러 이별할 때면 며칠을 울며 슬퍼한다. 암소 세 마리를 거두며 몇 마리의 새끼를 떠나보내며 나는 또 몇 번이나 엄마 생각에 무너져야 했던가. 비록 소의 주인은 서 주사지만 내가 여물을 주고 쇠똥을 치우고 잠자리에 마른 짚을 깔아주니, 내 말을 잘 듣는 건 당연하지 않은가.

세 마리의 소에는 분이 누나를 끌고 가다 죽게 한 소도 있었다. 처음에는 서 주사 몰래 그 소를 못살게 구박하였지만 얼마 지나지 않아 부질없는 짓인 줄 알고 똑같이 보살펴 주었다.

옥란은 이제 제법 처녀티가 난다. 처음 보희 누나를 만났을 때 났던 여자만의 향기가 이제 옥란에게서도 난다. 내가 인력거에 태우려고 안으면 큰 가슴이 옷섶을 헤집고 반쯤 나와 내 눈을 흐려놓을 정도다.

4학년 가을이던가, 화장실 밖에서 기다리던 난 울음을 터뜨리는 옥란의 소리에 화장실 문을 열어보았다. 옥란이 운 이유는 여자로서의 첫 신호 때문이었다.

"상훈아, 나 죽나 봐."

호기심 삼아 김 박사 의학서를 읽어보길 잘했다는 생각을 하였다. 옥란에게 그 현상을 잘 설명해주고 교무실로 뛰어갔다. 그때 우리 담임은 남자 선생이었다. 교무실에는 세 분의 여선생이 있었다. 나는 인사를 하고 망설임 없이 옥란의 얘기를 하고, 도와주기를 요청하였다. 그러나 그들은 도움 대신 나에게 욕만 퍼부었다.

"뭐 이런 놈이 다 있어!"

"이놈 덩치만 큰 줄 알았더니 생각까지 엉큼하네."

"너 좀 맞아야겠다."

나는 뭘 잘못한 것처럼 교무실에서 도망쳐 옥란에게 왔다. 나는 할 수 없이 런닝셔츠를 벗어 옥란에게 주었고 그렇게 그 고비를 넘겼다.

열다섯 살 옥란은 지금 여자만의 특별한 속옷을 입는다. 작년이던가, 누나가 나에게 조용히 말해주었다. 숙희가 그 여자만의 속옷을 어머니에게 사달라고 조르다 혼났다고. 얼마 뒤 숙희가 억울했는지 내 손을 잡아 자기 가슴에 대고 말했다.

"봐, 나 크지? 잘 만져봐."

하지만 숙희는 나보다 한 살 많지만, 아직 어리다. 키는 내 어깨 정도 되니 내 동생 같은 느낌이 든다.

누나는 올해 나이 23살이다. 혼인무효 법원판결을 받고 얼마 안 있어 가마골 사람이 누나에게 과부 어쩌고 하며 수작을 걸다가 구속되었다. 마음 착한 누나가 선처를 하여 풀려난 그 사람은 누나 가족과 마을 사람 앞에서 왜 자신이 구속되고 뭘 잘못했는지 울며 고백하였다. 그 덕분에 마을 사람들의 입에서 누나가 정말 처녀라고 소문이 퍼져 중매가 자주 들어왔지만, 누나는 다 거절하였고 어머니나 아버님은 모든 걸 누나 뜻에 맡겼다.

누나는 시집갈 생각은 안 하고 내 걱정만 하고 날 사랑해주기만도 시간이 부족한 것 같다. 내가 기분이 좋을 때면 번쩍 누나를 안아 들어 올리지만 좋아하는 누나의 얼굴을 보며 내 가슴은 아려오는 걸 느낀다.

성희 누나는 대한민국 최고 대학 월문의대에 입학하였다. 상동면에서 월문대에 입학한 건 성희 누나가 처음이다. 그것도 의대에 말이다. 어머니와 아버님은 다 나의 덕분이라고 한다.

성희 누나가 중3 되던 해 명절날 영어로 콧대를 꺾어 놓았다. 펑펑 울면서 많이 깨달았는지 3월 말쯤 집에 온 날 바로 나를 찾았다. 성희 누나 손에는 영어와 수학 교과서가 들려 있었다.

"너, 여기 읽어봐. 너, 이거 풀어봐."

난 성희 누나가 지적하는 영어문장을 줄줄 읽고 수학 문제를 다 풀었다. 중학교 수학은 배운 적이 없지만, 예문을 한 번 보니 술술 풀렸다. 성희 누나는 내게 영어, 수학을 주말마다 가르쳐 줄 수 없냐고 하였다. 나는 조건 없이 허락하였다. 대신 강성희란 제자를 난 인정을 봐주지 않고 몰아붙였다. 그렇게 하고 싶었다.

나중에 어머니 말씀을 들어보니 성희 누나가 내게서 공부를 마치고 와서는 이를 갈았다고 전해주었다. 어디 두고 보자고.

내 극성 탓인지 성희 누나는 고등학교를 좋은 성적으로 입학하고 3년 내내 장학생으로 부모님의 부담을 덜어주었다. 그리고 올해 의대에 들어간 것이다.

성희 누나도 고등학교 2학년 때쯤 어느 정도 회화를 할 수 있었다. 물론 내 유창한 발음은 따라올 수 없었지만. 나는 여섯 살의 나이에 미국인에게 배웠고 성희 누나는 열여섯에 나에게 배웠다. 누나가 만났던 한국인 영어 선생에게 배운 영어 발음과 내 발음 사이에서 많이 갈등하고 지금의 발음을 완성하였다.

우리만 자라고 변한 건 아니었다. 상동도 많이 변했고 변하고 있었다.

중학교를 진학하려면 읍내까지 가서 하숙해야 하는데 이제는 상동에도 중학교가 개교하여 내가 진학하면 두 번째 신입생이 된다. 그리고 상동면 소재지에는 올해 7월 말 전기가 들어올 예정이다. 아마도 여름이면 들어와 두어 달씩 하던 가설극장도 올해는 안 들어올 것 같다. 전기가 들어오면 만화 가게나 부잣집들이 텔레비전을 살 테니 가설극장이 텔레비전에 밀려 사라져가듯, 서 주사란 인물도 나에 의해 치명타를 받을 것이다.

나는 모든 준비가 끝났다. 꾸준히 돈을 모으며 저축했지만 3학년까지 송아지 반 마리 값도 되지 않았다. 결정적으로 돈을 모은 것은 4학년과 5학년 가을이었다.

우리 마을 두마재나 가마골 그리고 암골에는 토종벌을 치는 집들이 많다. 그 집들은 별로 관리를 안 해줘도 가을이면 괜찮은 소득을 안겨준다. 욕심 많은 서 주사도 봄이면 실한 어미 벌통을 사다가 집안 뒤뜰에 놓지만 한 달이 못 되어 벌은 도망가버리고 말았다.

여왕벌은 무리를 이끌고 산으로 갔다. 그 벌들은 사람의 발길이 닿지 않는 곳의 바위틈이나 썩은 나무 빈 통에 집을 짓고 살아간다고 하였다. 그것이 석청이고 집에서 치는 꿀보다 값을 더 받는다고 하였다.

나는 토종벌들이 잘되는 집들을 살펴보았다. 그 집들은 하나의 공통점 즉 위치가 거의 같은 구조였다. 집의 방향도 비슷하였다. 나는 추리를 하듯 석청의 위치를 추적하였고 마지막 순간에는 나만의 방법으로 석청 벌집을 발견할 수 있었다.

4학년 가을에 네 통을 발견했고, 나는 밤에 석청 벌들의 꿀 중에 3분의 1만 조심히 떴다. 꿀이 많았지만 나는 미련 없이 벌들의 겨울 먹이로 남겨놓았다.

나는 저녁때 산으로 석청을 따러 가기 전에 어머니께 말씀드
려 미리 서울 꿀 장수를 와서 기다리게 하였다. 항상 가짜 꿀 때
문에 믿음이 없는 서울 사람에게 확실한 믿음을 주고 싶었다.
깊은 밤 산속에서 벌집째 채취해 온 꿀을 본 서울 사람은 후한
값을 쳐주었고 5학년 때도 석청을 사 갔다.

5학년 때는 새로 다섯 통을 발견했고 4학년 때 꿀은 남겨놓은
네 통 중 세 통이 생존해 여덟 통에서 꿀을 조금씩 땄다.

나의 통장에는 송아지 네 마리를 살 정도의 돈이 모아졌다.
서 주사에게 선전포고할 날이 가까이 왔음을 느꼈다.

/38/

6학년의 첫날이 되었다. 남과 여가 각각 1반 2반으로 갈라졌
다. 2반은 전부 여자였고 남자는 옥란의 짝인 나뿐이었다. 교실
에 들어서 자리를 잡자 여자애들이 나에게 몰려들어 극성이었
다. 그런 건 아무래도 좋았다. 옥란의 시중뿐만 아니라 60여 명
가까운 여자애들 시중도 어려운 일이 아니었다.

문제는 우리 담임이었다. 국민학교의 마지막은 정말 좋은 선

생님을 만나게 해달라고 빌고 또 빌었다. 하지만 나의 담임은 2학년 때 담임이었던 정 선생이었다. 교실 문을 열고 들어오는 정 선생을 보자 온몸이 부르르 떨려왔다. 내가 흥분했는지 옥란이 내 왼팔을 잡아 주었다.

"나, 괜찮아."

나는 정신을 차렸다. 지금 내가 스스로 무너지려 하지 않는가. 나와 다르게 정 선생은 자신감과 여유가 넘쳤다. 나와 눈이 마주쳤다. 한참이나 서로 노려보았다. 정 선생이 시선을 피하며 입을 열었다.

"중학교 가는 사람 손들어 봐."

옥란과 숙희를 포함하여 스무 명 정도가 손을 들었고 나도 들었다. 내가 손을 들자 정 선생이 나를 보았다.

"너도 중학교 가냐?"

교사의 입에서 나오면 안 될 소리가 정 선생의 입에서 나왔다.

"제가 중학교 가면 안 되는 법이라도 있나요?"

나는 정 선생을 향해 쏘아붙였다.

"장상훈, 이리 나와."

정 선생이 화가 단단히 나서 나를 불러내어 손바닥 다섯 대를 때렸다.

다시 만난 정 선생과 난 이렇게 다시 전쟁을 시작하였다. 나는 정 선생의 심성이 변하기를 바랐다. 하지만 더 나쁜 쪽으로 변한 것 같았다.

내가 맞고 나자 반 분위기가 바닥으로 처졌다.

"멀지 않아 중학교도 가고 곧바로 사회로 진출할 거니까 지금쯤은 각자 꿈이 있을 거다. 지금부터 장래 꿈이 무엇인지 말해보자."

여학생들의 꿈은 단순하였다.

"저는 돈을 많이 벌어 부모님께 효도하는 게 꿈입니다."

"저는 맛있는 거 실컷 먹는 게 꿈입니다."

"저는 현모양처가 꿈입니다."

"저는 가수가 꿈입니다."

"그래? 그럼 노래 한번 해봐라."

한 번도 나와 같은 반을 안 해본 작은 여자아이가 가수가 꿈이라고 하자 정 선생이 노래를 시켰다. 그 친구는 앞으로 나가 노래를 불렀는데 정 선생은 창밖만 보며 무관심하였다.

"저는 우리 담임선생님처럼 좋은 선생님이 되는 것이 꿈입니다."

송영옥의 말에 정 선생이 미소를 지어 보였다.

속이 부글부글 끓어올라 당장이라도 두 사람의 입을 뭉개버리고 싶었다. 나의 인내는 한계에 다다르고 있었고 그 분노는 하굣길에 터졌다.

내가 정 선생을 미워하는 것은 단순히 2학년 때 내 시험지를 바꿔치기해서만은 아니다. 정 선생은 교사의 자질이 부족하다. 2학년 때 내가 본 정 선생은 일주일에 다섯 시간 정도를 자습시키고 뜨개질을 하거나 해괴한 소설책을 읽으며 시간을 보냈다. 그러다가 교과서 단원이 밀리면 하루에 두 단원을 끝내기도 하였지만 제 학기에 마친 교과목은 없었다. 오늘만 해도 그렇다. 장래 꿈을 얘기하다가 끝나는 종이 울려 중단되었다. 남은 학생은 한 분단 반 정도였다. 그중에는 숙희와 옥란 나도 포함되어 있었다.

다음 시간에 꿈 발표가 다 끝나고 다른 수업이 진행되어야 했다. 하지만 그걸로 끝이었다. 다음 시간에는 자습을 시키고 뜨개질을 하는 정 선생을 보니 한숨만 나왔다.

그렇게 정 선생에게 쌓인 불만이 교문 밖에서 터졌다. 교문 밖에서 한 남자가 하교하는 아이들을 살피고 있었다. 난 멀리서도 그 사람이 누군지 금방 알아보았다.

옥란의 인력거를 끌고 교문을 나서는 나에게 그 사람이 다가왔다.

"네가 장상훈이냐?"

나는 대답도 없이 못 본 체 그냥 지나쳤다. 앞서가던 숙희가 나를 돌아봤다. 그 사람이 지나치는 인력거를 잡았다.

"그거 놓으시죠."

돌아보던 나와 그 사람의 시선이 마주쳤다. 그 사람이 씩 웃으며 부드럽게 입을 열었다.

"너 장상훈이 맞지? 너 정말 많이 컸구나."

그 사람은 엄마와 함께 어디론가 이사를 가버린 가마골 큰 차 씨였다.

"그래요, 나 장상훈인데 뭘 어쩌라고요."

나는 거의 폭발 직전이었다.

"네 엄마가 많이 아프다. 병원에 가봐야 하는데, 서 주사에게 말해서 돈 좀 마련해줄래?"

예상했던 말이 차 씨 입에서 나왔다. 나는 인력거 손잡이 밖으로 나와 차 씨를 잡아먹을 것처럼 눈을 부릅떴다.

"당신, 지금 뭐라고 한 거야!"

"어? 이놈 봐라. 조금 컸다고 어디서 반말에 눈을 부리려."

차 씨가 흥분하여 내 멱살을 잡으려고 달려들었다. 나는 무예타이의 수평차기로 차 씨의 얼굴을 강타하였다. 몸을 숫구친 다음 다리를 수평으로 벌려 차는 기술은 많은 수련이 필요하고 그위력은 대단하였다. 나의 머릿속에는 칼 신부님이 가르쳐 준 무술의 기본동작이 다 각인되어 있었다.

"어헉!"

차 씨의 숨 멎는 소리가 들리며 다리가 앞으로 접히고 있었다. 나는 앞으로 고꾸라지려는 차 씨를 잡아 뒤로 넘어뜨리고 그 위에 올라탔다. 연이어 나는 차 씨의 양 뺨을 세차게 몇 번 올려붙였다.

"이 개자식아, 내가 가마골에 갔을 때 뭐라고 했어? 네 엄마 여기 없다고 해놓고 뭐 지금 와서 엄마가 뭐 어떻다고? 뒤도 안 돌아보고 떠나고서 뭐 돈을 달라고!"

"상훈아, 그만해. 이 사람 죽겠어."

숙희가 내 손을 잡았다. 그때서야 제정신이 돌아왔다. 그때까지 난 차 씨의 얼굴을 묵사발로 만들고 있었다. 차 씨의 얼굴은 피범벅이었다.

"상훈아, 그만 가자."

옥란이도 나를 설득하였다.

나는 차 씨의 몸에서 일어나 인력거 손잡이를 잡았다. 차 씨는 알 수 없는 말을 중얼거리며 일어나 비척비척 멀어져갔다. 상동 버스정류장을 향해가는 차 씨가 꼴 보기 싫어 다른 길을 택해 집으로 향했다. 내 손도 피범벅이었다.

첫 번째 개울에 가서 피 묻은 손을 닦는데 눈물이 나왔다. 엄마에 대한 연민과 분노가 싸우다 연민이 이긴가 보다. 눈물을 보이기 싫어 차가운 개울물로 세수를 소리 나게 하였다.

"우리 가게도 라면 갖다 놓았다. 되게 맛있어."

"그래, 다 떨어지기 전에 빨리 사다 먹어봐야겠다."

사나이가 우는 걸 아는지 모르는지 숙희와 옥란은 그저 먹는 타령이다.

/39/

"상훈아, 엄마가 저녁 먹으러 오래."

저녁 여물을 떠주는데 숙희가 와서 전했다. 여물을 다 퍼주고 숙희와 같이 점방으로 향했다.

"무슨 날이니?"

"아니, 라면 끓였어. 너 라면 안 먹어봤잖아."

라면이 우리 세상에 온 지는 몇 년 되었다. 양에 비해서 값이 좀 비싸고 공급이 부족하다 보니 이제야 이 시골에 도착하였다. 그것보다 어머니가 라면을 갖다 놓은 이유는 마을 사람들이 간절히 원했기 때문이다. 여기 마을 사람 몇몇이 처음 라면 맛을 본 것은 작년 가을 군인들이 마을로 훈련을 나왔을 때다. 마을 몇 집에 반찬이며 신세를 진 군인들이 사례로 내놓은 군용 라면을 맛보고 소문이 퍼진 것이었다.

"엄마, 상훈이도 왔는데 국수 섞었어요?"

제일 먼저 양푼에서 어머니가 아버님 라면을 푸는 걸 보고 숙회가 푸념하였다.

"어서들 먹자."

어머니는 내 것까지 일곱 식구 라면국수를 다 펐다. 이제는 열한 살이 된 진영과 여덟 살 수영이 내 양옆에서 웃으며 라면국수를 맛있게 먹는다. 뭐라고 해야 할까? 아마도 나는, 아니 우리 모두 이 맛에 중독될 것 같다.

"형아, 라면만 먹으면 더 맛있어."

수영이 내게 작은 소리로 말해왔다. 작은 소리로 말했는데 어머니가 들었는지 수영에게 눈을 흘겼다.

저녁을 다 먹은 누나가 점방을 보기 위해 먼저 나갔다.

"상훈아."

아버님이 조용히 나를 부르셨다. 아버님이 이렇게 차분히 부를 때는 무엇인가 중요한 충고를 하였다.

"이 라면 국물에는 소고기가 들어있어서 소여물에 넣으면 절대 안 된다."

"예?"

사실 두마재에서 소를 사육하지 않는 집은 거의 없다. 단 한

집만 빼고, 유일하게 소를 키우지 않는 집이 바로 숙희네다. 그런 숙희네의 가장, 아버님이 그런 얘기를 하니 내 대답은 반신반의하였다.

"상동 사는 내 친구가 직접 겪은 일이라 네게 일러주는 거다. 소는 영물이라 제 동족 살 냄새만 나도 여물을 안 먹는대."

"아, 예. 명심하겠습니다."

아버님의 자세한 설명에 난 다 이해가 되었는데, 아버님의 우려는 하루 뒤에 터졌다.

"훈아, 이거 나중에 라면만 끓여 먹어봐."

산을 신고 막 토방을 나서는 내게 숙희가 라면 한 봉지를 가슴 속 깊이 넣어주었다. 나는 고개를 끄덕이며 방으로 들어가는 숙희를 뒤로하고 안채를 가로질러 점방으로 통하는 문을 열었다.

"어?"

점방에 누나만 있는 줄 알았는데 어머니도 함께 있었다.

"상훈아, 이 라면 끓여 먹어봐라. 끓일 때 물 잘 맞춰야 한다."

이런, 어머니가 손수 라면 두 봉지를 내게 주며 말했다. 아무래도 식구들이 라면만 끓여 먹고 나를 불러놓고는 라면국수를 끓여 준 것이 마음에 걸리는가 보다. 나는 웃으며 품에서 숙희가 준 라면을 꺼내 보았다.

"숙희가 줬구나. 어쩐지 라면 한 개가 비더라."

누나의 말에 나는 고개를 끄덕였다. 누나와 어머니는 뭐가 우스운지 한참을 웃더니 이내 마음을 가다듬고 입을 열었다.

"상훈아, 때로는 자기가 좋아하는 사람이 몰래 한 행동을 눈감아줄 줄도 알아야 남자다."

"으이그!"

누나가 혀를 차며 손바닥으로 내 등짝을 한 번 쳤다. 나는 씩 웃으며 머리를 만졌다. 그리고 싫다는 내게 끝내 어머니는 꺼냈던 라면 두 봉지를 챙겨주었다. 장모 사랑이라나.

/40/

"중학교 가는 사람은 간다에, 못 가는 사람은 못 간다에 동그라미를 한다. 그리고 반드시 보호자 이름과 도장을 받아오도록!"

다음날 우리에게 중학교 진학설문지를 나누어주고 정 선생이 추가설명을 하였다.

'난 누구 도장을 받아가야 하지?'

"상훈이는 옥란이네 집에 사니까 옥란 아버지 도장을 받아오면 된다."

내 마음을 읽기라도 했을까. 정 선생이 내 보호자로 옥란 아버지를 지정해주었다. 그러나 다음 순간 누가 머리를 망치로 친 듯 멍한 기분이 들었다.

그 기분은 곧 현실로 다가서고 있었다.

"상훈아, 우리 아버지 너 중학교 안 보낼 거야."

셋째 체육시간에 아이들이 모두 운동장으로 나가자, 옥란이 근심 어린 표정으로 입을 열었다. 옥란의 얼굴이 서 주사의 말을 대변하고 있었다.

"어르신, 여기 도장 좀 찍어주세요."

나는 '중학교에 간다'에 동그라미를 한 설문지를 서 주사에게 보여주면서 말했다. 설문지를 대충 살펴본 서 주사는 그냥 던져버렸다. 설문지는 펄럭이며 이리저리 날리다가 토방 끝에까지 가서 떨어졌다. 나는 마루에서 토방 끝까지 내려가 설문지를 집어 들고 흙을 털어냈다.

"난 널 중학교 보낼 생각 없다."

서 주사의 말은 곧 법이었다. 그러나 여기서 그냥 물러날 수는 없었다.

"어르신더러 입학금, 학비 대달란 거 아닙니다."

"이놈아, 넌 국민학교 졸업하고 집에서 일만 하면 된다."

"그럼 아씨는 어떻게 합니까?"

나는 에이스 카드를 써버렸다.

"이왕 이렇게 된 거 말해줘야겠군. 옥란이는 중학교 가면 네 도움 필요 없다. 내게 다 생각이 있다."

나는 더 할 말이 없어 자리를 떴다. 자기 방문을 조금 열고 상황을 지켜보던 옥란이 방문을 세차게 닫아버렸다.

나는 다른 때보다 일찍 소여물을 끓여주고 숙희네로 향했다. 그리고 난 내가 아버님이라 부르는 숙희 아버지의 도장을 진학 설문지에 받았다. 숙희가 근심 어린 눈으로 나를 바라보았다.

염치없이 또 저녁을 얻어먹고 서 주사 집으로 돌아와 소여물 통을 본 나는 깜짝 놀랐다. 지금쯤은 다 비어야 할 여물이 거의 남아있었기 때문이다. 그때 내 어깨에 강한 충격이 왔다. 서 주사가 소여물을 퍼주는 바가지로 친 것이었다.

"이놈, 내가 중학교를 안 보내준다고 소여물에 해코지를 해?"

서 주사의 왼손이 내 멱살을 힘겹게 잡았다. 이제는 내가 내려다보니 멱살 잡기가 많이 불편한가 보다. 오른손에는 아직 여물 바가지가 들려 있었다. 그 바가지는 통나무를 파서 만든 나무그릇이라 무게가 상당했다. 서 주사가 나에게 가까이 왔을 때 몸에서 색다른 음식 냄새가 났다. 무슨 냄새지? 아, 라면이구나.

"어르신, 그게 무슨 말씀이세요? 제가 왜 그런 짓을 합니까? 하지 않았습니다."

"저거 봐요. 아주 버르장머리를 고쳐놔요."

하인을 꾸짖는 대감 집 마님처럼 옥란 엄마가 마루에서 소리쳤다. 내가 야단맞을 때 언제나처럼 옥란이 자기 방문을 조금 열고 지켜보고 있었다.

"저녁에 라면 드셨죠?"

"우리가 무얼 먹든 네놈이 무슨 상관이야?"

"라면 드시고 남은 국물을 누가 여물에 부어주지 않았나요? 라면 국물에는 소고기가 들어가 있어 소먹이에 주면 안 됩니다."

내 얘기를 듣고 서 주사가 슬며시 잡았던 멱살을 놓았다. 그보다 먼저 기세등등했던 옥란 엄마가 안방으로 사라졌다. 서 주사도 서둘러 안방으로 들어가자 옥란이 안방을 향해 악을 썼다.

"엄마가 남은 라면 국물 소를 준다고 가지고 나갔잖아! 왜 항상 상훈이만 잡아."

옥란이가 울음을 터뜨리며 세차게 문을 닫아버렸다. 이제 그만 종지부를 찍을 때가 된 느낌이 왔다.

소들이 배가 고픈지 나를 보고 울어댄다. 여물통에 남긴 여물을 다 퍼버리고 맑은 물로 몇 번을 행구어냈다. 가마솥도 몇 번을 행구어냈다. 다시 끓여준 여물을 세 마리의 큰 암소가 거침없이 먹어댔다. 선하디 선한 커다란 눈망울을 가진 저 녀석들, 서 주사와의 모든 것이 정리되면 저놈들은 누가 잠자리 봐주고 여물을 끓여줄까.

/44/

숙희 아버지 강인동 씨의 도장이 찍힌 내 중학교 진학설문지가 정 선생의 손끝에서 갈기갈기 찢어지고 있었다.

"내가 분명히 옥란 아버지 도장을 받아오라고 했을 텐데?"

"선생님, 제 보호자는 서정관 씨가 아니고 강인동 씨입니다."

이런 결과를 예상했지만 이대로 물러서고 싶지 않았다.

"네 보호자는 서정관 씨다. 내가 말했잖아."

"그럼 보호자의 정의를 내려주세요."

"뭐라고, 보호자의 정의? 너 지금 선생님을 시험하는 거냐?"

다음 단계는 뻔했다. 회초리를 들고 내 자리까지 온 정 선생은 내 어깨를 열 대나 세게 때렸다. 이를 악물고 참는 나보다 옆에 있는 옥란이 더 겁에 질려버렸다. 나를 때리고 회초리를 교탁에 던져버린 정 선생은 자습을 시키고 교실을 나가버렸다.

둘째 시간부터 내리 세 시간 시험을 보았다. 국어, 사회, 산수 세 과목 모두 95점에서 100점이 나올 것 같았다.

내일 어떤 시험지를 받느냐에 따라 결정을 내려야 할 것 같았다. 하지만 이미 내 눈에 모든 것이 다 보였다. 정 선생이 유난히 내 기를 꺾으려고 하는 걸로 봐서 또 일 년 동안 나를 이용해

먹을 생각이겠지. 교사로서 해서는 안 될 그 일이 밝혀질까 봐, 나를 중학교에 안 보내려고 용을 쓰고 있지 않은가. 정 선생이나 서 주사나 몇 년의 세월이 지나도 좋은 쪽으로 변하지는 않았다. 김 박사님 서재에 있던 중국 성언집에서 읽었던 '사람에게는 천성이란 게 있다. 그것은 타고나는 것으로 쉽게 변하지 않는다.'란 말이 떠오른다.

다음날 정 선생은 첫째 시간에 어제 본 시험지를 한꺼번에 다 내주었다. 옥란이 자기 시험지를 볼 생각도 않고 내 시험지부터 살폈다. 내가 차마 시험지를 못 보고 있었기 때문이다.

"상훈아, 어떻게."

옥란이 걱정 어린 작은 소리로 말해왔다. 송영옥의 글씨는 그리 변하지도 않고 점수도 20점이 넘는 것이 없었다. 정 선생은 이제 6학년이 된 아이들을 의식한 것인지 송영옥의 최고 점수를 공개하지 않았다. 난 내 시험지가 아닌 시험지를 가방에 잘 넣었다.

둘째 시간부터 가슴이 답답하여 미칠 것 같았다. 더 학교에 머물다가는 정 선생을 죽일 것 같았다.

"선생님, 저 몸이 안 좋아서 조퇴해야겠습니다."

"안 돼."

정 선생은 조퇴를 허락하지 않았다. 나는 참고 참다가 점심을 먹고 바로 옥란을 데리고 집으로 향했다. 숙희가 오후수업을 안

하고 가는 나를 창문에서 바라보았다. 나는 집에 가는 중에 개울가에 인력거를 세웠다. 5년 전 내가 모래 속에서 군용 배낭을 주웠던 곳이었다. 나는 그때처럼 3월 찬물로 세수를 하였다.

"감기 들겠어. 그만해."

옥란이 조용히 외쳤다.

"옥란아, 나 내일 서울 갈 거야."

나는 개울에서 일어나며 큰소리로 외쳤다.

"서울 가면 무슨 뾰족한 수 있니?"

옥란의 목소리는 차분하였다.

"있을 거야?"

내 목소리도 옥란을 따라 가라앉았다.

"정순영 용서하지 마. 그리고 우리 아버지도."

"옥란아."

옥란의 얼굴을 보니 진심인 것 같았다.

"난 괜찮아. 팔이 안으로 굽는다지만 우리 아버진 좀 그렇지."

"날 많이 원망할 거야."

나는 차마 옥란의 얼굴을 똑바로 볼 수 없었다.

"상훈아 고개 들어. 난 당당한 네가 좋아."

"집에 가면 어르신께 기회를 드려 볼 거야."

"소용없을 거야."

옥란이 마음을 비우니 내 마음의 짐도 조금은 가벼워졌다. 상동면에서 다섯 손가락 안에 드는 부자에 두마재 왕인 서 주사는 도무지 타협이라는 걸 모른다. 내가 몇 년간 겪고 보아온 결과는 그렇다. 그런 서 주사에게도 타협점이라는 것이 있었다. 화채간을 지날 때 옥란이 그것을 알려주었다.

"상훈아, 우리 바위굴에 가볼래?"

바위굴… 일만 형과 보희 누나를 찾아갔을 때 가고 다시는 그곳에 갈 일이 없었다.

"거기는 왜?"

"너랑 단둘이 바위굴에 나란히 누우면 얼마나 좋을까?"

나는 인력거를 세우고 옥란을 돌아보았다. 옥란이 빤히 내 얼굴을 응시하였다. 내가 얼굴을 돌리려 하자 옥란이 하고 싶은 말을 다 해버렸다.

"오늘이 우리들의 마지막 날일지 몰라. 나 너 많이 좋아해. 나 이제 여자야. 너도 다 컸고. 우리 아버지 엄마가 그게 걱정인가 봐. 네가 마음만 먹으면 데릴사위 대접받으며 대학까지 공부할 수 있을 거야. 나중에 나랑 결혼 안 해도 괜찮아. 그렇지만 숙희랑은 결혼 안 하면 좋겠다."

나는 아무 말도 할 수 없었다. 부지런히 집으로 향했다. 옥란이 자꾸 뭐라고 하였지만 내 귀에는 아무 소리도 들리지 않았다.

"바위굴에 있을 때 네가 가져간 거 내가 찾아온 거다. 이제 됐어."

내가 옥란을 인력거에서 안고 집 안으로 들어가 마루에 내려놓았을 때 내게 깊은 입맞춤을 하고 급히 자기 방으로 기어들어 가며 말했다. 고요한 호수로 빠져드는 듯한 옥란의 입맞춤이었다.

옥란이 방으로 들어가고 바로 서 주사와 옥란 엄마가 집 근처 마늘밭에서 일하다 따라 들어왔다.

"오늘은 빨리 왔구나. 따라 나와라."

"어르신, 드릴 말씀이 있습니다."

돌아오자마자 또 일을 시키려는 서 주사에게 나는 바로 일을 벌였다.

"중학교 얘기라면 됐다."

"전, 중학교 갑니다."

"아니, 이놈이 그래도!"

서 주사의 표정이 굳어졌다.

"5년 전 송아지 두 마리를 핑계로 저를 데려다 부려먹었죠. 제가 요즘 시세의 송아지 두 마리 값을 드리겠습니다. 그러니

절 보내주세요."

내 말에 서 주사도 옥란 엄마도 많이 놀라며 당황하였다.

마루 밑 봉당을 똥 마려운 강아지처럼 왔다 갔다 하던 서 주사가 한참 만에 다시 입을 열었다.

"이놈아 5년 전 송아지 두 마리가 그대로 있겠냐? 지금쯤 어미 소 수십 마리로 불어났을 거 아니냐. 암 그렇지."

서 주사는 자기주장이 대견한 듯 나를 밀어붙였다. 내가 예상했던 억지 주장이었다.

"어르신, 5년 전 우리가 송아지 두 마리를 그대로 길러 어느 정도 자라면 우리의 이득으로 우리 송아지를 사겠죠. 그것으로 끝난 겁니다. 우리 마을이나 다른 마을 사람들도 병작 소를 그렇게 한 일 년 정도밖에 키우지 않죠. 뭐 어미 소 수십 마리요? 어르신, 동네 개가 웃습니다."

"뭐, 뭐라고? 이놈이!"

서 주사가 많이 당황하였다.

나는 계속 몰아붙였다.

"모든 셈은 정확히 해야 합니다. 제가 요즘 시세의 송아지 두 마리 값을 어르신께 물어드리면 어르신은 저에게 5년 동안 일한 대가를 지불해야 합니다. 덧붙여 분이 누나 죽음에 대한 보상도 부탁드리겠습니다."

서 주사는 말문이 막혔고 옥란 엄마는 한 마디 쏘아붙이며 방으로 들어갔다.

"상훈이가 어떤 애인지 이제 잘 아셨죠? 아주 잘 됐구려."

"어르신, 어떻게 하시겠습니까? 혹시나 법적인 것을 원하면 저도 좋습니다."

"뭐, 법?"

"예. 전 지금 제 짐을 가지고 숙희네로 갑니다. 내일 서울로 올라가 법적인 절차를 준비하겠습니다."

"안 된다. 이놈아!"

서 주사가 내 멱살을 잡았다.

"어르신, 이거 놓으세요. 이제 힘으로도 저에게 밀리시죠?"

"그래, 네 마음대로 해봐라. 좋다. 한번 붙어보자!"

서 주사가 잡았던 멱살을 밀쳐내며 말했다. 그의 모습이 내 눈에 초라하게 들어왔다. 오십 중반으로 가는 나이, 머리는 반백이고 주름이 깊다. 하지만 그가 내 가슴에 남긴 상처는 더 깊다.

"어르신, 어쩌다 일만이 형을 공짜로 부려먹고 저까지 평생 부려먹을 줄 아셨죠? 어르신과 모든 게 끝나도 옥란은 제가 중학교까지 데리고 다니겠습니다."

"필요 없다. 이놈아! 뭐 옥란이?"

"우리는 처음부터 친구였습니다. 어르신도 그저 내 눈에는 욕심 많은 아저씨였습니다. 대접받기에는 어르신은 너무 갖추지 못했습니다."

나는 서 주사에게 마지막 일격을 가하고 말았다.

서 주사가 마루에 털썩 주저앉았다. 내가 문간방에 들어가 내 짐을 한보따리 싸서 방을 나왔을 때도 서 주사는 멍하니 그대로 있었다. 나는 서 주사를 향해 목례를 하고 대문을 나섰다.

옥란의 방에서 우는 소리가 들리는 것 같았다.

"상훈아, 잘 왔다. 아주 잘했어."

"그래, 진작 나왔어야지."

누나와 어머니가 나를 반겼다. 아니 숙희네 가족 모두가 나를 따뜻하게 맞아주었다. 윗방을 쓰는 진영, 수영이 특히 좋아했다.

"형, 우리와 한방 쓰자."

"그래 좋아."

수영의 말에 나는 아버님과 어머니를 바라보며 고개를 끄덕였다.

"수영이하고 진영이가 가장 좋겠구나. 듬직한 형이 늘 옆에 있으니까."

"엄마도 가장 좋은 사람은 숙희죠?"

누나의 말에 숙희가 히죽 웃으며 몸을 꼬았다.

편안하고 즐겁게 맛있는 저녁을 먹고 한참 재미있는 라디오

연속극 남궁동자도 들었다.

같이 잠자리에 든 진영과 수영이 잠들었지만 좀처럼 잠이 오지 않았다. 잠자리가 바뀌어서인지 앞날이 걱정되는지 거의 뜬 눈으로 밤을 지새우고 새벽에 일어났다. 서 주사 집에 있을 때 습관처럼 부엌으로 들어가자 어머니께서 벌써 일어나 불을 지피고 계셨다.

"안녕히 주무셨어요?"

"그래. 왜 이렇게 빨리 일어났어. 이제는 새벽에 안 일어나도 돼. 자고 싶은 만큼 자고 내가 깨우면 일어나 밥 먹고 학교 가면 돼."

"예, 그럴게요. 하지만 오늘은 서울 가는 첫차를 타야 해서요."

"그래? 그럼 내가 금방 아침밥 먹게 해줄게."

내가 누나 방에 군불을 때고 왔을 때 어머니는 밥을 다 지어 아궁이 앞에 차려놓았다. 내가 밥 먹을 때 불편하지 않도록 급히 밝혀 놓은 남포등 아래 김이 모락모락 나는 계란찌개가 눈에 들어왔다.

"먼 길 떠나려면 든든히 먹어야 한다. 천천히 많이 먹어라."

"예, 어머니."

나는 수저를 들고 하얀 이밥을 먹기 시작하였고 어머니의 당부는 계속되었다.

"혹시 형 양아버지가 안 도와주어도 실망하지 말고 바로 내려와라. 내가 있는 빽 없는 빽 다 써서 도와줄게."

나는 어머니 말씀에 살짝 웃었다. 그때 동네 개들이 연달아 짖어댔다.

"아니, 오늘따라 웬 개들이 야단이야. 장날도 아닌데."

개들이 짖는다고 어머니가 뒤쪽 부엌문을 열고 울타리 너머를 살폈다. 나는 대문 밖으로 나가 아래쪽을 보았다.

"무슨 일이니? 지금 가려고?"

어머니가 따라 나오며 물었다. 언제 기침하였는지 아버지도 나오셨다.

"어머니, 아버님 저기 좀 보세요."

"어디?"

내가 가리키는 곳은 개울 쪽이었다. 작은 불빛이 번갈아 가며 반짝였다.

"무슨 불빛이냐? 도깨비불인가?"

"담뱃불 같은데."

어머니의 물음에 아버님이 정확히 말씀하셨다.

"예, 아마도 서 주사가 동네 청년들을 동원하는가 봅니다. 개울 건너 솔밭에 숨어 절 기다리겠죠."

"망할 양반, 끝내 자기 잘못은 모르고."

아버님이 혀를 찼다.

"상훈아, 동네 청년들과 주먹다짐하면 안 된다."

"걱정하지 마세요, 제가 피해 가면 됩니다."

어머니의 신신당부에 나는 두 분 마음이 놓이는 대답을 하였다. 내가 거절하여도 어머니는 차비와 찐계란 몇 개를 보자기에 싸서 내 가슴에 안겼다.

아무것도 보장되지 않은 서울을 향해 어둠 저쪽에서 나를 잡으려고 기다리는 사람들을 넘어가야 한다. 그래, 가보자! 나는 아버님과 어머니께 목례를 하고 어둠 속으로 몸을 던졌다.

개울 징검다리를 건널 때쯤 먼동이 터오고 있었다. 짙은 어둠보다 지금이 동네 형들을 내가 생각한 방식대로 물리치기에는 제격이었다. 징검다리를 다 건너고 개울둑으로 올라서면서 짱돌 서너 개를 집어 들었다.

동네 형들은 분명 화채간 반대쪽에 숨어있을 것이다. 나는 바위굴과 화채간이 있는 쪽의 소나무 숲으로 숨어 조심조심 나아갔다. 내 예상대로 겁 많은 형들은 화채간과 한참 떨어진 개울둑에서 가까이 있었다. 그들은 여러 명이 그냥 길옆에 있다는 표현이 맞았다. 반대로 나는 몸을 숨기고 그들을 볼 수 있었다.

"상훈이를 잡아가면 정말 서 주사가 쌀 한 가마니씩 줄까?"

"그렇다니까, 맞바꿔야지."

"조용히 해. 상훈이 올 때 됐어. 아까 올 때 숙희네 불 켜있었

않아."

"자 다시 한번 맞추자. 내가 몽둥이로 머리를 쳐 기절시키면 다음에 니들이 달려들어 자루에 넣어 묶는다. 그다음은 지게에 지고 가면 끝."

"됐어. 이제 조용. 담배도 뚝."

목소리와 희미한 새벽 윤곽으로 보아 모두 네 명이었다. 지금의 내 체격과 힘과 무술의 기본기가 제대로 된다면 저들을 꺾는 건 문제 없다. 하지만 어머니 말씀도 있고 서울에 피를 묻히고 갈 수 없었다. 형이 내 꼴을 트집 잡을 것 같았다.

나는 그들 옆을 지나 화채간 가까이 갔다. 이제 날이 더 밝아 그들 눈에 희미하게 화채간이 보일 것이다. 이때가 부러진 나무나 이상한 바위가 머릿속에 여러 괴물이나 귀신 모양으로 보일 때다.

/43/

"목이 아파, 목이 아파. 풀어줘, 이것 좀."

"뭐야? 어디서 나는 소리냐?"

"화채간 쪽에서 나는 소리야."

"외팔이 색시다."

내가 아주 가늘고 높은 여자 목소리로 귀신 목소리를 내자, 형들이 공포에 질려 한마디씩 하였다. 그리고 마지막 한 마디, '외팔이 색시다'란 말이 누군가의 입에서 나오자 그들은 서로 앞다투어 마을로 달아나기 시작하였다.

나는 달아나는 그들 옆으로 조약돌을 던졌다. 돌에 맞은 나무들이 괴성을 내자 그들이 비명을 질렀다.

"악, 따라온다."

"야, 너 따라오는 거야. 외팔이 색시 죽은 거 네가 맨 처음으로 봤잖아."

"살려줘."

난 아주 가볍게 동네 형들을 물리치고 이제 제법 보이는 길을 따라서 상동을 향해 걸음을 재촉하였다. 외팔이와 그의 색시. 그들을 생각하면 마음이 아프다. 우리 가족이 생각난다.

일년 전쯤에 삼십이 조금 넘었을 것 같은 애가 없는 부부가 마을에 흘러들어와 가마골에 살게 되었다. 오른팔이 없는 사내는 보통 체격이었지만 싸움 하나는 타고난 사람이었다. 동네 청년들과 싸움이 붙은 걸 한 번 본 적이 있는데 외팔이 영화시리즈의 주인공처럼 붕붕 날아다녔다. 그 사람은 유도나 태권도 같은 무술을 배운 게 아니고 오직 실전에서 쌓은 싸움꾼의 솜씨였다.

외팔이라고 일꾼으로 써주지 않으니 남자는 그저 술이나 마시고 낮잠을 자고 투전판이 있으면 끼어들었다. 화투에는 일가견이 있었다. 세운 오른 무릎에 화투장을 놓고 잘려진 팔로 잘 눌러 잡고 치는 솜씨는 돈을 잃는 법이 없었다. 사람들 사이에서는 없는 오른팔도 투전판에서 부정한 짓을 하다가 당한 것이 아니냐는 소문이 돌기도 했다.

여자는 아담한 체격에 풍만한 몸매, 그리고 예쁘고 고혹적인 얼굴로, 한마디로 모든 사내가 좋아할 인상이었다. 여자가 하루도 빠짐없이 남의 집 일을 나가 생활을 유지했는데 그녀는 집에 있을 때나 남의 집 일을 나갈 때나 늘 곱게 화장을 하고 다녔다. 화장을 진하게 하여도 그 여자는 추하다는 생각이 안 들었다.

우리 엄마가 화장한 모습을 떠오르게 하는 여자. 동네 여자들은 시기인지 질투인지 그 여자를 '쥐 잡아먹은 주둥이' 또는 좀 과하게 '쥐 잡아먹은 년'이라고 불렀다. 일요일에 서 주사네 밭일을 몇 번 온 적이 있는데 그때마다 정신을 놓은 서 주사 옆에는 꼭 옥란 엄마가 붙어 다녔다. 그 바람에 다른 일꾼들의 밥은 옥란 엄마가 챙겼지만, 그 아줌마의 점심은 내가 마련해야 했다. 나는 아껴두었던 쌀을 내어 그 아줌마에게 점심을 해드렸다. 그 아줌마는 없는 찬에 맛있게 이밥을 먹고 얘기를 꺼냈다.

"잘 먹었어. 옥란 엄마가 그날 먹을 보리쌀밖에 안 주는 걸로 알고 있는데."

"예, 맞아요. 쌀은 저기 점방집 누나가 갖다 주죠. 평소에는 반반 해먹는데. 아줌마 보면 엄마 생각이 나요."

"상훈이 얘기, 가족 얘기 사람들한테 들어서 알고 있어. 많이 힘들었겠다. 힘내라."

"고맙습니다. 아줌마."

"내 이름은 박영순이야."

두마재와 가마골을 통틀어 그 아줌마의 이름을 아는 사람은 나뿐이었을 것이다.

정말 따스함이 묻어나는 여자였는데, 정말 열심히 사는 사람이었는데, 바로 보름 전에 스스로 생을 접었다. 두마재 청년 둘이 개울 건너 앞산에 칡뿌리를 캐러 갔다가 목매달아 죽은 외팔이 색시를 발견하였다. 그 둘 중 한 청년이 방금 나를 잡겠다던 무리 중에 있었다. 그 형이 자기가 본 외팔이 색시 죽은 모습을 얘기했을 것이고 최근 마지막으로 상여를 타던 사람이 그 여자였다. 내가 시작만 하고 동네 청년들 스스로 상상하고 무너진 것이다.

외지 떠돌이라고 동네에서는 상여장례를 안 해주려 했는데 외팔이 남편이 상당한 돈을 내놓아 장례다운 장례식을 해주었다. 동네 사람들 말로는 장례식 동안 외팔이는 무표정으로 눈물 한 방울 흘리지 않았고 식이 끝나자 바로 마을을 떠나 버렸다고 한다.

어디서 무슨 사연을 안고 왔는지는 모르겠으나 살아보려고 이 마을에 왔다가 산산이 조각난 가정이 아닌가. 어찌 보면 우리 집과 비슷하지 않은가. 아줌마, 죄송해요. 부디 좋은 곳으로 가시기를.

/44/

서울은 5년 동안 정말 많이 변하였다. 그중에서도 지금 내 앞에 있는 월문대학병원은 정말 많이 변해 있었다. 올려다보면 목이 아플 만큼의 높이에 기역 자 형태의 건물 동선을 가진 최신식 건물이 내 앞에 있었다.

"김문규 박사님을 뵈러 왔습니다."

"누구라고?"

박사님을 찾는 내 말에 병원안내를 맡은 직원은 내 행색을 살피며 되물었다.

"김문규 박사님이요."

"알았다."

몹시도 까칠한 그 남자직원은 반말이나마 대답을 하였지만 나를 찾아온 것은 박사님이 아니고 경비원 세 명이었다. 그 남자직원이 나를 손으로 가리키자, 경비원들이 나에게 달려들었다. 화가 치밀어 올랐다. 경비원들을 업어치기로 로비에 다 내던지고 그 남자의 멱살을 잡고 던지려고 할 때 내 눈에 복도 저쪽에서 오는 한 무리의 의사와 간호원들이 들어왔다. 맨 앞에는 김 박사님이 있었다. 나는 잡았던 그 남자를 박사님 앞에 던졌다.

"무슨 일이요?"

박사님이 허리를 잡고 일어나는 그 남자직원에게 물었다.

"웬 놈이 와서 경비원들과 나를… 빨리 경찰을 부르세요."

그 남자는 나를 불량배로 몰아갔다.

"이 양반아, 왜 거짓말을 해. 내가 여기 김 박사님을 찾아왔는데 당신이 내 행색만 보고 경비원을 불렀잖아."

내 언성에 박사님이 달려와 나를 와락 안았다. 이제 박사님과 거의 같은 키가 되었다. 박사님은 우시면서 내 얼굴을 매만졌다.

"박사님!"

"그래 상훈아. 언제 이렇게 큰 거냐? 이 녀석."

나와 박사님의 상봉에 경비원들은 가버리고 그 남자는 일어나 박사님 앞에 고개를 숙였다.

"죄송합니다. 정말 죄송합니다."

"됐네. 벌은 이미 내 아들에게 받지 않았나."

내가 박사님의 아들이라는 말에 그 남자는 물론 수행 의사와 간호원들이 모두 놀랐다.

"상훈아, 나는 한 시간 뒤에 수술이 있다. 내 방에 가 있어라."

박사님은 그 말을 하고 일행들과 함께 어디론가 가버렸다. 나는 어느 예쁜 간호원의 안내로 박사님 방에 안내되었다.

'흉부외과 과장 김문규'

나는 명패와 방을 둘러보고 응접 소파에 앉았다.

"음료수와 과자를 드시겠어요?"

상냥하게 웃으며 말하는 간호원의 말에 나는 웃으며 팔을 흔들었다.

간호원이 나가고 긴장이 풀리며 나는 스르르 소파에서 잠이 들어버렸다. 꿈속인지 생시인지 누군가 부드러운 손길이 내 얼굴을 쓰다듬고 있었다. 낯설지 않은 손길. 나는 잠에서 깨어 살며시 눈을 떴다. 문희원이란 이름을 가진 여자가 나를 내려다보고 있었다. 나는 그녀의 다리를 베개 삼아 잠자고 있었다.

"사모님."

"그래. 자고 싶은 만큼 자고 일어나. 나 어디 가지 않을게."

아, 박사님도 사모님도 아직 날 잊지 않으셨구나. 서 주사와 정 선생 문제를 풀 수 있겠구나. 나는 또 잠들어 두어 시간을 자고 일어났다. 다리가 내 머리에 많이 저릴 텐데 사모님은 내색하지 않고 일어난 나를 안고 많이 울었다. 두 분에게 무슨 일이 있었던 걸까.

"형은 잘 있나요?"

"그럼, 잘 있지. 잘 있어."

내 첫 물음에 사모님은 그렇게 대답하였다. 그리고 나를 이발소에 데리고 가 하이칼라 상고머리로 이발을 시키고 백화점으로 데리고 가서 속옷부터 남방 청재킷까지 몇 벌의 옷을 사서 입혀주셨다. 그리고 운동화와 축구화도 사주었다.

병원으로 돌아왔을 때는 사모님의 손에도 내 손에도 쇼핑 보따리가 한가득 들려 있었다. 박사님도 이미 수술을 끝내, 조금 일찍 손수 자가용을 몰고 퇴근을 하셨다. 이태리제 세단이었다.

"상훈아, 먹고 싶은 거 있니?"

박사님이 사모님과 함께 뒷좌석에 앉은 내게 물었다.

"자장면하고 탕수육이요."

"그래, 그럼 먹고 들어가자."

우리는 가는 길에 중국집에 들렀다. 자장면과 탕수육 그 밖에 모르는 요리가 많이 나왔다.

"형과 같이 안 먹어요?"

"형은 중3이라 바쁘단다. 걱정하지 말고 어서 먹어라."

사모님이 그렇게 말했지만, 병원을 나서서 집으로 향할 때부터 두 분의 안색이 좋지 않았다. 두 분은 자장면과 탕수육을 조금밖에 들지 않았고 남은 요리는 내가 다 먹어치웠다.

중국집에서 출발한 세단은 연희동으로 안 가고 다른 곳으로 향했다. 간판이나 분위기로 보아 안국동 쪽 같았다. 라디오연속극에서 부잣집 사모님이 전화 받는 대사, '예, 안국동이요.' 그 안국동이었다.

"여기는 안국동 같은데."

"네가 안국동을 어떻게 아냐?"

내 말에 사모님이 놀라며 물으셨다.

"라디오 드라마에 안국동이 많이 나와요."

"그래, 맞다. 명석한 머리도 여전하구나."

박사님의 칭찬에 나는 씨익 웃었다. 사모님도 따라 웃었지만, 얼굴빛은 더 나빠졌다.

"언제 이사하셨어요?"

"한 달 정도 되었다."

김 박사님의 안국동 새집은 대문을 들어서 차가 몇 대 주차할 수 있는 마당과 연못을 낀 정원이 길과 나란히 위치하여 있고 언덕 계단을 4, 5미터 정도 오르면 본채 주택과 아래층보다 넓은 정원이 자리한, 정말 살고 싶은 집이었다. 하지만 이 집에서는 형의 모습이 느껴지지 않았다. 내가 싫어하는 형이지만 핏줄만이 느낄 수 있는 그 무엇이 와 닿지 않는다. 영화에 나온 것 같은 응접실 소파에 앉아도 형의 느낌이 오지 않았다.

"형, 어디 있어요?"

"어, 상훈아. 형은 말이다."

조금 거칠어진 내 목소리에 박사님이 많이 당황해하셨다. 응접실에는 가족 그 누구의 사진도 걸려 있지 않았다.

"말해주세요. 형 어디 있어요? 뭐가 잘못된 거죠?"

사모님이 울기 시작하였다. 박사님은 한숨을 쉬고 무겁게 말을 이었다.

"형은 작년 10월 3일 인수봉에서 암벽 등반하다가 추락해 다른 세상 사람이 되었다."

박사님의 말에 내 머릿속은 하얗게 돼버렸다. 그리고 나는 미친놈처럼 실실 웃었다. 사모님이 놀라 나를 잡고 흔들었다.

"상훈아, 안 돼! 정신 차려!"

"바보같이, 바보! 잘살라고 갔으면 잘 살지. 왜 죽어. 왜, 왜."

못난 형을 원망하며 얼마나 펑펑 울었는지 모른다. 그렇게 싫은 형을 위한 눈물이 내게 있기나 했었는지.

"형이 남긴 일기장이 2층에 있다. 한번 읽어보면 좋겠다."

한참을 울고 안정을 찾은 나에게 박사님이 말을 건넸다. 사모님이 먼저 일어나 내게 손을 내밀었다. 나는 거의 반사적으로 내민 사모님의 손을 잡고 일어나 앞뒤로 흔들었다. 마치 엄마의 손을 잡고 신나게 시장 가는 아이처럼.

6년 전 일이 어제 일처럼 스친다. 나는 누더기를 입고 박사님 댁으로 와 새 옷으로 갈아입고 엄마 손을 잡듯 사모님 손을 잡고 앞뒤로 흔들며 발을 깽깽이걸음으로 시장도 가고 빵집도 가고 중국집에도 갔었다.

6년 전 그때처럼 사모님이 미소를 보였다. 나도 웃었다.

"당신 보셨죠? 내가 왜 상훈이를 못 잊고 좋아하는지."

사모님이 나를 데리고 2층 계단을 오르다 걸음을 멈추고 박사님을 돌아보며 말했다. 내가 고개를 돌렸을 때 박사님이 고개를 끄덕였다. 사모님이 2층에 올라 오른쪽에 있는 방문을 열었다. 복도를 사이에 두고 양쪽에 방이 있는데 나는 건너편 방에 왠지 마음이 갔다.

"형이 쓰던 거 그대로 연희동에서 가져왔어."

사모님의 말을 흘리며 나는 방을 둘러보았다. 넓고 아늑해 보이는 침대, 책상과 의자, 작은 도서관 규모의 책이 내 눈을 크게 하고 있었다. 그리고 크게 확대한 카메라 스냅사진 3장이 한쪽 벽에 나란히 걸려 있었고 그것이 그 방의 전부였다.

형 나이쯤 되면 통기타 한 대와 야외전축과 레코드판이 수북해야 하는 거 아닌가. 또 형의 모습은 왜 저리 쓸쓸한가. 미소라고는 개미 똥만큼도 없는 사진들. 형의 일기를 읽어보지 않아도 해답을 찾을 수 있을 것 같았다.

"일기 읽어볼래?"

사모님의 물음에 나는 고개를 가로저었다.

"왜?"

"형에게서 엄마라는 소리 들어보셨어요? 형 웃는 거 본 적 있어요?"

이번에는 내 물음에 사모님이 고개를 저었다.

"형의 일기를 안 봐도 이 방을 보니 두 분이 얼마나 힘들었고 형은 또 형 대로 힘들게 산 게 느껴져요."

"그래 맞다. 모든 것은 내 잘못된 판단 때문이다."

언제 올라왔는지 반쯤 열린 문밖에서 박사님이 낮게 말하였다. 사모님이 다시 내 손을 잡고 나가 반대편 방으로 들어갔다. 박사님도 따라 들어왔다. 그 방도 형의 방과 침대, 책상, 의자, 책은 거의 같았지만 내가 생각했던 기타와 레코드판이 많이 있었다. 맨 위쪽에 있는 판을 하나 집어 들었다.

"엘비스 프레슬리네. 트럭 운전사에서 로큰롤 황제가 된 사람."

내 말에 두 분이 마주 보고 웃었다. 사모님이 벽에 걸린 사진을 가리켰다. 그 방에도 사진 몇 장이 걸려 있었다. 논을 갈고, 인력거를 끌고, 지게를 지고⋯ 내가, 내 사진이 거기 있었다. 아마도 형이 다른 세상으로 떠나고 나를 새로운 아들로 여기고 계셨나 보다.

"여기가 제 방이었군요."

"그래, 네 방이다."

사모님의 대답은 내 마음에 커다란 부담으로 전해졌다.

"지난 5년 동안 제 생각 몇 번이나 하셨나요? 너무 사는 게 힘들어, 죽은 분이 누나가 부러울 때도 있었어요. 한 번은 찾아 오시겠지, 아니 편지라도 하셨으면 이제 와서 형이 없으니까, 좀 심하지 않으셨나요? 이건 아니잖아요."

난 침대에 주저앉으며 눈물을 보이고 말았다. 아마도 그동안 의 원망이 눈물로 변하여 터졌으리라. 사모님도 울음을 터뜨리 며 나를 와락 안아주었다.

"미안, 미안해. 엄마가 많이 잘못했어. 상훈아, 정말 미안해."

"그래, 마음껏 울어라. 네 분이 다 풀릴 때까지. 하지만 말이 다. 아빠도 할 말이 있으니까 다 울고 아래층으로 내려와라."

박사님, 아니 이제 당신께서 아빠를 자처하셨다. 사모님도 엄 마를 선언하셨다. 이분들 아들이 되면 형이 꿈에 나타나 뭐라고 안 할까.

엄마와 난 울음을 그치고 서로 얼굴을 바라보았다. 엄마가 내 얼굴을 쓰다듬다 놀라셨다.

"아니, 누가 이 잘생긴 콧잔등에 흉터를 남긴 거야?"

옥란이 나와의 만남 첫날에 남긴 손톱자국을 보신가 보다. 나는 인력거 사진을 가리켰다.

"서옥란, 세살 많은 연상 친구. 다리가 불편해 내가 저렇게 학교에 데려가고, 데려오고, 안고, 업고, 화장실에 데려갔어요. 마음은 착한데 첫날 내가 말을 잘못해 손톱 맛을 봤어요."

"우리 상훈이를 그렇게 좋아한다며? 근데 임자는 따로 있고."

엄마가 내 볼을 살짝 꼬집으며 놀려댔다. 내 눈이 커졌다.

/45/

"난 네 형을 데려오면서 어머니께 40만원을 드렸다. 그 돈으로 송아지 값도 물어주고, 논밭도 사고, 기와집은 아니라도 오두막보다 나은 마루가 있는 기억자집도 짓고, 상훈이 인력거도 그만 끌게 하고 잘 키우라고 당부했었다. 우리는 그것으로 도리를 다했다고 마음먹고 오직 형에게만 신경을 썼다. 형이 저세상으로 가고 나서 일기를 읽고 알았다. 우연한 기회에 상동까지 갔다가 남동생 둘이 죽고 엄마가 재가해서 두마재를 떠났으며 네가 모든 것을 감수하고 살아간다는 걸 알게 된 것 같다. 그게 작년 늦봄이었지. 그때부터 우리 모르게 암벽등반을 한 것 같고."

아빠의 얘기가 끝나지도 않았는데, 내 눈에서 눈물이 넘치고 있었다. 엄마가 얘기를 이어나갔다.

"어머니가 자기에게 쌀밥에 고등어 반 마리를 통째로 주었을 때, 보리밥에 침만 삼키는 동생인 네게 고등어를 뚝 잘라 나누어줄 용기가 없었고, 여동생 분이의 죽음에 울어줄 용기가 없었다고 씌어 있었다. 그리고 우리에게 엄마 아빠라고 부를 용기가 필요했던 것 같고."

아빠가 다시 말을 받았다. 내 눈물은 그치지 않았다.

"정신과 동료 의사가 그 얘기를 해주었다. 형이 너와 어머니를 등지고 우리에게 온 행동은 용기와는 다른 거라고 했다. 의사인 나로서도 내 욕심에 눈이 멀어 판단이 흐렸다."

"그만하세요, 두 분 잘못 없습니다. 모든 인생은 신의 장난이라잖아요."

내 머릿속은 차 씨와 함께 나를 버리고 떠난 엄마 생각뿐이었다. 그 많은 돈을 다 어떻게 하고 내게 돈을 달라고 사람을 보냈을까. 내가 울다가 기가 막힌 엄마 생각에 미친놈처럼 웃자 두 분이 놀랐다.

"상훈아, 왜 그래? 충격이 너무 큰가 보구나. 그렇겠지, 5년 동안 안 해도 되는 고생을 했으니."

엄마가 말끝을 흐리며 괴로워했다.

"제가 기가 막힌 건 얼마 전 비정한 그 여자가 남편을 내게 보내 아파서 병원에 가야겠으니 돈을 마련해달라는 거였어요."

내 얘기에 두 분도 기가 막혔는지 한참 동안 말이 없다가 엄마가 다시 물었다.

"그래서 어떻게 했니?"

"그 남자를 초죽음을 만들어 보내버렸어요."

"그래? 말이 나왔으니 말인데, 상훈이 너 너무 폭력적인 거 아니냐. 낮에 병원에서도 그렇고."

"아빠도… 제가 그 상황에서 경비원들에게 끌려가면 근처 파출소로 넘겨지겠죠. 그럼 경찰에게 매는 매대로 맞고 소년원이나 폭력 조직에 넘어간다는 생각은 안 해보셨어요? 그래서 전 말썽을 피워 아빠를 불러내는 작전을 펼친 것뿐이죠."

아빠가 고개를 끄덕였다. 엄마가 남은 얘기를 하였다.

"형의 일기를 보고도 너를 찾아가지 못한 건 차마…그래, 찾아갈 용기가 나지 않았다. 네가 먼저 우리를 찾아와 마음을 열어주니 정말 고맙구나."

"사람을 보내 네 사진을 몇 장 받아보고, 그동안의 얘기도 대충 듣는 걸로 대신해 미안하다."

운명이란 참 묘하다. 바위에 부딪혀 다른 곳으로 길을 찾는 개울물처럼 참 짓궂고 재미있다.

내 힘으로 풀 수 없는 정 선생과 서 주사 문제를 아빠께 차근
차근 설명했다. 권력의 힘이 아닌 정당함으로 이 문제를 풀 수
있게 도와달라고 하였다. 그리고 내 제자 월문의대 1학년생 강
성희의 가정교사 자리와 병원 일자리를 부탁하였다.

아빠는 내 말에 고개를 끄덕이고, 밤중인데도 누군가에게 전
화를 걸면서 부탁을 하였다.

서 주사와 정 선생의 문제가 풀리면 난 두마재를 떠나 여기로
와야 하나? 두마재는 우리 가족을 분해하고 괴로움을 주었어도
그냥 홀연히 떠나기에는 또 다른 인연이 많이 남아있지 않은가.

내가 먼저 두 분의 생각을 봉쇄해야겠다 싶었다.

"두 분을 부모님으로 모시고 자식으로서 효를 다하겠습니다.
그렇지만 당장 두마재를 떠날 수 없습니다. 고등학교까지 거기
살고 싶습니다. 서울에는 한 달에 두 번 정도 그리고 방학 때 와
있겠습니다. 또한 성은 아빠를 따르더라도 이름은 그냥 상훈이
로 남겠습니다."

"상훈아, 그건…"

한숨을 쉬는 엄마의 말을 아빠가 손을 들어 막았다.

"거기 인연이 어떤 것이든 쉽게 정리 안 되는 거 안다. 그렇
지만 지금부터 고등학교 졸업까지 7년은 너무 길다. 중학교까지
만 있기로 하자. 대신 네가 살 집을 예쁘게 지었다가 서울로 온

뒤 별장으로 쓰자. 언제든지 가서 쉴 수 있게 말이다."

엄마가 내 얼굴을 빤히 본다.

"아빠 말씀대로 따르겠습니다."

아빠는 웃으며 내 어깨를 툭툭 쳐주고 엄마는 내 오른쪽 볼에 뽀뽀를 했다.

"고마워요, 왕자님. 여보, 이상해요. 분명 우리는 5년 만에 만났는데 쭉 같이 있었다는 느낌이 들어요."

"그래? 당신도 이제 나이가 드는가 보군."

"그게 무슨 말이에요?"

"그게 나이를 먹었다는 증거라니까."

"그만 하세요. 저도 같은 느낌이 드는데요."

"뭐? 하하하."

우리 세 사람은 한참을 소리 내어 웃었다.

"서 주사와의 관계가 정리되어도 그의 딸 옥란은 내가 중학교 졸업 때까지 데리고 다니겠다고 했거든요."

"그 서주사란 무자비한 양반에게?"

아빠가 이해할 수 없다는 듯 묻는다.

"서 주사는 자존심 때문에 허락 안 하겠죠. 난 옥란에게 약속한 거예요. 그 애만 생각하면 가슴 한구석이 아파요. 인력거 끌다가 힘들면 가끔 2차대전 영화에 나오는 독일군 사이드카 같은 거 한 대 있었으면 좋겠다는 생각이 들어요."

내 말에 두 분이 씁쓸히 웃으셨다. 아빠가 일어나면서 말했다.

"성격과 생김새는 달라도 형제는 뭔가 통하는가 보다. 따라와라."

아빠는 밖으로 나가셨고 나는 영문도 모른 채 그 뒤를 따랐다. 아빠와 내가 밖으로 나가자 앞 정원과 아래 정원이 밝아졌다. 엄마가 스위치를 켰나 보다. 아빠는 나를 데리고 대문 안 아래 정원으로 갔다. 아빠가 걸음을 멈춘 곳은 정원 바깥쪽 담 밑이었다. 거기에는 무엇인지 모르는 커다란 물건을 천막으로 덮어 놓았다. 아빠가 미소를 지으시며 천막을 걷었다. 난 천막 속에 있던 그것을 본 순간 탄성을 질렀다.

"형이 일기장에 써 놓았더라. 그래서 아빠가 유학 때 알게 된 미국 친구에게 부탁해 만든 수제품이다."

"형이…"

난 말을 못하고 밤하늘을 올려다보았다. 어릴 적 형에 대한 원망이 스스로 녹아내리는 걸 느낄 수 있었다. 그래 형은 형이야, 그건 변할 수 없는 거야.

"작년 10월에 주문해서 화물선에 실어오고 윗사람의 도움으로 일주일 전에 내게 왔다. 타봐라, 네 거다."

아빠가 내 것이라고 말한 그 녀석은 오토바이 사이드카였다.

독일군이 사용하던 사이드카는 상대도 되지 않을 멋진 녀석이었다. 어릴 때 아빠의 연희동 집에서 읽은 오토바이 잡지에 나오는 미국의 대표적 모터사이클이었다. 보통의 사이드카는 탈부착형이지만 이 녀석은 하나의 몸체로 이루어진 수제품이었다. 안정성을 위해 더 넓고 전장도 많이 길었다.

대형배터리와 시동모터가 사이드카 쪽에 장착되어 키를 돌리면 바로 엔진이 울었다. 기어도 손으로 넣는 전진 3단 후진 1단 방식의 소형자동차 변속기라고 '매뉴얼' 책에 적혀 있었다. 클러치는 차처럼 왼발로 끊고 가속페달과 브레이크도 차처럼 오른발로 밟게 되어 있었다. 기존의 오토바이가 변속기를 거쳐 체인동력으로 본체 뒷바퀴에 전해지는 방식이라면 이 녀석은 소형자동차 변속기에서 샤프트 방식으로 동력이 나와 다시 베벨기어를 통해 회전 방향을 변경해 본체 뒷바퀴와 사이드카 바퀴에 동력을 동시에 전달해 거친 길을 무리 없이 운행할 수 있었다.

아빠의 김씨 성을 따서 골드호스라고 사이드카 탑승 캐노피에 새겨진 영문과 야생마 한 마리가 이 녀석을 한층 더 빛나게 하였다. 본체에서 사이드카로 연결된 골조 스틸이 본체 쪽이 120cm, 사이드카 쪽이 150cm였는데 골조 스테인리스와 같은 강판으로 덮여 있었다. 그 강판 앞뒤로 스테인리스강 파이프 골

조가 적재함 모양으로 있어 웬만한 짐을 수송할 수 있었다. 변속기와 샤프트 커버까지 겸하는 그 강판 뒤쪽에는 200kg이라고 표시되어 있었다. 적재하중 같았다. 아마도 나를 배려해서 주문하신 것 같았다. 다리를 구부릴 수 없는 옥란도 편하게 앉을 수 있게 사이드카 좌석은 길었다. 옥란이 좋아하면서 웃는 모습이 떠올라 나도 모르게 미소 짓자 아빠가 흐뭇해했다.

"V형 2기통에 배기량은 759cc다. 힘은 한 35마력쯤 되겠다."

설명서를 대충 읽어본 난 아빠 말대로 녀석에 대해 첫인사를 하였다.

자리에 앉자 편했다. 나도 시골에서 오토바이를 몇 번 본 적이 있는데 모두 말안장처럼 불편하였다. 하지만 이 골드호스는 자동차 좌석처럼 넓고 등받이에 발판도 많이 올라와 편하고 약간 경사각이 있어 바로 클러치나 가속기 브레이크를 밟기 편하게 되어 있었다. 운전석 뒷좌석도 편하였고 둘이 탑승할 때는 운전자 등받이를 뒷좌석으로 이동해 고정시키는 방식이었다.

아빠가 승용차 열쇠 꾸러미에서 한 쌍의 키를 분리해 나에게 주셨다. 클러치와 브레이크를 밟고 키를 돌리자 시동이 걸렸다. 밀림을 포효하는 사자처럼 조용하지만, 위엄 있는 우렁찬 소리가 내 심장에 전해졌다. 그러나 곧바로 시동을 껐다.

"밤이잖아요. 이웃에 방해가 될 것 같아요."

"그래, 잘했다. 여기 5갤런 연료통 네 개가 들어가는 박스 열쇠다. 공구나 예비부품이 있는 이 정비함도 그 키로 다 열 수 있다. 지금 우리나라에서 이 오토바이를 정비할 수 있는 사람이 없을 거다. 네가 스스로 공부하여 고쳐야 할 거다."

"예. 정비 매뉴얼과 예비부품이 있으니까 걱정하지 마세요."

내 말에 아빠가 미소를 지으며 엄지손가락을 세워 보였다.

/46/

밤늦게까지 엄마 아빠와 얘기를 나누고 2층 내 방으로 올라와서 형의 일기를 읽다가 새벽에 잠을 청했다.

잠이 들었는가 싶었는데 맛있는 냄새에 잠이 깨었다. 옷을 입고 아래층으로 내려가니 아빠가 조간신문을 읽고 있었다.

"아빠, 안녕히 주무셨어요?"

"그래, 상훈이도 잘 잤니?"

"예."

난 거실을 지나 맛있는 냄새가 나는 부엌으로 들어갔다. 요리하는 엄마가 돌아보며 웃는다. 나는 엄마를 뒤에서 껴안으며 인사를 했다.

"엄마, 안녕히 주무셨어요?"

"그래, 우리 왕자님도 잘 잤나요?"

엄마가 불고기 한 점을 집어 내 입에 넣어주었다. 맛있다. 그래, 이게 가족이고 행복이야. 혈육을 핑계로 불평불만이나 하고 요구하고 그건 아닌 거야. 아니야.

"아빠, 시골 어머니께 전보 좀 쳐야겠어요. 걱정하실 거예요."

아침 식탁에서 난 아빠께 부탁드렸다.

"그래, 내가 쳐주마. 그리고 서 주사와 학교에 오늘 중으로 사람이 나갈 거니까 걱정하지 말아라."

"예, 고맙습니다. 이제 제가 다 알아서 하겠습니다."

아빠는 출근하시고 난 엄마와 오랜만에 같이 그림을 그렸다. 엄마는 캔버스의 그림을 보는 시간보다 내 얼굴을 보는 시간이 많았다.

"엄마, 상훈이 어디 안 가요. 언제까지나 엄마 옆에 있을 거예요."

엄마가 웃으며 고개를 끄덕인다.

내 그림을 보고 한마디 하였다.

"선이 좀 거칠어졌구나."

"엄마, 그 옛날 연희동에서 그림을 그리고 오늘이 처음이거든요."

"우리 상훈이 억울하지 않니? 너무나 빨리 어른이 되어버렸구나."

난 슬퍼하는 엄마를 말없이 안았다.

그림을 다 그리고 엄마와 함께 아빠가 일하는 병원으로 가서 기본적인 건강검진을 받고 레스토랑에서 서양식을 먹었다. 극장에서 007영화도 보았다. 하루해가 참 빨리도 갔다.

"아빠, 엄마 저 내일 내려가야겠어요."

내 말에 저녁을 드시던 두 분이 마법에 걸린 사람처럼 정지상태가 되었다. 한참 만에 엄마가 수저를 놓으며 힘없이 입을 열었다.

"만나자 또 이별이구나."

"그래, 학생이 결석을 많이 하면 안 되지."

아빠도 수저를 놓고, 몇 군데에 전화를 걸었다.

"엄마, 금방 또 만나잖아요."

난 전화하시는 아빠가 방해 안 되게 조용히 엄마에게 말했다. 엄마는 애써 웃으며 고개를 끄덕인다.

"상훈아, 거실로 나와 봐라. 아빠 할 말 있다."

"예. 한 20분만 기다려 주세요. 엄마 그대로 계세요. 제가 20분만 딸 노릇 할게요."

"뭐? 딸?"

엄마가 흉을 보시든 말든 나는 앞치마를 걸쳐 입고 저녁 설거

자를 다 하였다. 엉덩이를 살랑살랑 흔들며. 엄마가 웃으며 좋아했다. 앞치마를 벗어놓고 거실로 나와 소파에 앉자 아빠가 차분히 얘기를 시작했다.

"아버지 한번 만나 볼래?"

"예? 무슨‥"

난 아빠가 무슨 얘기를 하는지 정말 몰랐다. 바나나 한 송이를 커다란 접시에 담아 주방에서 나오시던 엄마가 화를 냈다.

"여보, 그 얘기는 안 하기로 하셨잖아요. 제발 그만 하세요."

"세상은 넓고도 좁아. 이제 서울 자주 오고 어디 놀러 다니면 만나게 될지 모르는 일이야."

"아빠, 엄마, 그만요."

두 분의 대화에서 누구 얘기인지 알 것 같았다.

"그래. 한 3년 전쯤 아버지가 병원으로 날 찾아오셨다."

"송아지 판 돈은 생선 장수 여자가 가지고 도망치고 거지로 떠돌다 찾아왔겠죠."

"그래, 네 말이 맞다. 그래서 내가 얼마간의 돈도 주고 수원 쪽에 국민학교 소사 자리 취직을 시켜드렸다. 가끔 학교에 연락해보면 잘 근무하고 있다고 했다."

아빠는 잠시 말을 멈췄다. 난 형 장례식 때 아버지가 참석했었는지 궁금하였다.

"형 장례식 때 오셨나요?"

"많이 망설이다가 학교로 연락을 하니까 부인 해산 때문에 학교에 없다고 하더라. 그 후로는 다시 연락 안 하기로 했다. 학교 주소 알려줄까?"

엄마 아빠도 나도 한동안 말이 없었다. 내가 이 상황을 마무리해야 할 것 같았다.

"새 부인에 자식에 잘 되었네요. 어디서 거지로 떠돌다 굶어 죽은 줄 알았는데… 아빠 엄마 안녕히 주무세요. 죄송합니다."

나는 2층으로 뛰어올라 가버렸다.

인간이라면 이럴 수 없다. 너무나 인생을 가볍고 쉽게 사는 게 아닌가. 잠자리에 들었지만 쉽게 잠을 못 이룰 것 같았다. 2층 엄마의 아틀리에와 연결된 베란다로 나가 밤바람을 맞았다. 답답함이 조금은 나아졌다.

"아가, 감기 들겠다."

엄마가 걱정되었는지 나를 찾아왔다. 난 엄마의 손을 잡고 말했다.

"그분은 나를 많이 때렸어요. 그리고 가정을 버렸어요. 두 번째 가정만큼은 끝까지 지키고 자식들에게 폭행도 하지 않았으면 좋겠어요."

그 말은 나의 진심이었다. 지금은 내가 바라는 일이 그것밖에 없지 않은가. 엄마가 빙그레 웃으며 나를 데리고 방으로 와 침대에 눕혔다.

"착한 우리 아기, 잘 자라."

"안녕히 주무세요, 예쁜 엄마."

엄마가 내 볼에 뽀뽀를 해주고 나가며 불을 꺼주었다.

/47/

엄마, 아빠와 난 아침밥을 먹고 부산하게 움직였다. 아빠는 카메라를 들고 정원으로 나갔고 엄마는 나를 따라 내 방까지 올라왔다.

"엄마, 나가주세요, 나 옷 갈아입어야 하거든요."

"엄마가 갈아입혀 줄게."

"엄마, 혹 저를 그 마마보이로 만들려는 건 아니겠죠?"

엄마는 도리질을 치며 옷장에서 속옷이랑 남방셔츠 그리고 청재킷과 바지를 꺼냈다. 그제 백화점에서 산 게 아니었다. 언제인가 나에게 입히기 위해 사놓은 것 같았다. 내가 입은 옷을 다 벗긴 엄마의 눈에는 아직도 내가 여섯 살짜리로 보이나 보다.

아침밥이라야 보리죽이었다. 나는 그것을 한두 수저 뜨고 언덕을 구르듯 달려 내려와 박사님 한옥 대문 앞에 오면 사모님이 웃으며 나를 안듯이 방으로 데리고 가 이가 툭툭 튀어나오는 누더기를 다 벗기고 속옷부터 새 옷으로 갈아입히고 맛있는 아침밥을 먹었다.

어찌 보면 그때 나는 친부모와 형제들에게서 마음이 떠났었는지 모른다. 배신이라고 해도 좋을 만큼.

엄마가 내 고추를 보고 빙긋 웃었다.

"우리 상훈이 키만 큰 줄 알았는데 고추도 다 컸네. 여름방학에 아빠보고 수술해주라고 해야겠다."

"무슨 수술이요?"

엄마는 웃기만 한다. 속옷을 다 입히고 셔츠와 청재킷 바지를 다 입히고 만족한 표정을 지었다.

"눈짐작으로 샀는데 잘 맞는구나. 여기 돈 들어있으니까 아끼지 말고 먹고 싶은 거 사 먹고 사고 싶은 거 사거라."

엄마는 돈이 든 가죽지갑을 청재킷 안주머니에 넣어주었다.

"엄마, 나도 돈 있어요."

"이번 주 일요일은 아빠 병원 일이 있어 안 되고 다음 주 일요일에 갈게."

눈물이 그렁그렁한 채 엄마는 나를 안아주었다. 엄마가 사준 옷과 운동화들을 가방에 넣고 엄마와 함께 아래 정원으로 내려왔을 때 큰 트럭이 열린 대문 안쪽으로 꽁무니를 두고 있었다. 어떻게 실었는지 내 애마 골드호스는 벌써 실려 있었고 연료박스와 공구박스는 지금 막 실리고 있었다. 일은 트럭 운전사와 조수가 다하고 아빠는 바라만 보고 있었다. 내 옷 가방이 실리고 무슨 보따리 몇 개와 상자 몇 개가 더 실렸다.

"박사님, 이제 더 없나요?"

"예, 다 됐습니다. 잠깐만 기다려주시겠습니까?"

"예, 예."

그 트럭 운전사는 아빠가 잘 아는 사람 같았다.

"상훈아, 여기 상자 세 개는 읍내에 있는 한내과의원에 전해주어라. 그리고 서울 올 때는 사이드카를 한내과에 맡기고 기차를 타거라."

"예, 아빠."

난 아빠가 말한 상자를 살펴보았다. 영문으로 소독약과 주사제라고 쓰여 있는 약품 상자였다.

"아가, 보따리들은 시골 어머니께 드려라. 엄마가 먹을 것 좀 마련했다."

"엄마, 고맙습니다."

"그래, 이제 사진 찍고."

난 엄마와 한 장, 혼자 한 장 또 엄마 아빠와 함께 셋이서 한

장을 찍었다. 가족사진은 운전기사 아저씨가 찍어주었다.

"엄마, 아빠, 저 다녀오겠습니다."

난 엄마 아빠와 포옹을 하지 않고 웃으며 어디를 다녀오는 듯 트럭 운전석 옆자리에 올랐다. 두 분도 웃으면서 손을 흔들었다. 조수 아저씨가 마지막으로 타고 문이 닫히자 트럭은 이내 출발하였다.

트럭은 안국동 골목을 내려와 서울 시내를 관통하기 시작했다. 난 엄마 아빠와 헤어짐을 금방 잊고 운전기사 아저씨의 운전하는 법에 신경을 썼다. 클러치는 어떻게 밟고 기어는 어떻게 넣고 브레이크와 가속페달은 어떻게 하는지 내 머릿속에 기억하고 또 기억하였다. 그리고 교통법규까지. 물론 나는 조종 매뉴얼과 교통법규까지 어젯밤 모두 습득하였다. 하지만 그것은 글이었고 실제 운전하는 모습을 보니 더 이해가 되었다.

한내과의원은 읍내에서도 좋은 위치에 자리하고 있었다. 언제라도 증축할 수 있는 2층 신축 건물이 병원이고 그 옆 대문을 들어서면 넓은 마당 겸 정원이 있고 더 안쪽으로 살림집이 자리하고 있었다.

"안녕하세요? 김상훈입니다."

약상자는 세 개였는데 내가 두 개를 한꺼번에 들고 조수 아저씨가 하나를 들고 병원 안으로 들어가며 인사를 했다.

"그래 상훈아, 정말 고맙다."

약상자를 내려놓고 한 원장을 자세히 보았다. 아빠보다는 젊어 보이는 평범한 의사였다.

"앞으로 서울 갈 때 제 오토바이 좀 맡기겠습니다."

"그래, 그렇게 해. 아빠가 전화하셨어. 너 아니었으면 내가 서울 가서 가져와야 했는데, 정말 고맙다."

"예, 그럼."

막 인사를 하고 나가려는데 안채로 통하는 문이 열리며 귀여운 여자아이 하나가 들어오다 나를 보고 한 원장 뒤로 숨었다.

"그 오빠네. 히히."

숨었던 그 아이는 다시 얼굴을 빼꼼히 내밀며 말하고 다시 숨었다. 그 오빠네? 난 한 원장도, 딸인 듯한 그 아이도 처음인데.

"혹 원장님께서 두마재에 오셔서 저에 대해 서울 아빠께…"

"역시 머리 좋은 친구군. 그래 맞았어. 나도 월문대병원에 있다가 2년 전에 여기 와 개원했지. 김 선배님 부탁을 받고 많이 놀랐지."

나는 한 원장께 목례를 하고 트럭에 올랐다.

서울 엄마가 얼마나 많은 가슴 아픈 얘기를 전해 들었을까. 옛 어른들 말씀처럼 가끔은 모르는 게 약일 때도 있을 텐데.

점심때가 조금 안 되어 두마재에 트럭이 도착하였다. 난 두마재 사람인가 보다. 도착하니 숨 쉬는 공기가 다르고 편안하다.
제일 먼저 점방에 있던 누나가 나를 반겼다.

"상훈이 왔구나."

이어 안채에서 어머니와 장작을 패던 아버님이 차 소리를 듣
고 나왔다.

"누나, 어머니, 아버님 다녀왔습니다. 서울 갔던 일은 아주 잘
됐습니다."

"알고 있다."

"법무부에서 사람이 나와 서 주사네 대문에 너에 대한 고용과
노동을 금지한다는 명령서를 붙이고 갔어."

누나의 말에 일이 잘 풀리고 있다는 걸 느낄 수 있었다.

적재함 문을 열고 차례대로 물건을 내렸다. 보따리들을 가볍게
내렸지만 공구부품박스와 연료박스는 내용을 분류해 내려야 했다.

"이 보따리들은 어머니께 서울 엄마가 보내드리는 겁니다. 아
버님은 담배 피우시면 안 돼요. 이거 휘발유거든요."

"서울 엄마?"

어머니는 어찌 된 영문인지 묻다가 보자기를 풀어보고 놀랐
다. 조수 아저씨가 구멍이 뻥뻥 난 철판 몇 장을 뒷문 끝에 걸치
고 경사진 길을 만들었다. 트럭 위로 올릴 때 보다 내려올 때가
더 힘들 것 같았다. 나는 트럭 뒤쪽에 모여드는 사람들을 통제

하고 내 애마의 시동을 걸었다.

이 오토바이 기어는 참 편하게 만들어 놓았다. 에이치 형태의 기어로드가 있어 그쪽에 레버를 고정시키면 끝이었다. 클러치를 놓고 브레이크를 놓으며 가속페달을 밟아주자 애마는 부드럽게 후진을 시작하고 일정한 속도로 철판 다리를 내려갔다. 다 내려와서 1단기어를 놓고 전진하여 대문 앞에 세우고 시동을 껐다.

마을 사람들이 모여들어 사이드카를 구경하느라 야단이었다.

"큰 소 서른 마리와 맞먹는 물건이니까, 손 타시면 안 됩니다."

큰 소 서른 마리 값이라는 말에 사람들이 멀찍이 물러났다. 나는 대충 그렇게 말했지만 먼 훗날 내 애마의 값을 알고 나는 많이 놀라고 아빠의 사랑을 느꼈다.

아버님은 내 애마 때문에 대문 옆에 계셨다. 난 아버님을 모시고 안으로 들어갔다. 마루에서 누나와 어머니는 보자기를 다 풀어놓고 좋아하였다. 사과 한 상자, 굴비 한 두름, 귤, 바나나, 쇠고기, 돼지고기, 마른오징어 등등. 엄마가 너무 과하게 보내 어머니가 자존심이나 상하지 않을까 괜한 걱정이 들었다. 난 형 얘기를 꺼냈다. 또 내가 아들이 된 얘기까지.

"어이구, 다 팔자인가 보구나."

누나가 눈물을 보이며 나를 안아주었고 어머니는 모든 일을 팔자 탓으로 돌렸다.

어머니가 해준 쇠고기국과 불고기로 점심을 먹고 공구박스와 연료박스를 부엌과 가장 먼 곳에 잘 보관하고 내 애마에게 갔다. 마을 사람들은 구경을 다 했는지 하나도 없었다. 정말이지 멋진 놈이다. 눈부시게 빛나는 애마를 잘 살펴보니 적재함 뒤쪽 커버 밑에 예비타이어까지 있었다.

"누나, 나 숙희 데려올게."

"운전 조심해라."

두마재에서 상동까지 내 애마가 가기에는 무난한 길이었지만 개울은 조심할 필요가 있었다. 변속은 1단 2단 정도가 적당하였다. 시속 50Km 이상 낼 수 있는 길이 아니었다.

나는 상동까지 가지 않고 고개 밤벌에서 애마를 돌리고 숙희를 기다렸다. 지나가는 아이들과 사람들이 한참을 구경하고 한참이 지나서야 숙희가 왔다. 두어 시간 빨리 온 것 같았다. 사흘 만에 왔다고 날 보고 원망하던 숙희가 내 애마를 보고 너무 좋아하였다. 사이드 좌석에 숙희를 태우고 집으로 출발하였다.

"왜 이렇게 빨리 왔어?"

"너 때문에 우리 이틀 동안 자습만 했어. 학교에 손님들이 많이 왔다."

숙희의 얘기를 들어보니 학교 일은 내일 내가 등교해야 다 해결될 것 같았다.

"옥란이는 며칠이나 학교 갔어?"

숙희가 싫어할 줄 알면서도 난 옥란에 대해 물었다.

"네가 없는데 누가 옥란이를 데리고 다니겠니. 여기가 옥란이 자리냐?"

"그래, 넌 내 뒤에 타면 돼."

숙희가 웃었다. 내 뒤가 자기 자리라니 좋은가 보다.

"나, 네 뒤에 탈래."

나는 애마를 세우고 등받이를 뒤로한 다음 숙희를 태우고 다시 집으로 향했다. 내 허리를 감싸고 있는 숙희의 손길이 따뜻하다. 숙희는 어떻게 내가 이런 걸 갖게 되었는지는 궁금하지도 않은가 보다. 그저 이런 것이 생겨 학교를 편하게 다니게 된 결과만 있으면 그만인가. 갑자기 생각 없어 보이는 숙희 얼굴에 엄마 얼굴이 겹쳐진다. 그 많은 돈을 가지고 새 남편과 두마재를 떠날 때 어떤 기분이었을까.

"이거 어디서 났는지 궁금하지 않니?"

"김 박사님이 사주셨겠지."

"왜?"

"너를 형만큼이나 사랑하시니까."

그래, 숙희는 안다. 사랑을 안다. 비정한 엄마와는 보는 눈이 다르다. 엄마는 개념 없는 여자에 불과하다.

[48]

"숙희는 밥 차리는데 어디 갔냐?"

"상훈이 서울 가서 살 거라고 하니까 낙담하여 어딘가에서 울고 있을 거예요."

밥상을 차리던 어머니가 방안을 둘러보다 묻자 밥 차림을 돕던 누나가 대답하였다.

"너도… 나중에 차차 알 텐데 굳이 알려 애 마음을 아프게 하냐."

어머니가 나를 보며 누나를 나무라듯 말하였다. 나는 자리에서 일어서 누나 방으로 갔다. 숙희는 방 한구석에 웅크리고 앉아 훌쩍이고 있었다.

"저녁 안 먹어?"

"싫어. 너 서울 안 간다고 할 때까지 밥 안 먹을 거야."

"밥 먹자."

"그럼 서울 안 갈 거야?"

숙희가 고개를 들고 활짝 웃었다. 나는 고개를 끄덕이며 숙희의 손을 잡고 안방으로 돌아왔다.

"지지배도."

누나가 내 손에 끌려온 숙희를 보고 입을 삐죽거렸다. 숙희가 자기 밥그릇 앞에 앉으며 생글거렸다.

"상훈이 서울 안 간대."

"그것이 참이냐, 상훈아?"

어머니가 내 쪽으로 고개를 돌리시며 물으셨다.

"예. 저는 고등학교까지 여기서 다니고 싶은데 서울 부모님들이 너무 갈다고 하셔서 중학교까지 있기로 허락받았어요. 숙희가 원하면 서울 같이 가서 고등학교 대학교까지 다닐 겁니다."

"난 좋아."

숙희가 내 말이 떨어지기 바쁘게 대답하였다.

"아빠가 내 집 한 채 지어주신다고 했어요. 서울 간 뒤에도 별장으로 쓰며 자주 내려오겠습니다."

"난 그런 것도 모르고, 그런 일이 있으면 내게 먼저 말을 하지."

누나가 섭섭한 표정을 지었다. 아버님과 어머니는 그냥 웃기만 한다.

"어머니 내일 담배 배급 날이죠? 담배 타가지고 상동에서 기다리세요. 제가 싣고 올게요."

"참말? 그럴 수 있니?"

"예. 쌀 두 가마니 정도 실을 수 있으니까, 앞으로 가게 물건 다 저에게 맡겨주세요."

"엄마는 좋겠소, 예비사위 잘 봐서."

"그래, 내가 복 받는구나."

어머니가 정말 좋은가 보다. 즐거운 저녁상을 물리고 어머니가 바나나와 귤을 내왔다. 식구들 모두가 처음 먹어보는 과일 맛에 대해 시다 달다, 웃고 야단이었다.

"참 상훈아, 너 서울 가던 날 화채간 근처에서 귀신 못 봤냐?"

"아, 네 못 봤어요."

어머니의 물음에 나는 정색을 하였다.

"엄마도 참, 외팔이 색시귀신인데 상훈이에게 나타나겠어요?"

"참, 그렇겠구나. 서 주사네 일 가서 상훈이가 해준 이밥을 잊을 수가 없다고 그렇게 자랑했는데."

"너 잡으러 갔던 애들이 외팔이 색시귀신에 놀라 이틀 동안 죽다 살았단다."

"그런 일이 있었군요."

누나의 말에 나는 놀라는 척하였다.

밤에 잠을 설쳤다. 서 주사가 못 이기는 척 옥란을 내게 맡겨준다면 좋을 텐데. 내가 인력거를 끌다 힘이 들어 쉬면서 뒤를 돌아보면 옥란은 언제나 미안한 표정을 지으며 '많이 힘들지'를 입버릇처럼 되풀이하였다.

이 사이드카를 보면 얼마나 좋아할까. 진영, 수영은 못 태워

주는 대신 가방을 갖다 주기로 하고 적재함에 실었다. 내 가방과 숙희 가방도 실었고, 내 가방에는 2학년 때 송영옥의 시험지와 세 장의 6학년 시험지가 들어있었다.

내 헬멧과 숙희의 헬멧은 머리에 잘 맞았다. 옥란이 것도 잘 맞을 것 같았다.

숙희를 뒷좌석에 태우고 서 주사 집에 도착하여 방향을 잡고 경적을 울렸다. 대노한 서 주사가 나올 줄 알았는데 조용하다. 법원 경고장이 붙은 대문을 밀고 들어가자 안채 마루에 옥란도 보이고 손에 낫을 든 서 주사도 보였다.

"상훈아, 잘 다녀왔어?"

"응. 아저씨, 얘기 들으셨죠? 제 사이드카에 옥란이 태우러 왔어요."

"그래, 어디 옥란이에게 손끝 하나 대보라고!"

서 주사가 말끝에 낫을 치켜들었다.

"아버지, 왜 이래요? 저 학교 다니고 싶다고요."

"내가 알아서 할 거니까, 입 다물어."

"상훈아, 네 마음만 받을게. 그만 가봐. 우리 아버지 정말 너를 찌를 거야."

나는 그만 발길을 돌려 나오고 말았다. 그래 오늘은 물러나자. 며칠 인력거를 끌어보면 못 이기는 척 나에게 양보할 거야.

농사일하며 같이 할 수 있는 일이 아니니.

학교 가는 중에 모든 아이의 시선을 받고 뒤따라 뛰어오는 아이들을 피해 조금 속력을 내었다. 나를 보는 아이들은 모두 놀랐다. 그도 그럴 것이 주인집 딸을 태워 리어카와 다름없는 인력거를 끌던 아이가 하루아침에 고급 옷에 생전 듣도 보도 못한 오토바이를 타고 다니니… 아이들이 한 시간 넘게 걸리는 거리를 우리는 15분 만에 학교 운동장에 도착하였다.

몇몇 빨리 등교한 아이들이 내 애마를 만지며 귀찮게 하였다. 그때 교장 선생이 빠른 걸음으로 다가왔다. 나와 숙희는 고개를 숙여 인사하였다.

"그래, 어서 와라."

교장 선생이 나를 상전 모시듯 하였다. 불편하였다. 숙희가 동생들 가방과 우리 둘 가방을 챙겨들고 교실 쪽으로 가고 나는 천천히 저속으로 교장 선생을 따라 사택 쪽으로 갔다.

"그걸 여기다 보관하고, 하교 때 타고 가도록 해요"

교장 선생은 사택 옆 창고를 깨끗이 비워놓으셨다. 내가 애마를 주차하고 내리자, 교장은 창고 문을 걸어 잠그고 내게 열쇠를 주었다. 나는 열쇠를 받아 사이드카 시동 열쇠 꾸러미에 달았다.

"상훈 군, 잘 부탁해요"

교장 선생은 내 손을 붙잡고 애원하듯 말하였다. 문교부에서 나온 높은 양반들에게 얼마나 단련을 받았기에 저럴까.

"전 잘못된 것만 바로잡으면 그만입니다."

교장 선생은 고개를 끄덕였다.

수업시간이 시작되었는데 우리 반에는 한참 지나서 6학년 남자반 한 선생이 들어와 출석을 부르고 송영옥을 앞으로 불러 무엇인가 말했다. 자리로 돌아온 송영옥이 무엇인가 책가방에서 꺼냈다. 그것을 받아든 한 선생은 조회나 행사 때 사회를 보는 비교적 평판이 좋은 교사였다.

"네가 상훈이구나. 혹시 너 2학년 때 시험지 가지고 있니?"

나도 대답 대신 책가방에서 준비해온 것을 꺼내 보였다. 한 선생이 받으려고 하는 걸 내가 회수하였다. 한 선생이 주춤하며 미소를 지었다.

"선생님을 못 믿어서가 아닙니다. 저의 일이니 제가 직접 장학사님께 드리겠습니다."

"그럼, 네 마음대로 해라. 상훈이와 영옥이는 나를 따라오고 나머지 학생들은 자습한다."

아이들이 또 자습이라며 불평을 하였다. 나 때문에 불편해하는 친구들에게는 조금 미안하지만 바로잡아야 할 문제였다.

교무실에는 정 선생과 심 선생 그리고 문교부에서 나온 장학사 세 사람 그리고 눈빛이 심상치 않은 두 남자가 보였다. 재킷 왼쪽 가슴 쪽이 솟아오른 것으로 봐서 권총을 소지한 형사인 듯하였다. 이것은 아빠가 연희동에 사실 때 영문소설을 엄마 몰래 읽다가 얻은 지식이었다.

장학사들과 두 명의 형사들은 내가 불편할 정도로 친절하였다. 장학사 한 사람이 내가 들고 있던 시험지와 영옥이가 들고 있던 시험지를 받아들고 서로 대조하며 나머지 사람들과도 의논하였다.

내가 교무실을 둘러보니 책상 배치가 예전과 달랐다. 가운데로 몇 개가 겹쳐있고 그 둘레에 장학사들이 착석하였다. 정 선생과 심 선생은 책상에서 조금 떨어진 의자에 나란히 앉아있었다.

나와 영옥이는 장학사 옆에 나란히 앉았다. 우리에게는 국어 시험지 한 장씩이 주어졌는데 4, 5학년 과정의 문제였다. 한 선생이 내주는 연필을 집어 들고 문제를 풀었다. 20문제를 15분 만에 답을 적고 시험지를 냈다. 영옥이는 주어진 50분 동안 시험지를 부여잡고 있었다.

시험지를 한 선생과 장학사 한 사람이 공동으로 채점하였다. 내가 100점 영옥이가 5점이었다.

"우리는 상훈 학생과 영옥 학생의 2학년 때 시험지와 최근 세 과목의 시험지를 대조해보고 필체도 알아보았습니다. 그리고 여

기서 본 최종 테스트에서 상훈 학생이 백점, 영옥 학생이 오점
으로 하늘과 땅 차이의 실력과 글씨체 역시 많이 차이가 나 누
구라도 금방 부정이 있었다는 걸 알 수 있습니다."

교장 선생이 그 소리를 듣고 한쪽 옆에 서 있다가 고개를 숙
였다.

"저 두 사람을 어떻게 처리하지?"

"우리 일은 끝났습니다. 이제 사법부가 처리할 일만 남은 것
같습니다."

장학사 중에 최고 간부인 듯한 남자와 시험지 채점과 결과를
말했던 남자가 영어로 이야기했다. 그리 좋은 발음은 아니었다.

"제 의견을 말해도 되겠습니까?"

내가 유창한 영어로 끼어들자 모두가 놀랐다.

"말해도 됩니다. 상훈 군."

"먼저 정 선생님께 왜 그런 교사로서는 하지 말아야 할 짓을
했는지 직접 물어보고 싶습니다."

긴 문장으로 막힘없이 말하는 내 영어에 다들 기가 죽고 기운
을 차리는 사람은 교장 선생과 한 선생뿐이었다. 아마 나 같은
학생이 있다는 게 조금은 위안이 되었나 보다.

간부 장학사는 고개를 끄덕였다. 나는 자리에서 일어나 정 선
생 앞으로 갔다.

"도대체 왜 내게 이런 상처를 주셨습니까?"

"미안합니다."

정 선생의 작은 목소리가 떨리고 있었다.

"미안한 것 가지고 안 되죠? 난 왜 다른 사람이 아닌 내가 희생물이 되었는지 그 이유를 알고 싶습니다."

"네, 네가 부모가 다 도망가서, 아무도 없어서…"

정 선생은 말을 다 잇지 못했다.

"아아악!"

나는 분노를 참지 못하고 정 선생 옆에 앉아있는 심 선생의 멱살을 잡아 업어치기로 저만큼 던져버렸다. 졸지에 당했다가 일어나 반격하려는 심 선생의 턱에 스핀킥을 가격해 기절시켜 버렸다. 장학사들이 벌벌 떨었다.

"상, 상훈 군…"

교장 선생이 조심히 나를 진정시켰다.

"교장 선생님, 죄송합니다. 죄인이지만 한때의 스승께 폭력을 쓴 저를 용서하십시오. 이것으로 심 선생에 대한 제 원한은 다 끝났습니다. 정 선생은 낙도로 보내 교사직을 계속할 수 있게 해주십시오."

"상훈 군, 그건 안 됩니다."

최고 간부인 듯한 장학사가 정색하였다.

"장학사님, 시련은 견딜 수 있는 사람만 이겨낼 수 있습니다. 그건 예방주사와 같아 어릴 때 겪은 사람이 아주 잘 견디죠. 지금 교사 분들은 어려운 우리나라 사정 속에서도 비교적 부유하게 어린 시절을 보낸 사람들이죠. 제가 3학년 때 맨발에 새 고무신을 신고 발뒤꿈치가 까져 피가 나서 지각을 하였죠. 담임선생님은 나를 앞으로 불러 혼을 내었고 고무신이 깨물었다는 내 말을 코미디쯤으로 나를 오히려 망신을 주었죠. 고무신에 이빨이 달렸냐면서. 맹수 이빨보다 거친 새 검정고무신을 신어보지 못한 사람들은 헐벗은 제자들에게 사랑보다 상처를 더 많이 줍니다."

흥분하였지만 똑바로 말하는 내게 장학사 간부가 진정을 시키며 말을 받았다.

"진정해요. 상훈 군을 담임했던 모든 교사들, 전근 간 교사들까지도 오늘 오전 중으로 이리 모이도록 해서 과실이 있다면 절차를 밟겠습니다."

"당연히 그래야 하겠죠. 정 선생도 검정고무신을 모르는 여자죠. 교사가 아니면 할 줄 아는 게 아마 없을 거고 그런 어려운 상황에서 우리 친부모처럼 가정을 포기할 겁니다. 한 번의 기회가 주어진다면 정 선생도 좋은 교사로 거듭나겠죠. 그걸 실천하지 않으면 그때는 법대로 하십시오."

장학관이 고개를 끄덕였다. 심 선생이 깨어나 비실비실 걸음으로 자리에 앉았다.

"두 사람 데려 세요, 두 사람 문제는 끝났습니다."

형사가 정 선생과 심 선생에게 수갑을 채웠다. 많은 뇌물을 정 선생에게 준 영옥 엄마는 이미 구속되었다고 한 선생이 내게 귀띔해 주었다. 장학사 한 명과 형사 한 명이 정 선생과 심 선생을 의자에서 일으켰다.

"새로 태어나십시오."

나는 떠나는 두 사람에게 마지막 인사를 하였다. 정 선생의 흐느끼는 소리가 교무실 밖으로 사라져가고 있었다.

두 사람을 태운 검은색 지프차가 떠나고 영옥이를 교실로 돌려보내고 나서 1학년 때 담임 나 선생이 도착하였다. 그리고 얼마 지나지 않아 3,4,5학년 때 담임이 모두 모였다. 전근을 갔더라도 같은 군내에 있어 빨리 모인 것 같았다.

나는 장학사에게 이 학교에서 근무하는 여선생 세 명을 더 호출할 것을 말했다. 그들은 옥란이 여자가 되었을 때 내가 도움을 청하자 귀찮아하며 나를 무시했던 장본인들이었다.

자리에 앉은 선생들은 나를 보며 긴장하였다. 장학관이 그들에게 종이 몇 장씩을 돌리고 입을 열었다.

"내가 말 안 해도 소문을 듣고 다 아실 겁니다. 여기 상훈 군을 가르치면서 아니면 다른 학생들에게라도 잘못 한 게 있으면

숨김없이 진술해주세요."

내 예전 담임들이 주저주저하더니 백지를 채우기 시작하였다.

"장학관님, 저희들은 왜?"

나를 사람 취급도 하지 않았던 여선생 중 한 명이 억울하다는 듯 입을 열었다.

"세 분 선생님은 제가 옥란이 때문에 도움을 청했을 때 어떻게 하셨습니까?"

내 말에 고개를 들었던 세 여선생이 고개를 일제히 숙였다.

/49/

미술 준비로 아이들에게 상처를 주었던 1학년 담임은 감봉처분을 받고 여선생 세 명도 감봉처분을 받았다. 3학년 때부터 5학년까지 내 담임들도 거의 일등만 한 나를 우등상 밖인 8등 이하로 밀어내버린 사실이 드러났다. 이분들은 감봉에 낙도로 전근 명령이 떨어졌다. 이제 한 문제는 완전히 종결되었다.

나는 남자반으로 갔다. 내가 남자반으로 간 날, 그러니까 만 일주일 만에 서 주사가 직접 인력거를 끌고 왔다. 수업시간이 한 시간이나 지난 늦은 등교였다. 서 주사가 온다는 말에 몇몇 선생이 마중을 나갔는데, 땀범벅이 된 서 주사의 표정은 초죽음이었다고 전해졌다.

두마재 어머니 얘기로는, 서 주사가 옥란을 데려다주고 한나절 만에 집에 와 잠깐 일하고 또 옥란을 데리러 상동으로 가기를 한 이틀 하더니 아예 포기하고 등교 후 오지 않았다고 하였다. 그 시간 서 주사는 상동에 있는 술집 '상동옥'에서 막걸리 잔을 기울였다. 옥란의 수업이 끝날 때쯤 만취해 학교로 간단다. 그리고 옥란을 데리고 집에 돌아오는 시간은 거의 해가 떨어진 후였다.

왜 내게 옥란을 맡기면 될 것을 그 알량한 자존심 때문에 그 고생을 하는지. 더욱 나를 슬프게 하는 건 서 주사는 옥란을 등교시키고 상동옥에서 이 사람 저 사람 막걸리를 사주며 나에 대해 악담을 하며 나를 매도한다는 것이다.

서울 엄마 아빠가 나를 보러 처음 오시기로 한 이틀 전에 서 주사와 난 의정부지방법원 법정에 나란히 섰다.

아빠는 나를 위해 변호사를 선임해 주었다. 서 주사도 변호사를 알아보기는 하였지만 맡겠다는 변호사가 없어 포기하고 국선 변호사가 마지못해 섰다.

난 법정에 서기 하루 전에 일만 형이 공증을 서준 농민들의 설문지와 우리가 두마재 생활을 시작한 날부터 내가 서 주사 집을 나오고 나를 반 죽여 서 주사에게 바치기로 했던 형들의 진술서까지 자세히 챙겨 내 변호사에게 주었다.

서 주사는 뭘 준비했는지 모르겠다. 서 주사가 어떤 것을 준비했어도 나는 세밀히 준비하였고 또 경찰은 아빠가 누군가에게 전화를 한 순간부터 이 사건에 개입하여 철저히 조사한 후 검찰에 넘긴 것으로 알고 있다. 그러기에 난 불꽃 튀는 대결이 있고 서 주사의 처절한 패배가 남을 줄 알았다. 그러나 판사는 재판을 간결하게 끝내버렸다. 어느 쪽의 변론도 듣지 않고 판결을 내려버렸다. 그 판결문은 대략 이랬다.

〈피고 서정관이 원고의 친부 장동철의 딸 장분이를 과실치사함에 있어 이에 분개한 장동철이 서정관의 소유 송아지 두 마리를 절도 도주하여 이에 서정관이 장동철의 아들 원고 김상훈을… 여기서는 혼돈을 피하기 위해 입양 전의 이름을 쓰기로 한다. 고로, 장상훈을 휴일 밤낮없이 노동시킨 사건으로써 본 판사는 공소시효가 끝나지 않은 서정관의 과실치사는 장분이가 미출생 등록 관계로 불구속 처리한다. 아울러 장동철의 송아지 절도사건도 불구속한다. 부 장동철을 대신해 장상훈은 서정관에게 현 시세의 송아지 두 마리 값을 배상하고 서정관은 장상훈에게 5년 동안의 임금 지급과 장분이의 죽음에 대해서도 보상한다. 원고와 피고는 변호사를 입회하고 합의서를 작성한다.〉

법조계에서 쓰는 용어라 이해가 쉽지 않은 게 많았지만, 대략 서로 없던 일로 하고 합의 보상하란 얘기임을 알 수 있었다. 서 주사의 처벌이 아쉬웠지만 난 바라던 판결이었다.

우리는 합의를 하였다.

나는 서 주사에게 송아지 두 마리 값으로 현금 5만 원을 주기로 하였다. 내가 5년 동안 일한 대가는 5만 5천 원 정도 되었는데, 서 주사는 밭 천 평을 대신 주겠다고 했다. 나는 손해 볼 일 없고 밭이 필요해 승낙하였다. 분이 누나의 보상으로는 논 20마지기를 받았다. 합의문을 쓰고 나는 돈을 주고 서 주사는 내 명의로 등기 이전을 해주었다.

법적으로 분이 누나가 이 세상에 존재하지 않은 사실이 아버지 탓이라는 걸 알고 아버지를 향한 원망이 한층 더 쌓였다.

/50/

"상훈아, 너 부자 됐구나."

내 앞으로 등기이전된 전답 문서를 본 누나가 좋아서 말했다. 어머니도 좋은지 고개를 끄덕였다. 하지만 아버님은 등기부등본과 토지필지대장을 자세히 살펴보더니 고개를 갸웃거렸다.

"상훈아, 좀 이상하구나. 같이 한번 가보자."

"당신도 참, 피곤한 애를 데리고 어디 가려고요?"

나를 데리고 집을 나서는 아버님에게 어머니가 핀잔을 주었다.

"상훈아, 천 평짜리 밭피지(땅 번지)는 여기다."

아버님은 나를 데리고 점방에서 조금 떨어져 있는 샘집으로 갔다. 샘집은 옥란네 집과 가마골로 갈리는 삼거리에서 가마골 길로 조금 올라갔다가 개울 반대편 마을 쪽으로 있는 밭 가운데 있는 오두막집을 말한다. 작년까지 서 주사의 밭 조금과 화전을 경작하던 홀아비가 떠나고 지금은 비어 있었다. 그 밭이 천 평짜리 한 필자라는 것은 오늘 알았다. 밭은 평지였으나 반은 삼태기만한 돌들과 자갈이 많아 옥수수나 녹두밖에 심을 수 없고 그나마 일부는 밭 위쪽 바위틈에서 나오는 샘 때문에 곡식을 심을 수 없는 곳이 있다. 채마(채소) 정도 심어 먹을 수 있는 온전한 땅에 위치한 오두막집을 샘 때문에 사람들은 샘집이라고 불렀다. 내가 아는 서 주사의 밭 중에서는 화전을 빼고 최하의 땅이었다.

"이 땅은 3만 원 받으면 잘 받는 거다. 네가 서 주사에게 당한 것 같구나. 하지만 이건 아무것도 아니다."

한숨을 쉬며 말하는 아버님은 다시 걸음을 옮겼고, 나는 뒤를 따르며 스스로 울분을 추스르고 있었다. 그래, 돌밭에는 과일나무를 심고, 그리고 집이 생겼잖아. 아빠가 새집을 언제 마련해줄

지 모르니, 그때까지 여기 살자. 나만의 보금자리를 만들자. 난 이제 집이 있다. 집도 절도 없는 거지가 아니다.

아버님은 아래쪽으로 점방을 지나쳐 논들이 있는 둑길로 앞장섰다. 한참을 가다 걸음을 멈춘 곳은 개울물이 넘쳐 을사년 홍수로 논들이 자갈밭으로 변한 곳이었다. 내가 걸음을 멈추었을 때 내 머릿속에 커다란 철심이 박히는 충격이 왔다. 설마, 설마, 여기가…

"서 주사가 너에게 준 논이 바로 여기다. 이 자갈밭이란 말이다."

아버님의 황당한 표정에 나는 놀라는 대신 피식 웃었다. 그때 난 내가 보기 좋게 당했다고 생각이 들었지만 반대로 보기 좋게 반격할 자신이 있어 웃었다.

"상훈아, 너 괜찮니? 충격이 큰가 보구나."

아버님은 내가 많이 걱정되시나 보다.

을사년 홍수 때 서 주사의 마음 한쪽을 무너지게 했던 논 개울이 넘쳐 자갈밭으로 변했던 그곳에는 잡풀에 손가락만한 버드나무까지 자라고 있었다. 개울 쪽으로 성한 논이 누에가 먹다 버린 뽕잎처럼 들쑥날쑥 남아있었지만, 보가 끊어져 버린 그곳에 서 주사는 모를 심지 못했다.

"자갈밭으로 변했는데 어떻게 답으로 등기가 살아있었죠?"

"글쎄다. 분명 서 주사가 홍수에 피해 보상받고 등기말소가 되었을 텐데."

"그럼 서 주사가 빽을 썼네요."

나는 아버님에게서 전답등기와 필지사본을 받아들고 자갈밭을 둘러보았다. 그때 내 눈에는 그곳은 분명 자갈밭이 아닌 벼 이삭이 춤추는 논으로 보였다.

"어머니, 밥 조금만 더 주세요."

"상훈이 밥 더 달라는 거 보니 괜찮구나."

저녁밥 한 그릇을 뚝딱 해치우고 어머니께 밥을 더 달라고 하여 맛있게 먹었다. 어머니를 비롯해 가족들이 내 눈치만 본 것 같다.

"저 괜찮아요, 서 주사가 논을 주었으니 전 그 논에 모를 심어야하겠죠. 두고 보세요."

"그래, 우리 상훈이가 그냥 주저앉으면 말이 안 되지. 누난 믿는다."

"나도 믿을게."

누나와 숙희가 나를 격려해 주었다. 나는 그냥 가벼운 미소로 답했다.

"그나저나 상훈아, 서울 부모님께서 반공일인 내일 오시냐? 공일인 모레 오시냐? 찬이 마땅한 게 없어서."

엄마 아빠 대접하는 데 어머니가 많이 신경이 쓰이나 보다.

"모레 점심때 못 미처 오실 거여요. 반찬 같은 건 걱정하실 것 없어요. 두 분 알고 보면 시골 출신이세요."

"그래, 그럼 다행이지만."

아빠는 안성의 소문난 만석꾼 둘째고, 엄마는 영남의 만석꾼 막내딸이었다.

/51/

"어머니, 풀 좀 쑤어주세요."

"풀? 풀은 뭐하게?"

토요일 일찍 돌아온 나와 숙희에게 점심을 차려주는 어머니에게 내가 풀을 부탁하자 궁금한 듯 되물었다.

"상훈이가 샘집에서 살 거래. 그래서 밥 먹고 나하고 도배하기로 했어."

내가 하기 어려운 대답을 숙희가 대신하였다.

"그래, 내 집이 최고지. 암, 나도 짐작은 했다. 상훈아, 잠은 네 집에서 자고 밥은 여기 와서 먹어야 한다."

"예, 어머니."

"그래, 초배지하고 벽지 사 왔냐?"

"으응. 아주 이쁜 걸로 사 왔어. 내가 골랐거든."

숙희가 또 끼어들었다.

"지지배야, 네가 살 거냐?"

"뭐 거의 가서 살 텐데. 엄마, 나 이참에 상훈이한테 미리 시집 가버릴까? 아야!"

숙희의 되바라진 말에 어머니가 머리를 쥐어박았다.

샘집은 홀아비가 살았던 집치고는 깨끗하였다. 비어 있었어도 가끔 서 주사가 자기 소유라고 관리를 한 것 같았다. 밭에 길을 대충 내고 내 애마를 샘집 마당까지 가지고 들어갔다. 사이드카 적재함에는 초배지, 벽지, 장판지인 시멘트 포장지, 창호지 그리고 커다란 양은솥 냄비 두 개와 주발, 대접, 수저, 젓가락이 실려 있었다.

"뭐 이렇게 많이 사 왔냐?"

어머니와 아버님이 금방 뒤따라와서 일을 도와주었다. 나는 아버님을 도와 부뚜막에 양은솥을 걸고 가마솥 자리는 구들장 돌로 막고 진흙을 반죽해 발랐다. 아궁이에 불을 지피고 연기가 새어 나오는 곳은 다시 한번 발랐다. 아버님이 사과 궤짝을 가져와 부엌문 반대쪽 부뚜막에 잘 놓았다. 그것이 찬장이었다. 난 서울 엄마 집의 싱크대 부럽지 않은 그곳에 냄비와 그릇들을 잘 정리하였다. 돌을 쌓아올린 굴뚝으로 연기도 잘 빠지고 불길도 잘 빨아들였다.

오두막에 부엌문은 없다. 아버님이 가마니를 펼쳐 부엌문 대신에 달았다. 손으로 걷고 들어가면 그것이 문이었다. 뒷간 문도 똑같았다.

"이제 부엌은 다된 것 같구나."

"고맙습니다. 아버님."

"그래. 이 집이 이래도 터는 괜찮은 자리다. 잘살아라."

아버님이 격려를 해주고 간 지 얼마 지나지 않아 아버님과 점방 교대를 하고 누나가 왔다.

"어디 우리 상훈이 집 구경 좀 할까?"

"공짜로?"

누나가 도와준 덕분에 오두막의 방 두 개도 해가 떨어지기 전에 그럴듯한 깨끗한 방이 되었다. 방바닥도 초배지를 바르고 시멘트 포장지처럼 누렇고 질긴 종이를 발랐다.

"방바닥은 마른 다음에 니스를 발라야겠다."

"길어야 반년 쓸 건데 안 바를래요. 어머니, 누나, 고맙습니다."

"난 안 고맙고?"

숙희가 자기 어깨를 툭툭 치며 입을 내밀었다.

"지지배, 거의 와서 살 거면서."

누나의 말에 숙희가 몸을 꼬며 쑥스럽게 웃었다. 내가 기특한 일을 한 숙희의 어깨를 주물러주자 누나와 어머니가 눈총을 주었다.

어머니와 누나가 새 이불 한 채와 베개를 가져왔다. 이불을 깔고 뒹굴며 좋아하는 숙희를 어머니가 끌고 갔다.

내 애마의 필수품인 연료통과 공구함은 깍지광(소가 먹는 콩깍지나 작두가 있는 곳)에 가져다 놓았다.

이제 다 끝났다. 내가 마음 놓고 다리를 뻗고 살 수 있는 내 집이 생겼다. 오늘은 촛불로 지내지만, 내일은 재료를 사다 전깃불을 사용해야겠다.

사이드카의 12볼트 배터리를 연결해 밤새 쓰고 다음 날 운행해 충전하면 문제가 없을 것 같았다.

/52/

아침을 먹은 내가 괭이와 자루를 챙기고 있을 때 어머니가 급히 대문을 들어왔다.

"너 어디 가려고? 소식 못 들었구나."

"서울 부모님 드리려고 더덕 좀 캐러 가요."

"지금 더덕이 문제가 아냐. 어제 서 주사가 옥란을 데리고 오다가 공동묘지 고개에서 굴렀대."

"예?"

"읍내로 갔는지 춘천으로 갔는지 모르겠다. 옥란 엄마도 어제 가서 아직 어떻게 된지 모르겠다."

그래, 내 두 눈으로 보기 전에는 아직 아무것도 모른다. 난 들었던 자루와 괭이를 던져놓고 애마에 올라 공동묘지 고개까지 한달음에 갔다.

난 애마를 고개 밑 개울 건너에 세우고 현장을 살펴보았다. 마른 풀이 쓰러진 것으로 보아 첫 추락지점은 사태밥이 떨어진 바로 옆이었다. 완만한 경사각에 가속이 붙어 최종 추락한 지점이 문제였다. 내가 숙희를 구했던 곳에서 30여 미터 아래쪽으로 최종 자유낙하 추락 높이가 15미터는 되어 보였다. 인력거는 거의 쓸 수 없을 정도로 부서지고 옥란의 책가방과 보조 가방은 어지럽게 사방에 내용물을 토해놓았다. 말라버린 핏자국이 옥란의 몸 상태를 말해주고 있었다.

지난 5년 동안 이 고개를 오르내릴 때마다 진땀을 빼는데 오십이 넘은 나이에 술을 먹고… 어찌 보면 이건 예견된 일이다. 훗날 사람들 얘기를 들어보면 어제는 서 주사가 정말 술을 많이 마셨다고 한다. 나를 보기 좋게 속였다면서.

집채같은 큰 바위가 내 가슴을 누르고 있는 것처럼 가슴이 답답해 왔다. 산에 가서 소리라도 마음껏 질러야 할 것 같았다. 애마를 샘집에 갖다 두고 괭이와 자루를 들고 산으로 갔다. 더덕 새싹이 땅 밖으로 나오려면 4월 중순은 돼야 하지만 난 작년에 나와 말라 끊어진 싹을 보고도 귀신같이 더덕을 캐 자루에 담았다. 아니 자꾸 머리에 떠오르는 불길한 생각을 떨쳐내려고 미친 듯이 더덕을 캤다고 하는 편이 맞지 않을까.

소들이 배가 많이 고플 텐데. 백구는, 닭들은… 잠깐 들러서 여물을 끓여주고 백구와 닭들 모이를 줄까. 아니다. 이제 서 주사와 나의 질긴 인연은 끝났다. 옥란이와도 끝났다. 그래 다 끝난 관계야.

자동차 소리가 희미하게 들렸다. 엄마가 벌써? 마을 쪽으로 고개를 돌려보니 분명 아빠 차가 개울을 건너오고 있었다. 이런, 빨리 내려가도 내가 늦게 도착할 것 같았다. 더덕은 한 닷 근 정도 캤다.

"엄마!"

"오, 우리 아들 어디 갔다 오는 거야?"

숙희네 대문을 들어선 난 괭이와 더덕 자루를 던지고 마루에 앉아있다 달려 나오는 엄마를 안아 한 바퀴 빙 돌리고 내려놓았다. 엄마가 내 얼굴을 매만졌다. 많이 상했다는 듯이. 뒤이어 아빠와 포옹을 했는데 표정이 영 아니다. 아버님으로부터 얘기를 들은 것 같았다.

"그새 많이 캤구나. 상훈이가 서울 엄마 아빠 드린다고 더덕 캐왔어요. 요즘 더덕이 최고죠."

어머니가 더덕이 담긴 자루를 들어 보았다. 엄마는 더덕 자루를 들어 보이는 어머니를 향해 웃으시고 우물가로 가 땀으로 얼룩진 내 얼굴과 손을 씻겨 주었다. 눈치 빠른 숙희가 수건을 가져와 엄마에게 주었다.

"상훈아, 나 예쁘지? 어머니가 사 오셨어."

그러고 보니 숙희가 새 옷을 입었다. 청보라빛이 나는 비로드 원피스를 입은 숙희는 옷과 잘 어울렸다. 목둘레와 허리둘레가 하얀 칼라와 리본으로 장식된 그 옷은 백화점에서 산 옷이었다.

"그래, 잘 어울린다."

"아이, 예쁘냐고? 어머니, 저 예쁘죠?"

숙희가 엄마 앞에서 눈치 없기는.

"어머, 쟤 봐요. 어머니 소리가 아주 자연스럽게 나오네요."

누나가 부러움 반 시샘 반으로 말하자 모두가 웃었다.

"상훈아, 예쁘다고 해줘라. 엄마 눈치 볼 것 없다."

"그래, 이쁘다. 아야!"

이미 기분 상한 숙희가 내 팔을 꼬집고 달아났다. 아빠가 웃으시며 고개를 끄덕였다. 같이 점심 준비를 하는 어머니와 엄마는 벌써 친해졌는지 연신 웃으며 좋아했고, 아빠와 아버님도 얘기가 잘 통하는 것 같아 내 마음이 놓였다.

엄마의 종합선물세트 과자에 구멍가게 아들 진영과 수영이 좋아하고 돼지고기를 몇 근 받은 어머니가 신나고 비로드 원피스를 받은 숙희도 행복하다.

아빠는 내가 원하는 행복을 줄까? 같이 점심을 먹고 먼저 일어나 자갈밭으로 나왔다. 한참 만에 아빠가 내 옆에 섰다.

"껍질 깐 생더덕 맛이 좋았다. 서울에서 사 먹는 건 쓴맛에 질렸는데 네가 캐온 건 향도 좋고 연하다구나."

"더덕에 새싹이 나면 쓴맛이 나고 캔 지 오래된 것일수록 질깁니다. 모든 것에는 다 때가 있는 법입니다."

내 말이 끝나고 한참 있다가 아빠가 다시 말을 이었다.

"숙희 아빠에게 얘기 다 들었다. 이 자갈밭에 모를 심겠다고?"

"예. 제가 아빠에게 처음이자 마지막 부탁을 드립니다. 여기에 모를 심게 도와주세요."

"상훈아, 아빠도 엄마도 땅이 많다. 농사를 짓고 싶으면 안성 땅을 주마."

"아니요. 그건 제 땅도 아빠 땅도 아닙니다. 할아버지 땅이죠.

설령 아빠 땅이라 하여도 안성 옥답 백 마지기와 이 땅을 전 바꾸지 않겠어요. 왜인지는 아빠도 아실 거예요."

"그럼 하나만 약속하자."

"말씀해보세요."

"분이 누나에게 무엇인가 보여주고 싶은 네 마음 안다. 올해 한 번만 네 손으로 농사짓고 내년부터는 안 된다. 아빠는 네가 좀 더 큰 꿈을 품었으면 좋겠다."

아빠의 말을 충분히 이해할 수 있었다. 난 아빠에게 악수를 청했다. 아빠가 웃으며 내 손을 잡아 주었다. 그것은 남자 대 남자의 약속이었다. 아빠와 난 샘집 밭에도 같이 갔다.

"숙희네 집도 가깝고, 여기 괜찮구나. 맑은 샘도 있고."

"마을 집들과 잘 어울리는 집이면 좋겠어요."

"그래, 그게 좋겠지. 너무 티 나지 않게."

"어머니, 빨리 오세요. 여기예요."

숙희 목소리에 나와 아빠가 동시에 소리 나는 쪽으로 고개를 돌렸다. 숙희가 엄마 손을 잡고 샘집으로 오고 있었다.

"상훈이, 아빠만 집 보여주고, 그래서 난 숙희하고 왔다."

엄마가 어린아이처럼 투정을 하였다. 숙희가 나에게 메롱 하며 엄마와 함께 방으로 들어갔다. 나와 아빠도 웃으며 방으로 들어갔다. 모두 즐겁게 방에 들어갔지만, 방을 둘러 본 엄마 아빠의 표정은 금방 굳어버렸다. 보통의 남자보다 키가 좀 큰 편인 아빠는 똑바로 설 수도 없는 천장에 당황해하다가 자리에 앉았다.

"상훈아, 꼭 이 고생을 해야겠느냐? 그냥 서울로 오면 좋을 거 같은데…"

엄마의 가는 목소리에 마음 한구석이 아려왔지만 내 마음은 변함없었다.

"엄마, 연어가 태어난 곳으로 돌아갈 때 강 입구에 얼마간 머무는 거 아시죠. 이 아들도 그런 과정을 겪는다고 생각해주세요."

"그래, 상훈이 말이 맞아. 당신은 기다리면 되는 거야. 그만 나가지."

아빠가 답답한지 먼저 문을 열고 나갔다. 우리 모두 따라 나갔다. 그런데 앞서 나선 아빠가 구두를 신고 처마 끝 밑에서 움직이지 않았다. 운동화를 신은 내가 아빠를 비켜나갔으나 이내 굳어지고 말았다. 우리 앞에 멀쩡한 서 주사가 버티고 있었기 때문이다.

그의 눈은 예전과 많이 달랐다. 많이 부서진 인력거, 심한 핏자국… 그런데 서 주사는 서 있을 정도로 멀쩡하다. 손이나 얼굴에 상처 하나 없다. 내 추리대로라면 서 주사는 인력거를 앞에서 끌고 고개를 오르다 인력거가 뒤로 밀려 같이 뒤로 밀리다가 주저앉으며 본능적으로 손잡이를 머리 위로 벗어버렸을 것이다. 아아…

"아저씨, 괜찮으신 거예요? 옥란이도 괜찮죠?"

내 물음에도 아무 대답도 없이 한참을 서 있던 서 주사는 샘 집 부엌 뒤로 돌아나가서 언덕을 내려가 자기 집으로 향했다. 아빠가 굳은 표정으로 입을 열었다.

"저 사람이 서 주사구나. 상훈아, 저 사람 지금 정상이 아니다. 당분간 숙희네 집에서 자면 안 되겠니?"

"아빠, 전 괜찮아요."

"아빠 말 들으면 좋겠다."

"엄마까지 왜 그러세요? 괜찮다니까요."

내가 엄마 아빠의 말을 안 들어서인지 아빠는 해가 아직 중천 인데 서울로 가겠다고 하였다. 점방 앞에서 아빠는 어머니와 아 버님에게 무엇인가 얘기하는 동안 엄마는 나와 누나 그리고 나 와 숙희의 모습을 아빠 승용차를 배경으로 찍고 경치를 배경으 로 찍어주었다. 숙희와 엄마 둘의 모습은 내가 찍었다. 무슨 얘 기가 저리 심각할까. 엄마가 필름 한 통을 다 쓰고 나서야 아빠 의 얘기는 끝났다.

"엄마 아빠, 다음 주에는 제가 안국동으로 갈게요."

"그래, 엄마 기다린다."

엄마 아빠가 탄 승용차가 떠났다. 승용차가 보이지 않을 때까지 나는 그대로 서 있었다. 아버님은 먼저 집 안으로 들어갔고 숙희와 어머니는 내 옆에 있었다.

"어쩜, 상훈이는 엄마랑 금방 그렇게 친해졌니? 오랫동안 같이 산 모자간 같아."

"사모님이 상훈이 6살 때 낮 시간에 거의 붙어서 살았댄다. 물고 빨고 지낸 세월이 거의 일 년이란다. 석훈이가 박사님과 같이 보낸 시간은 석 달이고. 사모님은 상훈이를 양자로 원했는데 박사님이 석훈이를 양자로 달라고 하자 이리로 이사를 오게 되었고."

누나의 말에 어머니가 일장 연설을 하였다.

"어머, 영화 같은 얘기네. 그럼 그때 둘 중 하나가 양자로 갔다면 우리는 못 만났겠네."

"그래. 그렇게 됐다면 너희 둘은 지금 땅속에 있겠지."

"정말? 어우 온몸에 소름이 확 돋네."

"사모님도 상훈이와 너의 둘 인연을 듣고 소름이 돋는다고 하였다. 너희 셋은 전생에 뭐가 있어. 서로, 잘해 줘."

어머니의 말이 끝나기가 무섭게 누나와 숙희가 나를 양쪽에서 껴안았다.

저녁밥을 먹으러 가려고 방문을 나서는데 약초꾼 차림의 남자 두 명이 마당으로 들어섰다.

"우리는 약초 캐는 사람들인데 숙식 좀 할 수 있을까? 네가 혼자 산다고 해서."

약초꾼이라고? 내가 안 재워주면 동네에 선뜻 재워줄 만한 집이 없는데.

"재워 줄 수는 있지만, 식사는 해줄 수 없어요."

"아, 그럼 됐어. 우리가 해 먹으면 되니까. 고맙다."

"윗방을 쓰세요."

그렇게 말하고 숙희네 집에 가서 저녁을 먹고 왔는데 약초꾼이라는 사람들이 아궁이에 불도 못 피우고 있었다. 그들 옆에는 등에 멨던 배낭이 있었다. 이상하다. 대개 약초꾼들은 자루배낭인데 저 사람들 것은 값 좀 나가는 판매용 큰 배낭이었다. 더구나 괭이도 보이지 않는다.

"무슨 약초를 캐세요?"

"어, 어디 갔다 왔냐? 무슨 약초 캐느냐고? 뭐 이것저것."

그들은 내 질문에 약간 당황한 것 같았다. 이상한 점은 많았으나 북쪽에서 내려온 사람 같지는 않았다. 내가 혼자 산다는 것을 알 수 있는 방법은 점방에 있는 누나밖에 없는데, 누나에게 물어보니 그런 사람들이 점방에 들르지 않았단다. 그렇다면 서둘러 갔던 아빠가 보낸 사람들일 가능성이 높다.

"비켜보세요, 제가 불을 피워드릴게요. 아저씨들 약초꾼 아니네. 우리 아빠가 보낸 거죠?"

내 말에 두 사람은 마주 보더니 고개를 끄덕였다.

"그래, 네 말이 맞다. 네 아빠가 누구신지 모르지만 급하게 읍내 경찰서에서 온 형사다."

두 사람은 나에게 자신들의 신분을 공개했다. 나는 불을 피우고 장작을 넣은 다음 막 저물기 시작하는 마을 구조를 보여주며 설명하였다.

서 주사의 집 위치와 그가 밤에 몰래 내 집에 올 길과 그가 저지를 행동을 말해주었다.

"집에 불을 놓는다, 그것도 처마 끝에다? 네 말대로라면 물을 준비해놓아야 하는데."

형사들이 어떻게 할지는 내가 알 필요가 없었다. 장작이 다 타고 알불에 물 냄비를 올려놓았다.

"밥을 해 드시든지 라면을 끓여 드시든지 이제 알아서 하세요. 전 들어가 자겠습니다."

"그래, 고맙다. 우리에게 맡기고 잘 자라."

안방에 들어와 누웠는데 예전과 달라진 서 주사의 눈빛이 거슬렸다. 나를 바라보던 원망과 분노의 눈동자, 자기가 잘못해 딸을 다치게 하고 그것도 내 탓으로 돌리고 있는 걸까. 내가 깨어있는 늦은 시간까지 형사들은 어디서 무얼 하는지 윗방에 들어오지 않았다.

잠이 들었던 것 같다. 고함에 잠이 깨었다. 뒤 봉창문 쪽이 환했다. 맨발로 앞문을 나가 부엌 뒤로 돌아갔다. 처마 끝에 불이 번지고 있었다. 형사 한 사람이 불길을 잡으려고 물을 뿌려보지만 쉽지 않았다.

"불이야! 불이야!"

동네가 떠나가라 소리를 지르고 세숫대야에 샘물을 떠 왔을 때 아버지와 어머니, 누나가 옷을 대충 걸치고 달려왔다. 아버지가 지붕으로 올라가 낫으로 이엉을 끊어내 아래로 내려버렸다. 더 이상 불길이 번지는 것을 차단하는 것이다. 동네 사람들도 달려와 물을 퍼서 날라다 주고 합심하여 불을 껐다.

"왜 불이 났냐? 조심해야지."

"큰일 날 뻔했어."

사람들이 그렇게 한마디씩 할 때 가마골 쪽에서 형사 한 사람이 손목에 수갑을 채운 서 주사를 끌고 나타났다. 사람들이 끌려온 서 주사를 보고 웅성거렸다.

"여러분, 이 사람이 상훈 군을 불태워 죽이려고 불을 질렀습니다."

동네 사람들은 아무 말도 없이 고개 숙인 서 주사를 바라보기만 하였다. 형사 한 사람이 플래시 불을 비추어 타다 남은 이엉 밑에서 지게 작대기 하나를 집어 들었다. 작대기 끝에는 석유 냄새가 나는 타다 남은 헌 옷가지가 철사로 묶여 있었다. 플래시가 달린 카메라로 불탄 처마와 지붕을 여러 장 찍은 다음 배 낭이랑 증거품 작대기들을 챙겨서 서 주사를 데리고 두 형사는 밤중에 길을 떠났다.

"죽은 서씨 원한들이 아직 구천에 남아있는 거야."

"그러게 말이야. 두마재에 이제 서씨는 없겠군. 그렇게 당당하더니만."

"자멸이야, 자멸."

사람들이 한마디씩 하면서 돌아가고 우리 가족만 남았다.

"어디 다친 곳은 없어?"

"예, 괜찮아요."

어머니의 걱정에 대답은 했지만 내 목소리는 조금 떨리고 있었다. 설마 했는데 당하고 보니 공포심이 들었나 보다.

"누나 방에 가서 자자. 얼마나 급했으면 맨발로…"

아버님이 플래시 불을 비춰 운동화를 찾아서 가져왔다. 집에 간 누나는 나를 마루 끝에 앉히고 발을 씻겨 주었다. 그리고 방에 데리고 들어가 옆에 뉘고 손으로 토닥거려 재워주었다.

다음 날 누나는 걱정스런 표정으로 내가 밤새 악몽을 꾸었다고 말해주었다.

/54/

새벽에 한참을 망설이다가 서 주사 집에 가서 암소 세 마리의 소죽을 끓여주고 왔다. 어머니와 누나가 막 아침밥을 차리고 있었다. 숙희가 날 보자 울먹이며 끌어안았다.

"상훈아, 어디 다친 데 없어?"

"난 괜찮아. 어서 밥 먹자."

난 민망하여 얼른 숙희를 떼어냈다.

"지지배야, 네가 잠결에 발길로 차고 다리 올려서 상훈이 얼마나 힘들었는지 알기나 해. 악몽을 꾸더라."

누나의 말에 숙희가 웃으며 밥상에 앉았다. 아버님이 수저를 먼저 들고 아침밥을 먹기 시작하였다.

"집에 갔다 왔냐?"

어머니가 물으셨다.

"집에도 들르고, 옥란이네 가서 외양간 치우고 소죽 끓여주고 왔어요. 며칠 굶은 것 같았어요."

"그랬구나. 아니 집에 왔으면 소 먹이나 줄 것이지. 아주 작정하고 저지른 일이라고요."

어머니가 서 주사 때문에 분개하였다.

"아버님, 저 볍씨 좀 구해주시고요. 보온 못자리 자재도 신청해주세요."

"그래, 알았다."

"한 70마지기 분량으로 해주세요."

내 말에 어머니, 아버님, 누나가 수저를 멈추었다. 누나가 조심스럽게 물었다.

"70마지기 논이 어디 있고, 설사 있다고 해도 그걸 혼자 다하게?"

"서 주사는 적어도 10년은 징역 살아야 될 거예요. 환갑을 넘기도록 살아있을지 모르지만 이제 두마재의 서 주사 재산은 만석이, 준석이 형이 처분하겠죠. 한 40마지기 얻으려구요. 그리고 제 느낌대로라면 농사지을 사람이 나타날 것 같아요."

"상훈아, 너 그 사람이…"

누나의 목소리가 가늘게 떨렸다.

"맞아 누나, 일만이 형 말하는 거야. 형은 언제나 두마재 생각하고 있을 거야. 서 주사 일이 신문이나 방송에 나온다면 한번 찾아오지 않겠어? 돌아온다면 아버님 어머님도 반겨주실 거라 믿어요."

누나가 엄마 아버지를 번갈아 보았다. 아버님은 헛기침만 하셨고 어머니는 한마디 하셨다.

"망할 놈, 돌아오려면 하루라도 빨리 돌아오지. 나이 처먹는 거 모르나."

어머니의 혼잣말에 누나가 눈시울을 적시며 나를 보고 웃었다.

"아버님, 꼭 그렇게 구해주시고요, 샘집 지붕은 그대로 두세요. 며칠 있다가 서 주사와 형사들이 현장검증이란 걸 나올 거예요."

"그래, 알았다."

"닭 모이는 광에 있어 못 주었고 문을 열어놓았어요. 그런데 백구가 안 보였어요."

"백구는 하도 오래되어 개가 아니라 여우야. 옛날에는 옥란이의 유일한 친구였는데. 옥란이에게 뭔 일이 있나."

어머니의 알 수 없는 말이 이상하게 내 가슴을 짓눌렀다.

오늘은 4월 1일 만우절이자 월요일이다. 입학하고 나서 난 옥란이 때문에 한 번도 아침 조회에 참석하지 못했다. 오늘이 아침조회 첫날이다. 나는 우리 학교 앰프가 그런 형편없는 것인 줄 몰랐다. 말하려고 하면 삑 하고 소리가 나고 그 소리를 잡으려고 애꿎은 우리 담임만 교무실로 들락거렸다. 안정이 되어서도 또 울림은 왜 그렇게 심한지 제자리에 서 있는 아이들이 발을 동동 굴렸다.

이제 막 해동하는 땅은 차가웠다. 특히 고무신을 신은 아이들은 더 힘들어하였다. 콩알만한 요점을 주먹만 하게 부풀려 말을 한 교장 선생의 순시가 끝나고 나서야 지루한 아침 조회가 끝났다. 교실로 줄 맞추어 들어가는데 담임선생이 나에게 왔다.

"상훈아, 넌 교무실에 가봐라."

교무실에 들어서기까지 난 서 주사 일로 형사들이 온줄 알았다. 출석부와 교과서를 챙겨 각자 교실로 가는 교사들 사이로 응접소파에 앉아있다 일어나는 여자아이가 눈에 들어왔다. 낯이 익은데, 누구지? 날 보고 웃는 모습이 예쁘다.

"상훈아, 많이 컸구나. 고등학생이라고 해도 믿겠다. 나 모르겠니?"

목소리를 들으니 알 것 같았다. 2학년 때 잠깐 같이 공부하다가 전학 간 윤소미였다. 소미도 숙희보다는 많이 자랐다.

"윤소미, 맞지?"

내 말에 소미는 고개를 끄덕이고 주위의 눈치를 살폈다. 교사들이 다 나가고 교장 선생도 자리를 피해주었다. 교무실에 우리 둘만 있는 것을 확인한 소미는 내 앞에 무릎을 꿇었다. 나는 많이 당황하였다.

"우리 엄마를 용서해줘서 고마워.".

난 소미의 엄마를 본 적도 없는데 용서라니? 그 순간, 정순영 선생이 떠올랐다.

"혹시 엄마가 정순영 선생님?"

내 말에 소미가 고개를 끄덕였다. 나는 소미를 일으켜 소파에 앉혔다. 나도 맞은편에 앉았는데 소미는 고개를 들지 못하였다.

"엄마는 흑산도로 가셨어. 나도 내일 갈 거야. 떠나기 전에 네게 고맙다는 말을 하고 싶었어."

소미는 나쁜 엄마를 둔 죄로 아직도 고개를 들지 못하고 있었다.

"소미야, 이미 다 지난 일이야. 고개 들어봐."

소미가 마지못해 고개를 들었다.

"상훈아, 고마워. 어제 상동에 와서 엄마가 하숙하던 집에서 하룻밤 자면서 널 만나기까지 많이 두려웠어."

엄마의 나쁜 일에 얼마나 마음 쓰였을까? 옥란에게도 그렇지만 소미에게도 뭐라 해줄 말이 생각나지 않았다. 내 나름대로 책도 많이 읽었고 아는 것도 많다고 자부하는데. 한동안 침묵이 흘렀다. 그때 교무실로 집배원이 들어왔다.

　"전보요, 전보 왔습니다. 아무도 없나?"

　집배원의 목소리가 들렸는지 아니면 바로 교무실 후문 앞에 있었는지 바로 문을 열고 교장 선생이 들어왔다.

　"아이고 아침부터 무슨 일이 있소?"

　"6학년 김상훈에게 전보입니다. 교장 선생님이 대신 도장 찍어주십시오."

　6학년 김상훈이란 말에 나는 용수철처럼 일어나 집배원의 손에서 전보를 뺏어 들었다.

　"무슨 짓이냐?"

　"저 학생이 김상훈이요."

　화를 내는 집배원에게 도장을 찍어주면서 교장 선생이 말했다.

　'엄마 내려감 아들 역에서 만나자'

　엄마가 어젯밤 일을 알아버린 모양이다. 아, 모르는 게 약인데.

　"상훈아, 나 간다. 다음에 또 보자. 교장 선생님, 안녕히 계세요."

소미가 교무실을 나갔다. 나는 교장 선생에게 전보를 보여주고 소미를 따라 나갔다.

"숙희가 화내지 않을까?"

소미가 숙희의 헬멧과 고글을 쓰고 사이드 좌석에 앉으며 말했다. 소미는 읍내까지 가는 동안 자기가 알고 있는 나에 대해 질문을 끊임없이 하였다. 그동안 전학 안 가고 바로 옆집에 산 것처럼 자세히 알고 있었다. 나는 대답만 하였다. 그리고 더 이상 물어볼 것이 없었는지 자기의 가족사를 이야기하였다. 1학년 때 부모님이 이혼하고 오빠는 아빠와 살고 나머지 딸들은 엄마가 맡았다고. 그동안 외할머니 댁에 있었는데 이제는 자기가 엄마 곁에서 지켜주고 싶단다.

"상훈아, 고마워. 공부 열심히 해. 살아가면서 네가 보고 싶고 못 잊을 것 같아. 잘 있어."

소미가 서울행 기차를 타기 위해 개찰구에 서서 내게 말했다.

"그래, 너도 공부 열심히 해라."

슬픔인지 기쁨인지 알 수 없는 미소를 지으며 소미는 그렇게 엄마가 있는 흑산도로 떠났다. 내 가슴 저 밑에서 뜨거움이 솟아오르는 것 같았다. 그것은 정 선생에게 한 번의 기회를 준 결과에서 나온 사랑이 아닐까.

우체국의 업무가 시작되자마자 전보를 치고 바로 안국동에서 출발하여 역에서 바로 기차에 탑승하셨다고 해도 엄마가 오시려면 아직 멀었다.

먼저 읍내에 단 하나뿐인 자동차정비소에 들렀다. 내가 사이드카를 타고 정비소 앞에 멈추자 정비사들과 사장인 듯한 사람이 우르르 나왔다. 내가 사이드카에서 내리자 서로 만져보려고 하였다.

"아, 만지지 마세요."

내 말에 사람들이 움찔하며 물러났다. 그중에 척 봐도 사장인 듯한 사람이 내 앞으로 나서며 말했다.

"얘야, 나 네 오토바이에 앉아 사진 두 장만 찍자."

이 양반 오토바이를 꽤 좋아하나 보군. 주위를 둘러보자 아니나 다를까, 정비소 한쪽에 신주단지처럼 모셔놓은 개장수 오토바이가 보였다. 그 오토바이는 이제 막 우리나라에 보급되기 시작한 기종으로 배기량은 90cc였다. 상동에서는 이 오토바이를 개장수 오토바이라 부른다. 상동면사무소에 이 오토바이가 업무용으로 보급되고 나서 면장이 힘들게 타는 법을 배워 어느 마을로 타고 나갔는데 아이들이 하는 말이 "개장수 왔다. 우리 개 안 팔아요."라고 했단다. 면장보고 개장수라니, 면장이 속상해 그냥 돌아와 알아보니 개장수들이 이 기종의 오토바이를 타고 먼저 마을로 개를 사러 다닌 것이었다나.

"안 돼요."

나는 딱 잘라 거절하였다.

"너, 뭐 사러 왔냐? 네가 원하는 거 다 줄게."

"정말이죠?"

정비소 사장이 안달하였다.

"야, 넌 애 원하는 거 다 줘. 넌 가서 사진사 데려와, 빨리."

오토바이를 좋아하는 사장 덕분에 난 12V 자동차용 전구 8개와 그 전구를 사용하는 소켓이 달린 반사경 2개하고 배터리를 쉽게 연결할 수 있는 집게 한 쌍을 공짜로 얻었다. 전업사에서 형광등스위치 2개와 전선 백여 미터를 사고 서둘러 한내과의원에 들렀다.

"오, 상훈아. 어젯밤에 혼났겠구나."

"원장님, 독심술 하세요?"

한 원장은 날 보자마자 어젯밤 얘기를 꺼냈다.

"그런 거 할 줄 알면 난 의사 안 한다. 아침 일찍 서 주사를 잡은 형사가 상처 치료하러 와서 얘기하더라."

"서글픈 얘기를 뭔 자랑이라고. 원장님 토요일 밤에 서 주사 딸 옥란이 여기 오지 않았나요?"

"그것 때문에 학교 땡땡이치고 왔냐?"

"어젯밤 일로 엄마가 기차로 오신다고 전보하셨어요. 바로 역에 가봐야 해요."

"그랬구나. 옥란이 여기 왔기에 서울 월문대병원으로 보냈다."

"상태가 어땠어요? 동공은요? 서울 가면 바이털 잡힐 것 같았
나요?"

"녀석, 누가 의사 아들 아니랄까 봐. 별걸 다 아는구나."

"원장님, 저 농담 아니거든요. 추락 장소와 인력거 상태 봤는
데 아주 심각했어요."

"그래, 지금껏 살아있다면 기적이라고 말할 수 있겠지."

아아, 내 입에서는 나도 모르게 비명이 터져 나왔다.

바로 기차역으로 갔다. 월문대병원으로 갔다면… 예감에 엄마
가 무슨 소식을 가지고 올 것 같았다. 지금 심정으로는 엄마가
아무 소식도 가지고 오지 않으면 엄마와 함께 서울로 가 월문대
병원으로 달려갈 것만 같았다.

기차가 도착하고 내 예상대로 엄마가 나타났다. 나를 보고 달
려오는 엄마는 핸드백 외에 사과궤짝만한 종이상자를 들고 있었
다. 난 먼저 무거워 보이는 그 상자를 받아 들었는데 무엇이 들
었는지 생각보다 가벼웠다. 엄마는 백을 팔뚝에 걸고 두 손으로
내 얼굴과 온몸을 확인하고 또 확인하였다. 온전한 나를 확인하
고 웃으시는 엄마의 얼굴에서는 눈물이 흘렀다. 난 손등으로 눈
물을 닦아주었다.

"우리 아가 정말 무사했구나, 무사했어."

"아빠가 신경 쓰신 덕분에 전 괜찮아요. 엄마, 옥란이가 아빠 병원에 있대요. 올라가시는 대로 한번 알아보세요. 아니 엄마랑 같이 서울 가는 게 좋겠어요."

"상훈아, 안 돼."

내 말에 엄마는 예민하게 반응하셨다. 난 많이 놀랐다.

"엄마?"

"아, 우리 아가 엄마가 화냈지. 미안해. 엄마가 말이야, 개인 전 준비로 좀 예민해진 것 같다."

내 생각으로는 엄마가 나를 점심때까지 데리고 있다가 읍내에서 가장 맛있는 음식을 사주고 상경할 거 같았는데 만나자마자 간다고 했다. 용돈치고는 너무 많은 돈을 주고 큰 종이상자도 내게 주었다.

"엄마, 여기 뭐가 들었어요?"

"학교 가서 풀어봐라. 꼭 학교 가서 풀어봐야 한다."

"예."

엄마는 급하게 개찰구를 통과하셨다. 무슨 일이지? 내가 엄마에게 뭘 잘못했나? 나는 상자를 사이드 좌석에 싣고 상동 학교로 향했다.

학교에 도착해 사택 창고에 애마를 세우고 교실로 오면서 나는 커다란 종이상자를 묶었던 노끈을 주머니칼로 잘랐다. 상자 뚜껑을 열었다.

'아아, 이건 아니야, 아니야!' 상자 속에는 하얀 국화 한 다발이 내 손길을 기다리고 있었다. 하얀 국화. 같이 들어있던 엄마의 편지를 읽지 않아도 그 국화가 무엇을 의미하는지 난 상자를 연 순간 알아차렸다.

〈일요일 가는 길에 읍내 한내과에서 아빠가 전화로 네 신변 요청을 하셨다. 그때 한 원장이 옥란이를 월문대병원으로 보냈다고 하여 서울에 올라오는 길로 바로 병원에 들렀다. 옥란을 본 아빠가 힘들겠다고 했는데 오늘 아침 아빠 출근 직전에 병원에서 전화가 왔다. 아들, 뭐라고 위로를 해야 할지 모르겠구나. 70년 4월 1일 오전 6시 45분 서옥란 사망. 옥란이 자리에 국화를 놓아주렴. — 아들을 많이 사랑하는 엄마가.〉

나는 우리 반 담임선생님께 엄마의 편지를 보여주고 여자반으로 갔다.

"야, 김상훈! 너 여기 함부로 들어오지 마라."

수업 중이던 새로 오신 여자반 담임선생이 소리쳤다. 난 말없이 엄마의 쪽지를 교탁에 놓고 하얀 국화를 들고 옥란의 자리로 가 책상 위에 놓았다. 여자애들 앞에서는 울지 않으려고 이를 악물었는데 눈물이 흐르고 어깨가 요동을 쳤다. 숙희가 흰 국화와 나를 보더니 울음을 터뜨렸다.

담임이 옥란의 죽음을 말해주자 여기저기서 아이들의 울음소리가 들렸다. 교실을 나와 미친 듯이 달려 운동장 너머에 있는 개울둑 위에 섰다.

"서옥란, 바보다! 바보야, 왜 죽냐? 왜? 왜!"

/55/

"상훈아, 참 밝아 좋다. 고마워."

저녁밥을 몇 수저 뜨다 말고 나왔다. 점방을 그냥 지나치자 누나가 문을 열고 나와 내 뒤에다 대고 말했다. 난 그냥 뒤도 돌아보지 않고 손만 들어주었다. 샘집 아랫방과 누나의 점방에 설치한 배터리 전깃불 대신 라이터로 촛불을 밝혔다. 오늘은 그래야 할 것 같았다. 먼 길 떠나는 옥란이를 위해서.

아빠는 약속을 지키셨다. 아빠가 두마재에 다녀가시고 3일째 되는 날 측량 기사 한 팀과 불도저 두 대가 왔다. 오자마자 측량에 들어가고 동시에 자갈밭을 논 모양으로 만드는 경지작업이 이루어졌다. 시골의 제멋대로 생긴 논이 아닌 두부모처럼 반듯한 논 모양이 만들어져 갔다.

외부에서 온 측량 기사들과 불도저 운전사들은 샘집 윗방을 쓰고 밥은 어머니 댁에서 먹었다. 그 사람들은 일주일 단위로 밥값을 지불하였는데, 어머니는 의외의 수입에 좋아하셨다. 어머니 말씀으로는 아빠가 외부사람들이 많이 올 거라고 하면서 밥장사를 하라고 하셨단다.

자갈밭 경지작업이 반쯤 되었을 때 현장검증을 나왔던 서 주사는 그럴듯하게 변한 자갈밭을 보고 씁쓸하게 웃었다고 하였다. 서 주사의 현장검증 때도 기자들이 많이 따라다녔고, 학교로도 나를 찾아왔지만 난 기자들에게 아무 말도 해주지 않았다. 라디오방송과 신문에는 있는 그대로 때로는 조금 과장되게 그의 범죄가 공개되었다.

재판도 빠르게 진행되었다. 나도 참석하였다. 난 진실하게 재판에 임했고 서 주사는 10년 형을 받았다. 분이 누나 죽음에 대한 가중이 붙었지만, 나이를 고려한 형량이라고 판결문 끝에 낭독되었다.

경찰의 보호 아래 재판정을 나가던 난 방청석 앞줄에서 서 주사의 본처와 아들 준석과 만석을 보았다. 난 그들에게 목례를 하였고 박 여사가 미소 지으며 내 인사를 받았다. 웃었다. 난 뺨을 맞을 줄 알았는데.

그 얘기를 집에 와서 어머니와 누나에게 했더니 어머니가 고개를 끄덕이며 웃었다.

"아니, 어머니까지 왜 그러세요. 박 여사님도 어머니도 서 주사의 파멸을 기다리신 것 같아요."

"그래, 맞다. 그 성님 오시면 네게 크게 사례할 거다."

"오늘도 그랬고 제가 1학년 때 만났을 때도 인자하고 좋으신 분 같았어요."

"네가 1학년 때 성님을 봤다고? 성님 여기 왔다 가신 지가 6년 됐는데, 그때는 상훈이네가 이사 오기 전인데?"

다른 일을 하면서 건성건성 이야기하던 어머니가 일을 멈추시고 고개를 들며 말하였다. 두 분이 각별한 사이였나 보다.

"나 그때 알아. 나 일곱 살 땐가, 동네가 떠들썩했었어. 옥란이 엄마 때문에 집에도 들어가지 못하고 우리 집에서 하룻밤 주무시고 가셨어. 그리고 엄마 상훈이 1학년 때 옥란이 큰엄마 저기 개울 건너까지 와서 상훈이 만나고 가셨어."

옆에 엎드려 공부하던 숙희가 끼어들었다.

"상훈이를 만나러 왔었다고?"

숙희의 말에 어머니는 깊이 생각에 빠지신 것 같았다.

"그때 상훈이에게 돈까지 주고 가셨을걸. 그렇지? 상훈아."

숙희의 말에 나는 고개를 끄덕였고 어머니는 고개를 저었다.

56

진달래가 한두 송이 피어날 때 난 옥란네 빈집에서 쟁기와 소를 가져와 숙희네 논 한 배미를 빌려 갈고 물을 댄 다음 보온못자리를 하였다. 몇몇 마을 사람들은 나를 미친놈 취급하였다. 아무도 없는 집에서 소와 쟁기를 갖다 쓰고 겨우 자갈밭을 경지정리하고 나서 70마지기 분량의 보온못자리를 하였으니 말이다.

옥란의 장례도 끝나고 서 주사의 재판도 끝났지만, 옥란 엄마는 두마재로 돌아오지 않았다. 난 할 수 없이 서 주사 집의 닭이며 소의 먹이를 아침저녁으로 주어야 했다. 백구는 여전히 돌아오지 않았다.

두마재에서 논밭을 갈 수 있는 소는 서 주사 댁의 소뿐이었다. 그래서 바쁠 때는 아랫마을 소를 갖다 쓰기도 하였다.

두마재 사람들은 4월 말쯤 물못자리를 한다. 난 남들이 하지 않는 보온못자리를 택했고 시기를 놓치면 안 되겠기에 어쩔 수 없이 소와 연장을 갖다 썼다.

바쁜 시간을 나누어 주말이면 서울 안국동에 갔다. 일요일 오전에는 아빠가 테니스클럽에 데리고 갔다. 내게 일제 테니스와 켓을 사주었는데 아빠 친구 딸내미와 시합을 해서 졌다. 모 장관 딸로 중 2인데 나보다 체구는 작았지만, 테니스를 오래 했는지 난 세 게임을 하여 한 점도 못 내고 졌다. 벌칙으로 난 그 누나를 업고 코트 세 바퀴를 돌아야 했다. 분하고 억울하여 교본을 사서 기본기를 익혀 한 달 만에 난 설욕을 하였다.

클럽에는 한가락 하는 사람들이 아들딸들을 데리고 나와 자식들끼리 자연스럽게 친구를 만들어주었다.

오후 시간은 엄마 것이었다. 같이 그림을 그리거나 미술관 관람이 대부분이었는데, 그때 만나는 엄마의 친구분들도 딸들을 데리고 나와 내 말벗을 만들어주었다. 이러다가 연속극에 나오는 것처럼 정략결혼의 제물이 되는 것은 아닌지. 일요일 오후에 못 내려오면 월요일 첫차로 내려오기도 다반사였다. 월요일 아침에 토라진 숙희가 꼬치꼬치 물으면 난 적당히 거짓말을 하기도 하였다.

진달래가 만개한 일요일 아침이었다. 그 날은 엄마 아빠가 오시기로 한 날이었는데 두 분 다 일이 있어 못 오시어 난 그동안 소홀히 한 못자리를 살펴보려고 집을 나섰다.

"어디 가?"

"논에 못자리 보러. 누가 왔니?"

숙희가 나를 보러 올라오고 있었다. 그리고 눈길이 숙희를 넘어 점방 지나서 서 주사 집 쪽으로 고개를 틀고 서 있는 외제 지프차에 가서 멈추었다.

"가보면 알아."

숙희는 내가 들고 있던 삽을 빼앗아 외양간에 기대놓고 손목을 잡고 언덕을 내려갔다. 우리는 점방 앞에서 걸음을 멈추어야 했다. 숙희네 안채에서 어머니와 누나 그리고 준석, 만석이 형과 두 사람의 모친 박 여사가 대문을 나왔기 때문이다. 난 정중하게 목례를 드렸다.

"오, 상훈인가. 어디서 봐도 잘생겼네. 숙희는 좋겠다."

박 여사의 말에 숙희가 웃으며 몸을 꼬았다. 준석이와 만석이 형이 나와 악수를 나누었다.

"자, 인사는 이쯤하고. 만석아."

박 여사의 말에 만석 형이 차로 가, 뒷문을 열고 크지도 작지도 않은 보따리를 꺼내 들었다. 보자기에 싸였지만, 각이 분명한 것이 내용은 상자라는 걸 알 수 있었다. 만석 형이 내미는 상자를 무심코 받았을 때 난 가슴 한구석이 쿵 내려앉는 걸 느낄 수 있었다.

"옥란아."

나도 모르게 내 입에서 옥란이란 말이 나왔다.

"그래, 맞다. 그거 옥란이 유골이니 네가 뿌려주어라."

"아니 성님, 가족이 있는데 왜 상훈이더러…"

박 여사의 말에 어머니가 마음이 상하신 것 같았다.

"옥란이 죽고 개 엄마는 미쳐서 지금 정신병원에 있어. 옥란이 죽기 전에 잠깐 정신을 차렸는데 그때 나 죽으면 화장해서 상훈이에게 바위굴에 뿌려달라고 간호원에게 말했다더군. 산사람 소원도 들어준다는데 어떻게 하겠나."

누나가 박 여사의 설명에 눈물을 보이기 싫어 몸을 돌렸다.

"어디인지 제가 알고 있습니다. 옥란이 소원대로 해주겠습니다."

"그래 착하구만. 화장해서 그냥 아무 데나 뿌려버릴까 했는데 내가 미워한 것은 개 엄마였지, 그것이 무슨 죄가 있어. 절에 임시로 안치했다가 가져왔지."

"성님도 참."

"상훈아, 나도 같이 갈까?"

유골을 안고 발길을 떼는 나에게 숙희가 묻자, 누나가 툭 치며 막았다.

"너에게는 미안하지만, 옥란이 마지막은 나와 단둘이 있고 싶었을 거야. 오토바이 사이드 좌석에 옥란이 한 번 태워줘도 괜찮지?"

숙희가 고개를 끄덕였다.

"여자 마음을 헤아릴 줄 아는 사내놈이구먼. 옥란이가 그동안 행복했겠어."

애마 사이드 좌석에 옥란을 앉혔다.

'출발한다! 꼭 잡아.'

'그래.'

'좋지?'

'그래 좋아. 네가 힘 안 드니까 좋아.'

솔밭 신작로 가에 애마를 세우고 이제는 가볍디가벼운 옥란을 마지막으로 안았다. 푸른 솔과 만개한 진달래가 절묘함을 이루었다.

"진달래꽃밭에 너무 깊이 들어가지 마. 문둥이가 숨어 있다가 아이들 간 빼먹는대."

그 언제인가 옥란에게 진달래꽃을 꺾어주려고 했을 때 나를 말리던 그 소리가 들리는 것 같아 뒤돌아보았다. 아무도 없고 바람이 소나무밭 사이를 통과할 때 나는 묘한 소리만 난다. 바위굴 위쪽에도 아래쪽에도 진달래가 만발하였다.

굴 앞에 앉아 보자기를 풀고 조심히 상자 뚜껑을 열었다. 흰 모래보다 더 고운 하얀 가루가 거기 있었다. 이게 옥란이라니! 거짓말, 거짓말이다.

'거짓말 아냐. 이제 날 보내줘.'

환청처럼 옥란의 목소리가 들린다. 한 줌 집어 들고 바위굴 속에서 손을 펼쳤다. 손가락 사이로 떨어져 흩어지는 흰 가루… 그렇게 옥란은 내 손을 떠나고 있었다.

내가 어른으로 성장하여 숙희와 결혼한다고 장담할 수 없지만, 그 누구와 결혼한다 해도 내 가슴 한구석에는 서옥란이 살아있겠지. 그 이름 그 모습 늙지 않는 열다섯 나이로, 이제 막 피어나던 여자의 향기와 서글픈 눈의 눈물점까지 내가 죽는 날까지 기억되겠지.

옥란을 보내주고 점방 앞까지 갔을 때 누나가 박 여사가 나를 찾는다고 하여, 서 주사네 앞마당까지 사이드카를 타고 가 한쪽 옆에 주차하였다. 그 넓은 마당에는 암소 세 마리와 닭들이 날개와 다리를 묶인 채 있었고 광에서 나온 쌀과 옥수수 등 여러 곡식들이 가득 쌓여 있었다. 논밭을 가는 연장부터 톱, 괭이, 낫, 호미까지 농사에 필요한 연장도 한쪽으로 잘 정돈되어 있었다.

"왜 이리 오래 걸렸나. 그놈의 지지배, 복도 많네."

"상훈아, 너 농사짓는다며 뭐 필요한 것 없냐?"

만석 형의 말에 둘러보니 소여물을 끓이는 가마솥이 안 보였다.

"솥이 빠졌네요."

내 말에 준석 형이 손짓을 하자, 모여 있던 마을 사람들이 집 안으로 들어가 걸려있는 솥을 다 빼왔다. 나도 따라 들어가 물건 하나를 꺼내왔다. 옥란이와 첫날 하굣길에 물에서 주운 군용 배낭이었다. 난 그 배낭을 사이드카에 달았다.

"5년 만에 찾은 배낭이구나."

"어떻게 아세요?"

만석 형이 그 배낭에 대해서 알고 있었다. 형이 아무 말 없이 내게 수십 권의 일기장을 안겨주었다. 1년 단위로 묶여있는 옥란의 일기장이었다.

〈밖에서 들리는 낯선 사람들의 소리에 나는 대문 쪽으로 나 있는 낮은 봉창 문 쪽으로 마비된 다리를 끌며 기어갔다. 나의 앉은키 정도에 있는…〉

이 소설의 첫 장을 장식한 글이 바로 옥란의 첫 일기장에 있던 고백이었다.

둘째 날 내 콧잔등에 상처 낸 얘기, 물에서 가방을 줍고 빼앗긴 얘기. 그중에서도 홍수를 피해 바위굴에서 살았던 때가 가장 행복했다고, 처음부터 많이 좋아했고 열네 살이 넘어서는 날 사랑한다고 쓰여 있었다.

일기장의 마지막은 내게 한 마지막 입맞춤, 그리고 작은 유리창으로 지켜본 내가 나가는 모습에서 끝이 나 있었다.

난 만석 형이 준 옥란의 일기장을 저만치 어머니와 함께 있는 숙희의 눈을 피해 오토바이에 매달린 배낭에 넣었다가 밤새도록 읽으며 울었다.

진달래가 지기 전에 난 그 일기장을 바위굴 앞에 큰 구덩이를 파고 묻었다.

박 여사님은 내게 많은 걸 주셨다. 논 32마지기, 가장 좋은 밭 1만 평, 분이 누나가 있는 밤벌에서 여우골 잣나무 산까지 산 30정, 암소 3마리, 닭 20마리, 쌀, 보리쌀, 콩, 팥 등등 박 여사가 어머니에게 준 보리쌀 1가마, 쌀 두 가마, 그리고 백여 마지기의 논과 남은 밭을 소작할 열 가구에 나누어 준 쌀 두 가마를 빼고는 광에 있던 곡식 전부를 주었다.

샘집 윗방에 가득 쌓았다. 암소 중 서로 협조 안 하고 내 말을 가장 안 듣는 녀석은 마을 착실한 집에 병작소로 주었다. 어미소에 대한 권리 없이 새끼는 낳아 팔면 6대 4로 나누기로 하였다.

어미소는 일꾼 하나였다. 그 일꾼 하나에 몇 달이면 낳을 새끼에 대해 6을 가져가니 서로 가져가겠다고 하였지만 내 눈을 벗어난 사람들에게 소를 줄 수는 없었다.

암소 두 마리를 샘집 외양간에 넣었는데 작은 외양간이 좁아 보였다. 닭은 나무를 잘라 커다란 울타리를 만들고 가두어 놓았다. 후에 철망과 판자를 사서 집과 넓은 울타리를 만들어주었다. 깍지광의 연료통과 공구함을 다른 곳으로 옮기고 소먹이용 깍지와 볏짚을 옮겼다. 내가 더 가져갈 것이 없다고 하자, 박 여사는 손수 안채와 행랑채에 불을 놓았다. 봄바람을 타고 무섭게 타들어 가는 불에 서 주사의 집이 재로 변했을 때 여사는 눈물을 보였다.

"고맙구나. 상훈아."

여사가 내게 인사를 하며 등을 토닥여주었다. 닭 5마리를 잡아 백숙을 하여 조금 늦은 점심을 숙희네서 먹고 여사와 준석, 만석 형은 떠났다.

다음날 난 시간에 맞추어 읍내 등기소로 갔고 그분들은 내게 등기이전을 해주었다. 난 전날 저녁에 박 여사의 한을 어머니에게 들었다.

54년도인가 55년인가, 먼 일가의 몰락으로 많은 땅을 차지한 서 주사가 오갈 데 없는 여자 하나를 거두었다고 한다. 그 여자가 바로 옥란 엄마다. 처음에는 식모 겸 일꾼으로 들어왔던 여자와 남편이 죽고 못 사는 사이라는 걸 알았을 때 뱃속에 옥란이 자라고 있었단다.

박 여사는 여자 혼자 살기 힘든 세상이니까, 재산 많은 가장의 행세려니 마음먹고 집을 따로 얻어주려고 하였지만, 옥란 엄마는 적반하장으로 안방을 차지하고 세 모자를 행랑채로 쫓아버리고 따로 밥을 해 먹게 하였다. 그때도 세 모자는 쌀가마니를 눈앞에 두고 보리밥으로 연명하였단다.

옥란이 태어나 크다가 소아마비에 걸리자, 세 모자 때문이라는 누명을 쓰고 논 닷 마지기 등기를 들고 타지로 쫓겨나게 되었단다. 이를 악물고 살아 지금은 큰 포목전에 식당을 가지게 되었지만, 그 한이 어디 가겠는가. 그런데 5년 전 그러니까 내가 서 주사 집에 들어가 옥란의 인력거를 끌기 시작할 때 평소 잘 아는 무당이 지금 서 주사를 꺾을 귀인이 나타났다고 하였단다. 그게 바로 나였고 5년이 지난 지금 그 한을 내가 풀어주었다고 그 많은 재산을 나누어주었단다. 어차피 그 재산들은 자기 것들이 아니었으며 또 다른 한이 서린 재물이라고 미련 없이.

밤벌이 내 땅이 되자, 난 아빠 엄마께 분이 누나 묘를 만들어달라고 하였다. 아빠는 장의사와 일꾼을 데리고 와, 큰 돌을 치우고 화강암 테를 기초로 한 봉분을 만들고 비석을 세우고 상석을 놓았다. 내가 누나를 비단에 쌓아 6자 깊이에 묻었다고 하자, 그만하면 되었다고 장의사들이 얘기하였다.

비석에는 엄마가 손수 쓴 비문이, 상석에는 그림이 새겨져 있었다.

57

새끼 밴 암소 두 마리를 거두고부터 난 샘집에서 손수 밥을 해 먹게 되었다. 여물을 끓이려면 맑은 물보다 쌀뜨물이 좋고 음식이 남으면 소가 생각나니 난 좀 힘이 들고 귀찮더라도 밥을 해 먹기로 하였다. 어머니와 누나가 섭섭해했지만 날 이해하였다.

두마재가 크게 변하고 있었다. 내 자갈논 정리가 끝나고 70cm 두께의 흙이 자갈논을 옥토로 만들어갔다. 그 많은 흙은 새 도로를 만드는 데서 덤프트럭으로 옮겨왔다. 내 논을 만들던 불도저들은 새 도로를 만들어갔다. 새 도로는 두마재에서 개울을 건너지 않고 개울둑을 따라 논 옆으로 완만한 경사를 이루며 아래쪽으로 내려가서 야산에 막혔다. 내 논에 흙은 이 야산을 깎아낸 것이다. 이 야산을 지그재그로 한번 돌아 내려가면 원래 길과 만나게 되어 있었다. 아랫마을 개울 다리는 2년 전에 만들어졌고, 이제는 개울을 건너지 않아도 되었다.

박 여사는 내가 서 주사로부터 받은 자갈논에 붙은 논을 주었다. 여사는 나를 편하게 하기 위해서였지만 요 몇 년 새 강수량이라면 내 논 50여 마지기는 물이 모자랄 판이었다. 그래서 기존에 있던 보에서 200여 미터 아래쪽에 시멘트 보를 만들었다.

시멘트 보라면 지금의 수량만 있어도 농사가 충분할 것 같았다.

내 집은 샘집 마당 앞에 유럽식 2층 양옥으로 지워지고, 아빠의 사례로 점방을 안채 마루로 옮기고, 새 점방이 몇 배의 크기로 새로 지어지고 있었다. 새 점방과 내 집은 한 팀이 시멘트 굳는 시간을 조절하여 번갈아 지어갔다. 그리고 또 하나 큰 소식은 두마재에도 상동과 같이 7월에 전기가 들어온다는 것이다.

두마재 중간마을을 거치지 않고 바로 두마재까지만 오는 전봇대가 세워져 갔다. 때를 같이 하여 마을 집집마다 내부 전기공사가 이루어졌다. 사람들 예상으로는 상동에 올해 전기가 들어왔으니 두마재까지 10년은 더 걸리겠다고 생각하다가 전기가 들어온다니, 그 덕이 나 때문이라는 것을 마을 사람들이 느꼈을 때 사람들은 옛날 서 주사 이상으로 나를 대했다.

나도 권력이라는 게 이런 것인 줄 몰랐다. 후에 안 일이지만 아빠의 돈이 들어간 것은 내 집과 점방을 새로 짓는 데 드는 돈 일부였다고 한다. 나머지 보나 도로는 예산을 우선적으로 쓰고, 자갈논 공사도 예산을 편법으로 사용하고, 집 짓는 데 사용한 시멘트도 같이 편입해 쓴 것이었다. 이것은 아빠가 원한 게 아니고 힘 있는 사람들이 알아서 해준 것뿐이었다. 그 마지막 혜택이 전기였다.

마을 사람들의 물못자리가 파릇파릇하게 올라올 때 나는 농번기 휴가를 받아 모내기를 하였다. 내가 하루 일당으로 보리쌀 두 되, 쌀 한 되를 준다고 하자 아랫마을뿐 아니라 상동에서까지 사람들이 몰려와 난 이틀 만에 모를 다 내었다. 그때 일당이 보리쌀 두 되 반 정도였으니 사람들이 몰리는 건 당연하였다. 난 농번기 동안 밭 1만 평도 다 갈고 팥, 콩, 옥수수를 파종하였다. 한 2천 평쯤은 남겼는데 거기에는 고구마와 그때그때 맞추어 채소를 심을 예정이다. 진즉에 파종한 감자와 수박, 참외는 싹이 나고 있었다.

우리 학교도 내 혜택을 많이 보고 있었다. 새로 앰프가 들어오고 아빠 친구분들이 학교에 많은 도서 기증을 하고 의료봉사도 왔다. 난 그동안 누리지 못한 봄 소풍 기분도 내며 신났지만 마음 한구석은 찬 바람이 불고 있었다.

6월 말 물못자리를 하였던 마을 사람들의 모내기도 거의 끝나고 있었다. 지붕 경사각이 심한 유럽풍의 내 집도 완성되었고 새 점방도 몇 배 더 크고 높게 완성되었다. 어머니는 그동안 밥 장사한 돈으로 가게에 냉장고도 미리 사놓았다. 새 점방에 맞게 가게 간판도 걸었다. 누나의 이름자 '보'와 내 이름자 '훈'을 따 '보훈상회'라고 이름을 내걸었다. 내 새집에 옷장이랑 책상이 들어올 때 엄마가 숙희의 책상이랑 누나의 옷장을 같이 사 보냈다.

개울을 따라 방축공사도 끝나고 새 도로도 완성되었다. 이제 상동을 걸어가더라도 개울을 건너지 않고 화채간 옆을 안 지나도 공동묘지 가운데를 가지 않아도 되었다. 거리도 많이 줄어든 것 같았다. 새 점방 앞에는 불도저로 마당 몇 배 크기로 밀고 아스팔트포장을 하였다. 아스팔트포장의 시작은 내 새집 앞에서 시작해 가게 앞까지 한 것이었다.

밥장사한 것이 일 년 농사보다 낫다고 좋아하시는 어머나나 크고 넓은 가게가 생겨 기뻐하는 누나뿐 아니라 온 동네가 축제 분위기에 젖었을 때 일만 형이 돌아왔다. 형의 모습은 초여름의 지친 나그네 행색 그대로였다. 난 하굣길에 교문 밖 저만치에 서 있던 형을 먼저 보고 앞에 사이드카를 세웠다. 어리둥절해 하는 형 앞에서 고글과 헬멧을 벗으니 한참 만에 나를 알아보았다.

"상, 상훈이냐? 상훈이 맞냐?"

"그래. 형, 잘 왔어."

나는 뜨겁게 형을 안았다. 일만 형은 소리 내어 울기까지 하였다. 숙희가 오랜만에 내 뒤에 타고 내 허리를 마음껏 껴안고 형은 사이드 좌석에 앉았다.

집으로 가는 동안 형은 많은 질문을 하였다. 주로 누나에 대한 것이었다. 잘살고 있느냐, 아이는 몇이나 낳았냐, 읍내에 살고 있느냐… 형의 질문에 숙희가 웃음을 참지 못하며 내 등에 얼굴을 묻고 킥킥거렸다.

형은 서 주사의 몰락도 모르고 있었다. 도시 생활이 고달프고 안 맞아 돌아왔는데, 서 주사 집 일은 안 할 거라고 선언하였다.
나와 숙희는 그냥 웃기만 하였다.

"으아악!"

내가 보훈상회 앞에 사이드카를 멈추고 좌석에서 내린 형이
많이 변한 점방과 빤히 보이는 2층 내 집에 정신이 팔려있을 때
누나가 가게에서 비명을 지르며 뛰쳐나왔다.

두 사람이 포옹하였지만 일만 형은 무슨 영문인지 몰라 당황
하였다.

/58/

아버님과 어머니가 허락해주어 누나와 일만 형은 11월 중순
경에 결혼하기로 하였다. 아버님과 어머니는 결혼을 허락하였지
만 땅 한 평 없는 일만 형이 탐탁지 않았다.

"상훈아, 나 땅 백여 평만 빌려줄래?"

"땅 백 평을 뭐하게?"

형은 그저 웃기만 하였다. 나는 만 평짜리 땅에서 햇빛이 먼
저 드는 양지쪽 감자밭을 내주었다. 미처 자라지 못한 계란만한
감자와 새알만한 감자를 형이 하나도 빠짐없이 캐왔다.

나는 형에게 내 새집에 들어와 살라고 하였는데 형은 미처 헐어버리지 못한 샘집에 살았다.

일만 형은 내가 내어준 땅에 시멘트와 블록을 사다가 혼자 집을 짓기 시작하였다. 그리고 시멘트가 굳는 동안 내 농사를 거들었다. 집짓기는 아마도 도회지서 형이 주로 했던 일 같았다.

형이 오면서 바빠진 사람은 누나였다. 가게 보며 틈내어 애인 만나 얘기하고, 반찬 나르고. 난 두 사람의 앞날을 위해 암소 두 마리를 일만 형에게 맡겼다. 조건은 똑같이 어미소에 대한 권리 없이 6대 4였다. 두 마리 암소의 출산은 둘 다 7월 예정이었다.

형이 오면서 난 해결할 일이 하나 더 생겼다.

"형, 내 동생 지훈이, 정훈이 묻어준 곳 기억해?"

"기억하지. 아, 그렇구나."

나는 장의사를 불러 형과 함께 여우골에 갔다. 두 동생은 그리 깊이 묻혀있지 않았지만 역시 큰 돌로 눌러 놓았다.

"형, 분이 누나는 서 주사가 해코질 할까 봐 큰 돌로 눌러놓았다지만 지훈이 정훈이는 왜 이런 거야?"

"상훈아, 그건 애총은 옛날부터 산짐승들 손 탄다고 돌로 눌러놓는 거라고 했어."

형은 마치 죄인처럼 말했는데, 장의사 사람이 형의 말이 맞다고 하였다.

"미안해. 형, 난 몰랐어."

"네가 모르는 게 있다니 신기하다."

어쨌든 난 형 덕분에 동생들 유골을 분이 누나 옆에 편히 안치할 수 있었다.

상동 우리 학교에서 전기 점화식을 하였다. 만국기처럼 불이 밝혀지고 여러 행사가 있었다. 두마재도 전깃불 아래서 나름대로 잔치를 하였다.

엄마는 내가 불편 없이 살 수 있게 전기밥솥이며 냉장고 등 주방가전을 사왔고, 아빠는 텔레비전을 사왔다.

난 텔레비전을 누나 점방에 갖다 놓았다. 누나는 밤이면 텔레비전을 가게 밖에 내놓아 마을 사람들을 보게 하고 끝나면 안으로 들여놓았다. 더운 여름이라 가마골 사람들뿐 아니라 아랫마을 사람들까지 시원한 음료를 사 먹으러 오고 밤이면 텔레비전을 보려고 또 모여들었다. 내년 1월 1일부터 버스가 들어와 정류장으로 쓸 가게 앞이 밤이면 사람들로 가득 찼다. 연속극을 보며 안타까워하고 코미디를 보며 웃고 또 웃었다.

난 텔레비전을 보러 가지 않았다. 숙희는 연속극을 좋아하였지만 다 포기하고 그 시간에 내 방에 와서 나를 따라 책을 읽었다.

내 집에 아빠가 전화도 놓아주었다. 숙희네나 마을 사람들이 도회지에 나가 있는 자식들의 소식을 다 내 집으로 통했다. 조금은 귀찮았지만 고맙다는 말을 들을 때는 마음이 흐뭇하였다.

열흘 일정으로 대통령이 미국과 남미로 가시는 바람에 아빠도 따라 순방길에 올라, 엄마가 내 집에 온 날, 저녁 늦게 성희 누나가 상동에 도착한다고 전화가 왔다. 대학 진학하고 처음 오는 집이었다.

"상훈아, 늦게 어디 가니?"

내가 사이드카를 상회 앞에 세우자 누나가 나오며 물었다. 마음 급한 아이들은 벌써 텔레비전을 보려고 와 있었다.

"성희 누나 온다고 읍내에서 전화했어. 갔다 올게."

"그래? 너희들 또 싸우지 마라."

난 누나의 말에 웃으며 상동으로 애마를 몰았다. 성희 누나, 반년 동안 어떻게 변했는지 내 도움을 받은 것을 알면 자존심깨나 상할 텐데…

성희 누나는 내가 상동에 도착하고 만화방에서 만화 두 권을 보았을 때 왔다. 커다란 짐 두 개를 버스에서 꺼내는 걸 도와주었다.

"상훈아, 너 혼자 왔어?"

"왜? 짐 때문에?"

난 짐 두 개를 사이드카 적재함에 실었다.

"이거 여기다 실으면 어떻게 해?"

숙희하고 몇 번 편지를 하였는지 모르지만 내 얘기는 전혀 안한 것 같았다.

"이거 내 거야. 저쪽에 타."

"정말이냐?"

성희 누나는 몇 번을 확인하고 나서야 사이드 좌석에 탔다.

"나 괜찮은 양부모 만났어. 이건 아빠가 미국에 특별 주문해 만든 거야."

"그랬니. 나도 대학 가서 좋은 사람들 만났어. 우리 대학병원 교수님이 날 좋게 봐서 가정교사 자리도 알아봐 주고, 병원에 주말 일자리랑 비싼 의대 교재까지 주셨어."

집으로 가는 동안 성희 누나는 내게 지기 싫어 또 날을 세웠다.

"성희 누나, 좋은 의사가 되려면 그 근성을 조금 고쳐야 하는 게 아닌가."

"내가 뭘."

"누나는 내 제자야. 그걸 아직도 인정 안 하잖아."

"……"

사이드카가 공동묘지 길이 아닌 새길로 접어들었다. 초저녁 어둠 속에서도 두마재로 향하는 전봇대가 보였다.

"설마 했는데, 반년 사이에 왜 이렇게 변한 거야?"

"나 때문에. 우리 아빠가 좀 특별한 분이거든."

"그만 좀 웃겨라. 장상훈."

"내 이름은 김상훈이야. 우리 아빠가 김, 문자 규자를 쓰시거 든."

"뭐 김문규라고? 우리 교수님인데. 야, 너 어떻게 우리 교수님 이름은 알아가지고."

"난 사실을 말할 뿐이야."

집에 도착하였다. 누나가 나와 성희 누나를 반겼다. 오늘 저 녁은 누나 집에서 모두 같이 먹기로 하였다. 엄마와 일만 형까 지 와 있었다. 가족들과 재회의 기쁨을 나누던 성희 누나가 힐 끔힐끔 엄마를 보았다.

"인사드려라. 상훈이 어머님이셔. 우리 가게를 새로 지어주 셨어."

"안녕하세요? 둘째딸 강성희라고 합니다. 제가 아는 분하고 많이 닮으셨어요."

어머니의 소개에 성희 누나가 엄마에게 인사를 하며 말했다.

"그래요?"

엄마와 성희 누나의 대화는 거기서 끝났다. 누나가 일만 형을 성희 누나에게 인사시켰기 때문이다. 옛날에는 일만아, 일만아, 동네 개 이름 부르듯 하였지만, 이제는 형부다. 성희 누나는 형에게 고개만 까딱하고 부엌으로 향했다. 누나가 속상해하는 것 같았다.

밝은 전깃불 아래서 다 함께 저녁을 먹었다. 엄마는 어머니와 상을 치우셨다. 난 먼저 집으로 향했다. 다른 때 같으면 숙희가 따라왔겠지만, 엄마와 함께 있으라고 오늘은 참는 것 같았다. 누나의 배려심을 숙희가 배워가는 것 같았다. 오늘은 성희 누나가 따라붙었다.

"집 괜찮네. 정말 잘사는 부모 만난가 보구나."

성희 누나가 내 집을 보고 한마디 하였다.

"잘사는 부모, 그건 돈만 있으면 되잖아. 난 좋은 부모를 원해."

"너 욕심이 너무 과한 거 아니니. 그건 그렇고 너 때문에 일만이가 내 형부가 되잖아. 이게 말이 되니?"

"왜 안돼? 어머니 아버님도 인정하셨는데 성희 누나만 왜 인정 안 해. 일만이 형을 인정 안 하면 나도 인정 안 하는 거네?"

"그래. 난 너도 맘에 안 들어."

"뭐라고? 참 나, 누나 의사 하지 마. 자격이 없어."

"뭐야? 너."

날 때리려는 성희 누나의 팔을 잡아끌고 집 안 거실로 들어갔다. 불을 켰다. 거실 중앙에 대형 가족사진을 성희 누나가 보았다. 충격이 컸는지 말을 못 하고 굳어졌다.

"우리 아빠야. 저분에게는 누나 마음 드러내지 마. 많이 실망하실 거야. 나도 후회된다고."

내가 팔을 놓아주자 성희 누나는 고개를 숙이며 말없이 내 집을 나갔다.

/59/

일만 형의 집짓기는 9월 말쯤 끝났다. 커다란 방 두 개와 마루, 부엌 그리고 광 다섯 칸짜리 블록집이 완성되었다. 슬레이트 지붕에 벽은 하얀색 페인트를 칠했다. 그리고 집 외에 우사도 지었다. 외양간이 아니고 소 20여 마리는 키울 수 있는 우사다. 손 없는 날, 암소 두 마리를 옮기고 송아지도 두 마리 함께 따라왔다. 형의 짐도 옮기고 정식으로 이사를 하였다. 짓는 중간에 돈이 떨어져 내가 쌀과 콩을 팔아 도와주었다.

이사하는 날, 형은 나를 안고 영영 울었다. 형의 심정을 조금은 이해할 것 같았다. 샘집 부엌에 가마솥이랑 여물 작두 등 소 키우는 데 필요한 것은 다 내주었다. 샘집은 형 혼자 허물었다. 흙은 밭에 버리고 목재는 화목으로 쓰려고 새집으로 가져갔다.

내 논의 벼는 마을 사람들 벼보다 20일 정도 빠르게 추수를 하였다. 운동회 연습 때문에 항상 늦는 나를 대신하여 형은 그동안 비축한 품을 받아 벼를 다 추수하고 탈곡까지 끝냈다. 모두 215가마였다. 마을 사람들 작년 마지기 당 소출을 계산해보니 내가 농사한 것이 한 마지기에 벼 1가마니가 더 나왔다고 했다.

소식을 듣고 두 군데 방앗간에서 트럭을 몰고 왔다. 그 사람들은 빨리 수확한 내 벼를 정미하기보다 사기를 원했다.

"형, 이 벼가마 중에서 80개가 형 거야. 누나하고 1년 먹을 거 남기고 팔아."

"상, 상훈아. 너…"

"우리 누나 거저 데려올 거야? 아무 소리 말고 받아."

"그래, 알았어."

형은 기쁨의 눈물을 흘리며 벼 60가마니를 팔았다. 나머지 열 가마니는 도정을 하고 열 가마니는 광에 쌓아 두었다. 나는 나머지 벼 중에서 20가마니를 광에 쌓아놓고 모두 도정을 하였다. 도정료를 빼고 쌀 50가마니가 남았다. 그중에서 45가마니를 싣고 면사무소로 갔다.

"이 쌀 전부 우리 면내에 있는 가난한 사람들에게 골고루 나누어주세요."

내 말에 면장을 비롯한 면서기들이 벌린 입을 다물지 못했다. 우리 면에 만석꾼은 없어도 천석꾼은 몇 있다. 그 사람들도 이웃을 위해 쌀 한 말 안 내놓는 시대였으니 그런 표정을 짓는 건 당연하였다.

햅쌀 다섯 가마니를 가져와 첫밥을 하여 분이 누나 산소에 갔다.

"분이 누나, 내가 농사지은 쌀로 만든 이밥이야. 많이 먹어."

뫼(망자에게 바치는 밥)를 상석에 놓자 누나와 지낸 추억이 주마등처럼 스쳤다. 기쁜 마음에 갔는데 펑펑 울었다. 살아있다면 얼마나 좋을까. 살아있다면… 아아.

학교로 기자들이 구름처럼 몰려왔지만 난 인터뷰에 응하지 않았다. 기자들이 어떻게 알았는지 아빠, 엄마 사진을 싣고 내 기사를 실었다.

추석 때 올라가니까 아빠가 내가 선행했다고 좋아하였다. 대통령이 아빠를 불러 칭찬을 했다나, 뭐.

"상훈아, 난 네가 장차 어떤 일을 할지 궁금하구나."

엄마가 내게 뽀뽀를 해주며 말했다.

"지금 생각으론 권력가는 안 할 것 같아요. 무서운 생각이 들어요. 몇 세기가 지나도 존경받는 사람, 그런 사람이 있을까요?"

"모든 것을 초월해 존경받을 수 있는 사람은 타고날 거다. 아마도."

아빠의 말에 난 고개를 끄덕였다.

아빠, 엄마와 함께한 추석 일정은 바빴다. 할아버지, 할머니를 처음 뵈러 안성으로, 외할머니를 뵈러 외가로… 난 친가나 외가에서 좋은 인상과 평판을 받았다. 삼촌들이나 외삼촌들은 나에게 지기 싫었는지 추수가 끝나고 쌀 70가마씩을 불우이웃을 위해 내놓았다. 아빠와 엄마가 그 소식을 듣고 웃으며 감탄하였다.

추석이 지나자 바로 운동회였다. 내게는 처음이자 마지막 운동회였다. 누나는 형과 결혼을 앞두고 공식 데이트를 마음껏 즐겼다. 아빠는 못 왔지만, 엄마가 와서 응원하였다.

달리기에 마스게임에 기마전을 하였지만 마음 한구석이 허전하였다. 아마도 그 까닭은 운동회 날 떠난 또 다른 엄마 때문일 거다. 내가 아주 잠깐 비정의 엄마를 생각했을 때 날씨가 갑자기 흐리더니 몇 분도 안 되어 소나기가 퍼부어졌다. 사람들은 소나기를 피하며 구렁이의 저주라고 하였다. 나도 아이들에게 그 얘기를 들은 적이 있다. 소풍 때나 운동회 때, 소나기가 자주 오는 것이 학교 지을 때 구렁이를 잡아서 그렇다고. 그렇게 오후 4시쯤 소나기 때문에 운동회는 막을 내렸다.

나를 쓸쓸히 보내기 싫으셨는지 엄마는 같이 두마재로 가주었다. 일만 형이 택시 두 대를 불러 누나의 가족 모두를 태우고 내 뒤를 따랐다.

집에 엄마를 내려주자, 숙희가 집에 와 공부를 가르쳐달라고 했다. 누나는 가게 문을 안 열고 형 집에 갔나 보다. 두어 시간 숙희와 공부하고 같이 집에 올라갔다.

"상훈아, 눈 감아봐."

"왜?"

"빨리 감아. 내 말 안 들으면 나 울어버린다."

숙희의 귀여운 협박에 난 눈을 감았고 숙희는 내 손을 붙잡고 움직였다. 내 손에 부딪히는 느낌이 집 안으로 들어가는 것 같았다.

"짝짝짝, 와아! 짝짝."

여러 사람의 박수 소리에 난 눈을 떴다. 누나네 가족 모두와 일만 형까지 거실에 모여 있고 벽이랑 천장에 풍선 장식이 되어 있었다.

"상훈아, 생일 축하해."

"생일 축하한다. 아들아."

생일. 정말 오늘이 내 생일인가. 그러고 보니 거실 바닥에는 거창한 케이크와 음식이 차려진 상이 놓여 있었다.

"오늘이 너의 생일인 줄 몰랐다. 알았으면 그동안 내가 차려 주는 건데."

어머니가 아쉬워했다. 그때 누나와 의남매를 맺을 때 어머니가 생일이 언제냐고 물었었다. 난 모른다고 하였다. 친엄마가 내 생일상을 차려준 적이 없어 그렇게 말했던 기억이 난다. 엄마는 아마도 내 호적 생일을 기억해 오늘 이 자리를 마련해준 것 같았다. 그렇지만 내가 아는 한 옛날 우리 가족 중 가을에 생일은 하나도 없었다. 난 그래도 엄마와 누나 가족들이 마련해준 생일상을 잘 받고 맛있게 먹었다.

그동안 내 생일은 어머니가 숙희 생일과 같이 챙겨주었다. 우리는 생일이면 서로 학용품을 사주었다. 오늘 숙희의 선물은 만년필이었다. 누나의 선물은 사이드카 의자의 시트 커버였다. 누나의 니트 솜씨가 빛났다. 형은 팝송 레코드를 사주었고 엄마의 선물은 손목시계였다. 케이크와 함께 낮에 아빠의 선물도 도착해 있었다. 월남 다녀온 파병 용사들이 하나씩 가지고 오던 카메라였다.

케이크를 잘라 먹으며 웃고 선물 받은 카메라로 사진을 찍으며 보낸 잊을 수 없는 날이었다.

/60/

일만 형은 우사 앞에 구들돌처럼 평평한 돌을 깔고 그 틈을 시멘트로 매운 탈곡에 유용한 큰 마당을 만들었다. 그리고 내 밭농사의 콩과 팥을 그 마당에서 다 탈곡하였다. 형은 곡식의 깍지가 탐나 거기서 탈곡을 한 것이었다. 옥수수도 거기서 추수를 끝냈다. 난 옥수수, 팥, 콩을 반 뚝 잘라 형에게 주었다.

"상훈아, 이건 너무 많아. 내가 농사를 거들었다지만."

"받아. 새살림하려면 필요한 것도 많잖아. 난 그렇게 돈 필요한 나이가 아니잖아."

"정말 고맙다. 글도 가르쳐주고 보희도 지켜주고, 새 출발도 도와주고. 너 임마, 너무해."

일만 형은 또 눈물을 보였다.

"남자가 왜 그리 눈물이 많아. 매형, 이제 그만 좀 울지 그래."

"매형?"

형이 눈물을 훔치며 나를 보았다.

"그래, 매형. 이제 결혼식도 얼마 안 남았는데 지금부턴 매형이라고 부르지 뭐."

"그냥 계속 형이라고 불러."

"아니, 매형이야. 그게 무슨 의미인지 알지? 살면서 누나 눈물 나게 하지 마."

"그래, 알았어."

"내년부터 내 논 다 부쳐. 6대 4야. 형이 6 먹어. 그리고 이 밭 집 있는 쪽으로 반 부쳐 먹고 밭은 도지 없어. 대신 내 쪽밭이나 한 번에 다 갈아줘."

"상훈아…"

또 눈물을 보이는 형을 뒤로하고 난 집으로 돌아왔다.

형은 내 몫의 곡식을 광에 차곡차곡 쌓아주었다. 난 충분한 양의 팥과 쌀, 돈을 어머니께 드리고 분이 누나의 제사상을 부탁하였다. 어머니는 누나와 같이 방앗간에서 떡을 하고 과일을 골고루 사고 그리고 제사음식을 마련하였다. 상석이 부족할 만큼 푸짐한 음식이 차려졌다.

"뭐해? 절 안 해?"

"절이요? 전 그런 거 안 할래요. 그건 망자에게 하는 예잖아요. 분이 누나는 제 마음속에 언제나 살아있어요. 분이 누나 많이 먹어. 배 터지도록 먹으라고."

난 음식을 그대로 남겨두고 어머니와 누나를 데리고 집으로 돌아왔다. 배고픈 나그네가 먹든 산짐승이 먹든 그건 누나가 나누어주는 것이리라.

"누나, 결혼 선물로 갖고 싶은 거 있으면 말해봐."

"선물? 내가 우리 상훈이한테 지금까지 받은 게 얼만데, 또 뭘."

누나는 웃으며 손사래를 쳤다.

"시집가기 전에 많이 뜯어. 시집가고 나면 남편만 바라볼 텐데. 난 그러면 섭섭해. 아무것도 없을 거야."

"그런 말 하지 마. 난 안 그래."

"그럼 누나 민증이랑 등본, 인감도장 좀 줘봐."

"알았어. 내가 준비해줄게."

누나가 이유도 묻지 않고 이틀 뒤에 내가 부탁한 서류를 내주었다.

나는 누나를 데리고 만 평짜리 밭으로 갔다. 일만 형은 우사 앞에서 우리를 한 번 쳐다보고 계속 일에만 열중하였다.

"여긴 왜 왔어?"

"누나, 내년에 매형보고 내 논 다 부치고 이 밭 이쪽 반 부치라고 했어."

"고맙다. 우리 열심히 잘 살게."

난 재킷 품에서 큰 봉투 하나를 누나에게 주었다.

"이거 받아. 결혼 선물이야."

"무슨 선물이 이렇게 가벼워."

누나는 웃으며 봉투를 열었다. 먼저 주민등록증과 인감도장을 주머니에 넣은 다음 토지대장을 펴들었다.

"이거 땅문서 아니니?"

"여기서 매형 집 있는 쪽으로 5천 평, 누나 앞으로 등기 이전해 놓았어."

"상, 상훈아."

누나의 목소리가 떨려왔다.

"난, 이 땅 두 사람에게 주는 게 아냐. 누나에게 주는 거야. 언제까지나 누나 명의로 가지고 있어야 해."

"그래. 네 말 무슨 말인지 알겠어."

그 땅은 정말 작은 돌 하나 없고 언제나 촉촉한 최고의 땅이었다. 영원한 대작 대지에 어울리는 그런 땅이었다.

난 내친김에 대지 얘기를 누나에게 간단히 해주었다. 왕릉부인이 불어터진 젖을 땅에 흘리던 잊지 못할 그 장면과 왕릉일가가 어떻게 시작되고 몰락의 길을 가는지. 흡사 서 주사 얘기라고 해도 맞을 것 같은, 재물이 어떻게 사람을 파괴하는지 사람이 어떻게 살아야 하는지를. 누나는 말없이 고개를 끄덕이며 날 꼭 안았다.

올해는 석청을 따지 않았다. 난 이미 많은 걸 가졌다. 벌이 여름내 마련한 식량을 약탈할 필요는 없었다.

'약탈해 얻은 기쁨은 잠시고 베풀어 얻은 기쁨은 영원하다.'

어쩌면 나의 좌우명이 될 수도 있는 말이라는 생각이 들었다.

내일모레가 누나 결혼식이다.

"상훈아, 뭐하니?"

저녁에 누나가 내 집에 왔다.

"뭐하러 왔어? 푹 자야 화장 곱게 먹잖아."

"넌 어쩜 모르는 게 뭐냐?"

우리들의 대화는 거기서 끝나고 누나는 말없이 한참을 앉아 있다 일어났다. 가려던 누나가 현관 앞에서 나를 안았다. 울고 있었다. 난 아무 말도 할 수 없었다.

누나의 결혼식은 서울에서 신식으로 하기로 결정되었다. 나와 누나는 결혼식 하루 전에 안국동 집으로 갔다. 엄마는 전문미용사를 불러 누나의 피부미용에 신경을 썼다. 엄마의 수고는 누나의 결혼식장에서 그 빛을 발했다. 곱게 신부 화장을 하고 웨딩드레스에 면사포를 쓰고 부케를 든 누나는 천사처럼 예뻤다. 누나는 나를 불러 첫 사진을 찍었다.

하객들은 두마재에서 마을 사람들을 관광버스로 데려왔다. 아버님이 돈 좀 썼는가 보다. 엄마와 아빠도 참석했다. 아빠는 누나에게 제주도 신혼여행 예매권을 주었다. 주례는 아빠가 주선하여 월문대 총장이 맡았다. 오색 종이테이프로 장식한 택시로 누나와 매형이 떠나고 두마재 사람들이 전세버스에 오를 때 누군가 뒤에서 날 툭 건드렸다. 돌아보니 성희 누나였다.

"고맙다. 상훈아."

"뭐가 고마워? 누나잖아."

성희 누나가 날 포옹하였다. 많은 발전이다. 기쁘다. 숙희가 엄마 손을 잡고 안국동 집으로 따라왔다. 그동안 내가 안국동 갈 때마다 애원했는데 어머니 아버님이 폐 끼친다고 보내주지 않았다.

엄마는 애교떠는 숙희가 좋은가 보다. 돌아오는 길에 백화점에 들러 내 겨울 코트와 숙희 코트를 사주었다.

"상훈이 아니니? 요 귀여운 것"

마침 같은 코너에 들른 테니스 라이벌 누나가 나를 먼저 보고 볼을 만지며 야단이었다. 부모들끼리 인사를 하는 동안에도 누나가 날 계속해서 만졌지만, 숙희는 한 번 쓱 보았을 뿐 별 반응이 없었다. 숙희의 그런 반응을 보니 옥란 생각이 난다. 내가 옥란에게 신경을 쓸 때도 숙희는 늘 저런 표정이었다. 엄마도 숙희의 그 얼굴이 궁금했는지 둘이 조용히 마음 터놓고 얘기를 하고 그 결과를 내게 말해주었다.

"상훈아, 숙희는 나이는 어리지만, 속이 찬 애다. 잘 해줘라."

"예, 엄마."

/64/

누나가 신혼여행에서 돌아온 후 한창 깨가 쏟아지는 11월 말경이었다.

오전 수업이 채 끝나지도 않았을 때 엄마와 아빠가 학교로 찾아왔다.

난 아무 말도 묻지 않고 아빠 차 뒷좌석 엄마 옆에 탔다. 엄마는 적당한 크기의 상자를 안고 있었다. 힘든 시간을 내어 온 두 분, 소중히 안고 있는 상자, 옥란의 유골을 뿌려봤던 난 그 상자를 보자 현기증이 났다.

엄마, 아빠가 내게 가져올 수 있는 유골은… 학교 소사를 하는 그 양반? 아니 그런 양반일수록 잘살고 천수를 누리더라. 그렇다면 많이 아프다고 하던 그 여자인가.

아빠는 두마재 중간쯤 인가가 없는 한적한 곳에 차를 세우고 무겁게 입을 열었다.

"상훈아, 어머니 돌아가셨다."

아빠의 말에 난 화가 났다.

"아빠가 말씀하시는 그 어머니란 분이 누군데, 왜 제가 보내드려야 합니까?"

"상훈아, 다 지난 일이다. 내 얘기 한번 들어볼래? 들어보고 그때도 마음이 없다면 우리가 보내드리마."

내 친엄마가 월문대병원으로 아빠를 찾아온 것은 한 달 전이었는데 그때는 이미 위암 말기였다고 한다.

"박사님, 저를 알아보시겠어요?"

"윤 여사님. 이게 무슨 일입니까?"

"여사라니요. 전 나쁜 여자입니다. 석훈이 잘 있지요?"

"여사님."

아빠는 죽어가는 친모에게 차마 거짓말을 할 수가 없었다.

"뭐가 잘못된 건 아니겠지요? 요즘 석훈이가 꿈에 자주 나타나곤 하는데요."

"죄송합니다. 석훈이는 작년에 잘못되었습니다."

친엄마는 아빠의 말을 듣고 나서도 별로 놀라지 않았다.

"그랬군요. 그래서 석훈이가 날 마중하러 그렇게 자주 나타났군요. 그럼 지금은 혹시나 상훈이가?"

"예, 맞습니다. 지금 상훈이는 저희 아들입니다."

친엄마는 한동안 미소만 지었다.

"결국은 그렇게 되었네요. 옛날부터 정해진 운명이었는데."

"여사님은 그렇게 말씀하실 자격 없습니다. 제가 드린 돈으로 상훈이 잘 기르고 사셨다면 몰라도."

"박사님, 혹시 꽃무릇이라는 꽃을 아시는지요?"

"모르겠습니다."

"어릴 적에 전라도 어느 지방에 살았던 기억이 있어요. 집에서 그리 멀지 않은 곳에 큰 절이 있었어요. 저는 아이들과 1년에 두 번 정도 절에 갔지요. 봄에는 초파일에 절밥 먹으러 가고 가을에는 피보다 붉은 꽃을 보러 갔어요. 그 꽃은 잎이 다 지고 난 후에 꽃이 피었어요. 뿌리에 독성도 있다고 했어요. 잎과 꽃이 만나지 못하는 운명… 상훈이와 저도 어쩌면 같은 운명을 타고난 게 아닌가 하는 생각이 들었어요. 제 마음 깊은 곳에 독기까지 품었으니. 모두들 그 꽃을 꽃무릇이라고 했어요."

"왜 상훈이에게 그런 마음을 갖게 되었나요? 여사님을 많이 닮고 영리한 아들인데요."

친엄마는 복수(배에 물이 차는 말기암 환자의 현상) 때문에 힘이 드는지 한참을 쉬었다가 계속 말을 이어갔다.

"보리죽도 제대로 못 먹는 상훈이가 어느 때부턴가 혈색이 좋아지고 분내를 풍기며 들어왔죠. 아침에 눈 뜨면 나가는 상훈이 뒤를 따라나섰어요. 부자들이 사는 아랫동네까지 한달음에 내려온 우리 아들이 어느 집 대문을 향해 뛰어갔지요. 그 대문 앞에는 어느 여자가 있었는데 상훈이를 보자마자 자기 아들처럼 안고서 물고 빨고 했지요. 믿지 못할 장면이었어요. 두어 시간 후 우리 아들과 그 여자가 손을 맞잡고 외출을 하는데 고급 옷을 입은 상훈이를 못 알아볼 뻔했습니다. 저녁에 다시 누더기 옷을 걸치고 돌아온 상훈이를 말없이 잡았습니다."

"저희가 죄송합니다."

"박사님과 사모님이 뭐가 죄송합니까? 가난이 죄라고 저희가 죄인이지요. 제가 알고도 박사님이 저희 집에 찾아오실 때까지 말리지 못하고 상훈이를 미워하고 말았습니다."

친엄마는 품에서 무엇인가를 꺼내 아빠에게 주었다. 저금통장과 도장이었다. 통장을 펼쳐보니 60만 원 정도가 들어있었다.

"이 돈은⋯"

"박사님이 주신 돈이 좀 불어났어요. 바깥양반은 이 돈 모릅니다."

"이런 돈이 있으면서 왜 병을 키우셨습니까?"

"박사님이 주신 돈 다 주어도 서 주사에게서 상훈이를 데려올 수 없듯이 암이란 병은 돈으로도 안 되는 거라고 하더군요."

아빠는 고개를 끄덕였다. 친엄마 말이 다 맞는 말이다. 너무나 일방적 사고방식의 서 주사, 암세포 같은 부류였다.

"상훈이 많이 컸습니다. 한번 보고 싶지 않으세요?"

"사모님을 만나러 언덕길을 내려갈 때부터 상훈이는 제 아들이 아니었습니다. 제 아들딸은 다른 곳에서 절 기다리고 있어요, 곧 만나게 되겠지요."

"……"

"봄에 차 씨가 상훈이를 찾아간 것은 제 뜻이 아니었습니다. 차 씨 그 양반 사이에는 불행인지 다행인지 자식이 없습니다. 제가 죽으면 화장을 해 상훈이 손에 뿌려지고 싶다면 욕심이겠지요?"

"여사님, 무슨 말씀을 그렇게 하십니까?"

"형 만한 아우 없다지만 상훈이는 형보다 많이 뛰어났지요, 이 녀석 장차 무엇이 될까 기대가 컸기에 미움도 깊었나 봅니다. 상훈이 잘 키워주세요, 참, 그리고 상훈이 원래 생일이 음력 삼월 초닷새입니다."

"기억하겠습니다. 음력 삼월 초닷새."

아빠의 얘기가 끝났을 때 내 눈물은 한여름 봇물 터지듯 터져 있었다.

엄마가 내게 유골을 넘겨주었고 난 주저 없이 받아들었다. 내 집 앞에서 간단하게 노재를 지냈다. 누나와 엄마가 울며 따라오려고 하였지만 난 다 거절하고 혼자 유골을 안고 위로 걸어 올라갔다.

여우골 입구 밤벌이 보였다. 분이 누나 묘가 보였다. 아니 분이 누나가 보였다. 정훈이, 지훈이도 보였다. 모두가 엄마를 기다리고 있었다. 상자를 열자, 뚜껑이 있는 예쁜 도자기단지가 나왔다. 뚜껑을 여니 곱디고운 가루가 들어있었다. 옛날에도 그렇게 고왔는데… 분이 누나 묘에 고루 뿌려드렸다.

"엄마, 제가 많이 미안해요. 말씀하시지 그러셨어요. 엄마와 즐거웠던 추억만 간직하며 살아가겠습니다."

유골을 다 뿌리고 빈 단지만 남았다. 그냥 버리기에는 아까운 고급 도자기단지다.

분이 누나는 꽃을 많이 좋아하였다. 아무 꽃이나 보이면 꺾어서 꽃병에 꽂아두었다. 꽃병이라야 아버지가 마신 술병이 전부였는데 그나마 빈 병만 보이면 형이 바로 엿으로 바꿔 먹었다. 형에게 몇 대 맞고 하나 얻은 술병의 입구는 너무 작아 꽃을 몇 개밖에 꽂을 수 없었다.

상석 옆에 입구만 남기고 단지를 묻었다.

11월 말에 피어있는 들꽃은 없었다. 주위를 둘러보니 조금 아래쪽에 앙상한 찔레나무가 있었고 잘 익은 열매들이 많이 달려있었다. 하얀 찔레꽃이 지고 파란 열매가 맺혀 이제는 빨갛게 익었다. 팥알 만한 크기의 붉은 열매 속은 작은 씨앗으로 가득 차 있고 씹으면 단맛이 나 겨울에 허기가 지거나 목이 마를 때

씹어 단물만 먹고 씨는 버렸다. 주머니칼로 열매가 달린 가지를 잘라서 한 아름 안아 들었을 때 여우골 입구 신작로에 엄마와 누나가 나란히 서서 날 기다리고 있는 것이 보였다.

열매 꽃이 단지에 한가득 담겼다. 엄마가 갖다 준 커다란 꽃병 선물을 분이 누나가 좋아할 것 같았다. 항상 분이 누나를 보러 올 때면 떠날 때 발걸음이 떨어지지 않았는데 오늘은 가볍게 떠날 수 있을 것 같았다. 비바람이 치다가 맑게 갠 느낌이랄까.

난 가벼운 발걸음으로 날 기다리고 있는 엄마와 누나를 향해 밤벌을 달려 내려갔다. (*)

서울엄마

초판 1쇄 인쇄 2020년 1월 10일
초판 1쇄 발행 2020년 1월 14일

지은이 김승규
펴낸이 이태선
펴낸곳 창작시대사

주소 경기 고양시 덕양구 행주로83번길 51-11
전화 031-978-5355 **팩스** 031-973-5385
이메일 changzak@naver.com
출판등록 제2-1150호(1991년 4월 9일)

ISBN 978-89-7447-223-8   03810
책값은 뒤표지에 있습니다.